文春文庫

太宰治に聞く

井上ひさし　こまつ座　編著

文藝春秋

はじめに

太宰が仕掛けた罠

井上ひさし

太宰治と私の似ている点をあげますと、まず身長が一七四センチで同じ。それから太宰は盲腸をこじらせまして腹膜炎を起こし、非常に痛い目にあっておりますが、今年（平成元年）、私も同じ目にあいました。それから、歯が非常に悪い。三十歳で入れ歯をして、よく湯豆腐を食べていた。歯医者がこわかったんだろうと思いますが、その点でも私は似ています。もっとも、似ているのは、そこまでですが。

では、太宰とは、どんな人物か。事実だけをとりあげ、それも三人以上の人がいっている特徴を列挙してみますと、次のようなことがわかります。

酒が強くて、いわゆる一升酒。近眼。歩くのが好きな人。太宰病身説というのがありますが、これはウソです。そんなに歩ける人が病気であるはずがない。ただ結核であったことはたしかです。それも、一時おさまっていたんですが、戦後流行作家になって、またぶりかえします。それから、太宰はネコ背です。眉毛が非常に濃い人。泳ぎができません。そして薬が好きで、なおかつ自殺好きという矛盾がある人です。指が細くて長くてきゃしゃだったといいます。

作品の中で自分は醜男(ぶおとこ)で、いつも恥ずかしい思いをしていたなんて書いていますが、大ウソです。いったいに太宰という人は、都合の悪いことは絶対に書かない人なんです。ですから、津島修治という東大の学生が左翼運動にどのていど加担したかも、いっさい謎です。兄さんのことも書きません。書くとするとすごく兄さんによく書く。兄さんが読んでも怒らないように書いています。ですから、このあたりが太宰を解く第一の鍵ではないかと思うのです。

津島家というのは、明治以前はたいした家ではなかった。ちょっとした地主にすぎない。これが凶作のたびに困った百姓たちに金を貸し、返せない人たちから土地をとりあげ、どんどん大きくなっていった新興大地主です。そんな家から月百二十円の仕送りを受けている太宰。当時、東北で貧しさゆえに娘さんが遊郭へ身売りされるお金が百二十円。

自分は滅びる階級である。滅ぼされる運命にあると思い、家に反抗しますが、その実、家が大好きな太宰。女にすぐ死にたい、殺してくれという太宰。

現在のわれわれは、最後は太宰の作品に戻って、太宰の仕掛けた罠——うそだかほんとだかわからない、調べれば調べるほどわからなくなるという——そうした罠にわざとはまって、彼の小説と実生活をまるごと享受しながら、彼が理想としていた愛や友情や正義のあり方について考えてみるという方が正しいのかもしれません。

太宰治に聞く　目次

III

Ⅳ 人間合格——こまつ座公演——

I 太宰の迷路

——井上ひさしが書いた太宰——

太宰治に聞く

聞き手・井上ひさし

太宰治先生没後五十周年にあたる今年（平成十年）の六月初め、雨がいやに陰気にしょぼしょぼと降る晩のこと、わたしは家の裏の崖に掘られた穴の中で、遅い夜食をとっていた。さよう、時刻はちょうど真夜中の一時ごろであったか。

急いで付け加えておくと、わたしの家は鎌倉の山の中にあって、この穴というのは、じつはヤグラのことである。ヤグラについても説明しておかねばなるまいが、これは中世鎌倉に特有の横穴式の墳墓である。口で云えばヤグラだが、文字では、窟、矢倉、矢蔵、谷倉、屋蔵など、さまざまに書いて、どれが正しいともいえないので、ここでは音のままヤグラと書くことにする。

御存じのように、鎌倉は、東と北と西の三方を山に囲まれ、南を海に開いた、じつに狭いところである。そんなところに、いちいち墓を立てていては、あっという間に生きている者の住む土地がなくなってしまう。そこで中世の人びとは、鎌倉を三方から守ってくれている山山の中腹の壁面に持仏堂あるいは仏殿に似た方形の穴を掘って、それを墓とした。その数は、いま遺っているものだけでも二千といい、三千ともいう。もちろん、頼朝も実朝も北条政子もみなヤグラに葬られたのである。うちのヤグラが、たとえば将軍にして詩人のあの実朝の墓だったら、たちまちにして天下の名所、拝観料でもいただいて公開するなら、その上がりで、小さな劇場の一つぐらいは建っていたろうが、いままでのところだれのお墓かわからない。

持仏堂でもあり、ときには仏殿としても使用されたりもするので、ヤグラの前には広場がある。うちのは十坪あるかなしかだが、その広場からヤグラに入るには、まず岩を刻んでつくった階段をのぼる。うちのは五段である。五段の階段をのぼると、こんどは通路がある。通路といってもごく短い。一間もないだろう。

さて、通路を抜けたところが玄室といって、ヤグラの中心部分である。畳を二十枚敷いてもまだ余るほどの広さ。上は、岩を漆喰で固めた平天井、高く跳びあがると頭の天辺が天井にぶつかってしまうくらい低い。四周の壁も同じく漆喰。その漆喰の壁のあちらこちらにたくさんの四角な小穴が穿たれているが、これらはすべて納骨穴である。

岩の中であるから夏は涼しく冬は温かい。葡萄酒貯蔵庫に使えば大いに役に立つと聞いたが、わたしは書物の置場として、そして荷作り場として重宝している。十年前、十三万冊の本を故郷に寄贈して、遅筆堂文庫なる図書館が誕生した。それ以後も、用済みとなった書物をすべてこのヤグラに放り込み、暇を見つけては整理し、荷造りしては故郷へ送っている。この十年で、四万冊以上もここでそうやって扱っているのだから、わたしはこのヤグラを十二分に活用しているといってよかろう。

正面の納骨穴は聖書でいっぱいだった。ホテルに泊まるたびに、客室に備えつけのギデオン協会の『新約聖書』を持ち出すので、何十冊も同じものがあるのである。こっそり盗み出すわけではない。「つい夢中で読んでいて、気がつくと赤鉛筆で線を引いてしまっていました。これ、買います。どうか買い取らせてください」とフロント係に申し出ると、かならず、「どうぞお持ちください」と云ってくれるから、どうしても同じものが溜まってしまうのである。

そのすぐ下の納骨穴には円朝全集が、その横の穴にはチェーホフ全集が押し込んである。「これは！」と思う箇所に赤鉛筆で印をつけているうちに、どこもかしこも赤線で真っ赤、おかげでどこが「これは！」なのかまったく分からなくなってしまい、古書店から無傷のものが入ったのを潮に、遅筆堂文庫へ送ることにしたのだ。

ほかにも、入ってすぐの納骨穴に表紙の剝がれそうな西鶴全集があり、向いの穴には背文字の消えかかったプーシキン全集がある。このように納骨穴を整理のために活用すると仕事がずいぶんはかどる。

一区切りついたところで、母屋から夜食を運び込み、ダンボール箱をテーブル代わりにして夜食を始めた。おかずは大安売りのカナダ産のカニ缶にたっぷり味の素をふりかけたもの。あんまり大味なので、味の素で味を引き締めることにしているのだ。飲物は栄養満点、玉子の黄身を落としたビール。

一口たべたところで、ふっとこんな呟やきが口を突いて出た。

「そういえば今年も太宰先生の誕生日が近いな。先生のお生まれはたしか明治四十二年(一九〇九)の六月十九日……まてよ、玉川上水で先生の遺体が発見されたのも、昭和二十三年(一九四八)の、同じ六月十九日ではなかったか」

先生には、食べものという食べものに片っぱしから味の素をふりかける癖があったらしい。証人が大勢いて、たとえば、檀一雄は、先生が羊羹にも饅頭にもお汁粉にもパッパッと味の素をふって食べるのを目撃しているが、どういうわけか、わたしは先生のこの癖が大好きで、味の素の小瓶を見るたびに太宰治の作品をあれこれとなく思い出すのである。

「なんだ。いまの呟やきは、味の素のせいだったのか」

そういえば、太宰先生の評伝劇『人間合格』を書いていたころ、一刻もこの人のことを忘れてはいけないと思い、食事のときはむろんのこと、眠気覚ましのコーヒーにさえ味の素をふりかけたし、コーヒーの飲みすぎで眠れなくなり、ハルシオンという催眠剤を呑む段になると、こんどはそのハルシオンにも味の素をふったものだった。

……そんなことを思い出しながら、なおも箸を動かしていると、雨にまじって、ゴーッゴーッという低い、それはもう物凄く低い音が聞こえてきた。

「鎌倉名物の、山の音かしらん」

思わず箸を止めた。

「……いや、山の音とはちがう」

それは音というよりはむしろモノに近かった。からだに直に響いてくるのだ。外から引き入れた電線が揺れ、その先にぶらさがった裸電球もゆらゆら揺れながら点滅し、すぐガチャンと音がしてビールのコップが落ちた。三和土の上を玉子の黄身がゆっくりと聖書を詰めた正面の納骨穴に向かって流れて行く。

思わず、

「あ」

と叫び声を上げてしまった。

パビナール中毒で板橋の武蔵野病院に入院する前の先生は、ほとんど食事をとらず、黄身入りのビールだけで生きていたのではなかったか。カニも先生の大好物だったはずだ。

また、生前の先生は、自分は本なぞは読まないと豪語していたが、じつは人目のないところではこっそり読んでいた。

「それも大変な読書家だった。うちの書庫の本は全部読んだのではなかったかな。もちろん僕が読んでいない本までちゃんと読んでいた」

これは三鷹時代に、近くに住んでいた評論家亀井勝一郎の証言。

そういえば死出の旅に同行した山崎富栄の日記の中にもこうある。

「夜明け方に吐かれる。（病臥中だが）いつもきつと本を手にしてゐらつしやる」

（『愛は死と共に』昭和二十三年一月十四日の項）

とりわけ繰り返し繰り返し熱心に読んだのが新約聖書であり、円朝であり、西鶴であり、チェーホフだったと、やはり檀一雄が『小説太宰治』の中で云っている。

しかもその読み方だが、「私には、文章をゆっくり調べて讀む癖がある……」（「弱者の糧」昭和十六年）という読み方、先生はこれらの本を、いわば舐めるように読んで、おのが血肉としたのである。

つまり、このヤグラは、偶然ではあるが、先生が精読した書物でいっぱいになっていたのだ。そこへもってきて、先生の大好きな味の素と黄身入りのビール、そしてカニ……！

ばたん。

プーシキン全集の中の一冊が三和土の上に落ち、あるページが開いた。それは『エヴゲーニイ・オネーギン』の冒頭で、稲光のようにわたしの目を射たのは、エピグラフの一行である。

「生きることにも心せき、感ずることも急がるる」

これまた、先生が大好きだった言葉ではないか。そのとき、
どんどろどろどろ、どんどろどろどろどろ。

うちにもご近所にも太鼓などないのに、ふしぎや、遠く近く太鼓の皮の鳴る音……。

見ると、正面の納骨穴の何十冊もの新約聖書がいつの間にか溶けて黒い粘っこい油の塊になり、上下左右に揺れながら宙に浮いている。そして、見よ、油の塊は見る見るうちに般若（はんにゃ）の面に変わって行くではないか。

年の功とやらで、たいていのことに驚かなくなったわたしも胆を潰し、三和土の上を這って外へ逃がれようとした。

「お待ちなせえ」

般若が口をきいた。芝居がかった甲高い声で、しかも訛りが強い。本州の北の方の訛りのようだった。振り返ると、広い額の、いやに立派な鼻の、二本の深い縦皺を眉の間に立てた美男子が、左右の人さし指で口を横に引っ張って、立っている。

「あ、その口。その口は、あの有名なゴム口……」

太宰治という人は、虫歯にかかりやすいたちで、二十代ですでにほとんどの歯を失っていた。残った歯も欠けて尖（と）んがり、その上、煙草の脂（やに）で真っ黒に染まっていた。そこで芝居の好きな彼は、ある芸当を思いつく。それは人さし指を唇の両端にかけて引っ張り釣り上げる芸で、そうすると黒い尖んがった歯が効いて、般若そっくりになるのである。友人たちは驚くほど横にのびる彼の口を「ゴム口」と呼んでいた。

「もしかしたら、あなたは……」

般若男はにやりと笑いながらカニ缶を手に取った。ゴム口は、こんどは河童の口のように前へのびて、カニ缶の中味をすごい勢いで吸い込みはじめた。

「味の素の味がする。おいしいねえ」

つづいて、三和土に四つん這いになり、黄身入りのビールに口をつける。砂漠を三日三晩さまよい歩いたすえにようやくオアシスの泉に辿りついて水をのむ男もかくやと思われるような恍惚の表情でひたすら汁を啜っている。

「……黄身入りのビールって力がつくものだねえ」

蒼白の頬に、うっすらと赤みがさしている。まちがいない。いくつかの偶然が重なって、太宰治が現れたものにちがいない。

「太宰治先生ですね」

太宰　いくつかの偶然が重なって、ぼくが現れたと、君はそう考えているようだが、それが大ちがいの見当外れなんだよねえ。

——しかし、現に、先生は、ここに、こうやって……。

太宰　いったいにぼくは学校の勉強が好きだった。

——存じておりますとも。小学生のときから成績優秀で、毎年三月には総代をおつとめになっておりましたね。中学時代もまた学業優秀、平均点八十五点以上の優等生だけが貰える銀メダルをいつもお付けになっていたし、なによりも一年生のときからずうっと級長をおつとめになっていた。おしゃれなあなたは、級長印の布を上着のどこにつければ一番かっこよく見えるかと友だちに相談なさったりもしていた。

太宰　……よく知ってやがるね。

——あなたのことを調べておいでの研究者が山のようにいらっしゃって、太宰治が何年の何月何日になにをしたかに至るまで、それこそ日にち単位で明らかになっておりますよ。

太宰　恥ずかしいったらありゃしねえな。

太宰　……うーむ。なるほどねえ。

――なにが、なるほどだ。

太宰　やはり弘前訛りの江戸っ子口調でお話しになるんですね。まったく不思議な日本語だ。ちょっとお待ちを。テープレコーダーを取ってまいります。そのときにカニ缶を山ほど、そして味の素を缶ごと持ってまいりますから。

――話がまだ終わっちゃいねえよ。いいかい、学校の勉強が好きだったというところまでは云ったが、中でも好きだったのは……、

太宰　それも存じておりますよ、はい。綴り方に作文、そして英作文でしょ。

――人の話を横合いから盗（と）るんじゃねえ。騒々しいぞ、下郎めが。

太宰　へーっ。

――中でも好きなのは幾何だった。

太宰　ほう、それは初耳ですな。

――とりわけ正三角形が気に入っててね。abcの三辺が同じ長さ、ABCの三つの角も同じ角度。どこから見ても同じ形、完璧じゃないか。

太宰　わかりましたよ。あなたのキリスト教好き、聖書好きの謎が、いまのお話で

みごとに解けました。キリスト教の本質は、父と子と聖霊の三位一体にある。つまり正三角形です。正三角形好きのあなたは、だからキリスト教の三位一体説にすっぽりはまっておしまいになった。そういうことなんでございましょ。

太宰　いちいち話の腰を折るな。育ちが悪いったらねえや。

――青森県に二百五十町歩の田畑を持つ大地主で県下でも三、四とうたわれた大金持の子、そして貴族院議員んちのお坊ちゃまのあなたと比べれば、たいていの人間が育ちが悪いということになってしまいますがね。

太宰　こんどは皮肉か。露骨に当てこすりやがってゲスなやつだ。いいか、ぼくは一回につき三分間しかこの世にいられねえんだ。途中でちょこちょこ口をはさまずに、しばらくは、こっちの云うことに耳を傾けたらどうだ。

――三分間しかいられないとおっしゃいましたか。

太宰　ああ、そういうことになっている。

――そりゃ大変だ。……三分間とはまるでウルトラマンだな。

太宰　なんか云ったか。

――いえなに、こっちのことで。どうぞ、先へ話をお進めください。どうぞ。

太宰　この鎌倉で、ぼくは二度、自死を企てていると云いたかったんだよ。最初は腰越（こしごえ）の小動岬（こゆるぎがさき）の畳岩で、銀座のカフェの女給と、催眠薬のカルモチンを三〇グラム呑んで入水した。女は死んで、ぼくだけが助かったのだが。

——田辺あつみこと田部シメ子さんでしたね。広島市出身。そのとき花の十八歳。

太宰　小柄な、切り下げ髪の美しい子だった。

——二度目は、その五年後でしたか。

太宰　こんどは一人だった。

——新聞社の入社試験に失敗したのが原因でしたね。あなたの『東京八景』には、こうあります。「三月、そろそろまた卒業の季節である。私は、某新聞社の入社試験を受けたりしてゐた。同居の知人にも、またHにも、私は近づく卒業にいそいそしてゐるやうに見せ掛けたかつた。新聞記者になつて、一生平凡に暮すのだ、と言つて一家を明るく笑はせてゐた。どうせ露見する事なのに、一日でも一刻でも永く平和を持続させたくて、人を驚愕させるのが何としても恐ろしくて、私は懸命に其の場かぎりの嘘をつくのである。……もちろん新聞社などへ、はひるつもりも無かつたし、また試験にパスする筈も無かつた。」……。つまりあなたは日常を嘘で固めて、周囲を楽しくさせる性癖をお持ちでした。そしてその嘘が破綻しそうになると、死を決意なさる……。いけませんなあ。

太宰　君にいわれたかねえな。それに、ぼくの云いたいことは別にある。二度目の自死を、ぼくは鎌倉八幡宮の裏手の山で企てた。さあ、これでわかったろう。

――……はあ?

太宰　つくづく君の馬鹿さがいやになるね。いいか、小動岬をAとして、小動岬から八幡宮までをａとせよ。このａの直線距離は?

――四、五キロといったところでしょうか。

太宰　正確には六キロだ。次に八幡宮をBとして、このヤグラをCとする。そして八幡宮とこのヤグラまでの直線距離をｂとする。このｂは何キロか。

――やはりａと同じくらいですな。

太宰　そう、同じく六キロである。では、このヤグラと小動岬との間をｃとして、その直線距離はどうか。

――……まさか!

太宰　やはり六キロなんだよ。

――すると、なんですか、小動岬と八幡宮とこのヤグラはそれぞれ正三角形の頂点をなしているとおっしゃるんですか。

太宰　うん。ぼくの大好きな正三角形なんだ。だから、このA点、B点、C点には、ときどき出ることにしている。毎年六月の、雨のしょぼしょぼ降る晩などは、とりわけ出たくなるんだね。偶然が重なったから出てきたわけじゃあねえんだ。もっとも、カニ缶だの黄身入りのビールだのがあると出やすいけれどね。

――というと、これまでもこちらにお越しになったことがある……？

太宰　ちょくちょくお邪魔してるよ。そうさねえ、少なくとも二十回は、ここに来てるだろうね。

――思い当たることがあります。日本では、あなたの作品二百余編をまとめて、「青春文学」と呼びならわしております。つまり、その、大人が読んでは恥ずかしいというような意味でして……。

太宰　志賀直哉あたりの陰謀だな。

――いや、志賀先生がおっしゃったわけではありませんで、一般にそういう風潮があると申し上げている。

太宰 ふん、青春文学でけっこう。だいたいが、ぼくは大人なるものが嫌いでね。人間の弱さ、優しさを失って、俗物になる。それがこの国では大人になることなのさ。そんな俗物どもに読まれちゃたまらねえ。

――あの、じつは……、

太宰 いいかい、四十に近い作家が、誇張でなしに、肺病の血を吐きながら、三人の幼児をかかえ、障子の骨も、襖のシンも、破れ果てている五十円の貸家に住み、戦災を二度も受けたおかげで、もともといい着物も着たい男が、短か過ぎるズボンに下駄ばきの姿で、子どもの世話で一杯の女房の代わりに、おかずの買物に出る。どうして、こんな哀れな姿で生きているんだ。いったいこの作家はなにが望みなんだ。云ってやろうか。この作家は、ただただ、本流の小説を書きたいだけだ。それじゃ、本流の小説とは何か。筋書だよ。おもしろい筋書だよ。弱くて優しい人間が、おもしろい筋書の中で、のたうち回りながらも、活き活きと跳ねている小説だよ。青春は、弱くて、優しい。そういう時期にある人たちに読まれているなんざ、光栄だね。俗物どもは、生活日記に毛の生えたような、つまらねえ、干からびたお作文を、いつまでもありがたく読んでいるがいいんだ。俗物と生活日記、お似合いだよ。

——ですから、わたしもその俗物の一人だったのです。あなたの小説なんて大人が読むものじゃないと思っていた。

太宰　なんだと。

——ま、お聞きください。……じつは、この鎌倉に引っ越してきてから、なんだか、あなたのことが気になって仕方がなくなった。いま、その理由がわかりましたよ。あなたがお出ましになっていたから、気になっていたんですね。それで、あなたの全集を繰り返し読みました。

太宰　ほう。

——青春文学だなんて飛んでもない。恥ずかしいだなんて、云ってるやつの方がよほどおかしい、恥ずかしい。

太宰　もっと云ってくれたまえ。ぼくは単純な男なんだ。褒め言葉が至上の音楽のように聞こえるたちでね。

——ええ、あなたは『頽廢の兒、自然の兒』（「日本浪曼派」昭和十一年三月号）という短いエッセイに、「太宰治は簡単である。ほめればいい。『太宰治は、そのまま〈自然。〉だ』とほめてやれ。」とお書きになっている。これからうんとほめますよ。日本語のおもしろさ、豊かさを徹底して生かした、あなたの語り口、これこそ日本人による日本人のための小説ですね。それがよく分かりました。つまり、読んでおもしろくない小説は下手な小説なんですね。なにもこわいことなんかない、これからは読んでおもしろくない小説は、きっぱり拒否しようと思いました。

太宰　すばらしい音楽だ。もっとやっとくれ。

——最大の発見は、「小説というのは小さな宝石を見つけ出す営みである」という、太宰治の志にふれたことでした。昭和十九年にお書きになった『一つの約束』というエッセイ、わたしはこれを空で云うことができます。なにしろ繰り返し繰り返し読みましたからね。難破して、やっと岸にたどりついた水夫が、灯台を見つける。やれ、うれしや、たすけを求めて叫ぼうとして、窓の内を見ると、今しも灯台守の夫婦とその幼き女児とが、つつましくも仕合せな夕食の最中である。ああ、いけねえ、たすけを求める自分の凄惨な一声で、この団欒がメチャメチャになる。水夫は、ほんの一瞬、ためらった。そこへたちまち、ざぶりと大波が押し寄せ、この内気な遭難者のからだを一呑みにしてしまう。もはやたすかる道理はない……。

太宰　うんうん、そんな文章を書いたこともあったっけ。ところでね、君……。

――ここからが、ばかにいいところなんです。お静かに。さて、この水夫の美しい行為をだれが見ていたのだろう。灯台守の一家は何も知らずに一家団欒をつづけていたにちがいないし、遭難者は波にもまれて、ひとりで死んでいったのだ。月も星も、それを見ていなかった。しかし、その美しい行為は厳然たる事実である。

太宰 あの、ぼくはね……。

――しっ。ここからが、あなたの文章です。

「誰も見てゐない事實だつて世の中には、あるのだ。さうして、そのやうな事實にこそ、高貴な寶玉が光つてゐる場合が多いのだ、それを書きたいといふのが、作者の生甲斐になつてゐる。」……。素敵な文章です。わたしは、この文章を基にして、『人間合格』と題した、あなたの評伝劇を書きました。あなたの一生の中に隠れていた宝石をいくつも見つけて、それを一所懸命書きました。……そうだ。いま、その芝居をやっているところなんだ。自分で云うのもへんですが、これがばかにいい芝居でしてねえ。先生を劇場にご案内しましょう。明日の午後三時に、もう一度、このヤグラにお出になってくださいますか。あなたを見たら、そりゃもうお客様も大よろこびなさいます。先生……。

だが、太宰先生の姿は、いつの間にか消えて、正面の納骨穴には、新約聖書が黒々と収まっているばかり。

三分たったのだ。

もちろん、わたしは先生を劇場へお連れすることを諦めてはいない。なにしろ、このヤグラは正三角形の頂点の一つなのだ。これから、このヤグラで寝起きするなら、近いうちに、きっとまた、先生にお目にかかることができるはずである。

「なあんちゃって」おじさんの工夫

――ある三文小説家の講演録の抜書き――

井上ひさし

……でありますから、彼の実人生と、彼の作品とは、常に微妙に反映し合う関係にあったと云い切ってよろしい。もちろんこれは彼自身も認めていたところでもあって、たとえば、『苦悩の年鑑』の一節を援用しましょうか。

〈私は市井の作家である。私の物語るところのものは、いつも私といふ小さな個人の歴史の範圍内にとどまる。〉

すなわち、太宰治もまた「私小説」の書き手の一人だったのであります。

ちえっ、太宰の小説の一節を借りて月並みをしゃべってやがら、と白けた方もおありとおもうが、じつはこの先にわたくしの論の核心がある。

たしかに彼は常に「私」について語りつづけた。しかし、その語り方は他とは大いにちがっていたのです。太宰は、それまでのように、鹿爪らしく「私」を語る方法を採らなかった。読者の同情を惹こうとして、ことさら悲劇的に「私」を語る手法をおのれにたいして禁じた。どうです、このぼくったらこんなことまで考えていたんですよと、読者より一段高いところに立って偉そうに「私」を語ることもしなかった。そんな語りは品がない。だいたいがゲスである。太宰は、それこそ月並みな、それらの手垢のついた方法を一切拒絶して、おのが「私」を、語り物の呼吸で語りつづけたのです。そこで、彼の文章は、それまでにない新鮮な果実を日本語にもたらすことになった。その工夫に手柄がある。そこに新機軸がある。そこに彼の真骨頂があるのであります。

どうして語り物だったのか。証拠は山ほどあります。まず第一の土台に、お経の語り節があったことはたしかでしょう。さきほど引いた『苦悩の年鑑』に、彼はこう書いている。

〈女たちは、みなたいへんにお寺が好きであつた。殊にも祖母の信仰は異常といつていいくらゐで、家族の笑ひ話の種にさへなつてゐる。お寺は、淨土眞宗である。親鸞上人のひらいた宗派である。私たちも幼時から、イヤになるくらゐお寺まゐりをさせられた。お經も覺えさせられた。〉

第二の土台は、実の母親だと信じ込んでいた叔母きゑから、毎晩聞かされた昔噺(むがしこ)の旋律。第三は、お寺の地獄極楽の御絵掛地の前で女中のたけが語ってくれた無間奈落の説明の、おそろしい口調。さらに旧制中学時代から高校時代にかけてしきりに唸っていたという義太夫の調子。もう一つ付け加えるならば、青年作家時代の太宰の盟友だった檀一雄が、「太宰はたいへんに落語に凝っていた」と証言しています。

〈(太宰の座右の書をあげるなら)……円朝全集。太宰の初期から最後に至る全文学に落語の決定的な影響を見逃したら、これは批評にならないから、後日の批評家諸君はよくよく注意してほしい……〉(『小説太宰治』)

太宰はいつも、こういった日本の語り物のもつ独特の文法に則って考えを進めていた。また、文章を書くときの彼の耳にはいつも、日本の語り物の旋律やリズムが聞こえてもいたのです。

ちょっと待て、落語は語り物かよ、あれは喋り物じゃないかという疑問をお持ちの方もあるでしょうが、いまのところは日本の口承文芸を一括して語り物と呼ばせていただいております。さらに、「日本の語り物のもつ独特の文法」と云ったのは、たとえば、落語のオチのことです。西洋の短編小説にもオチのついたものがあるが、落語の方がずっと深く企んでいるし、その方法論も完成されている。その落語に強く影響されて、太宰は小説にオチをつけようとしてずいぶん苦心をしました。そこから次のような発言も出てくるわけです。

〈……太宰治はオチ作家と称ばれ、坂口安吾のごときは、「太宰の作品は、落語として後世にのこるだらう」と言ひ放つたといふことだ。〉（青山光二『太宰治と織田作之助』）

もとより彼は近代に生きていますから、明治以降の文学者たちが作り上げた近代散文（書記言語）の恩恵に与かっております。そこで、原稿用紙に向かうたび、彼の内部では、その近代散文と、永いあいだ民衆によって練り上げられてきた日本語の粋、語り物の口言葉とが烈しい衝突をおこしていた。そして彼の栄光はたぶん、近代散文の前に全面降伏をしなかったことにあるでしょう。すなわち彼は、近代散文の分析力と経済性を受け入れながらも、その上に、語り物の文法を、旋律やリズムを再生させたのです。

ところが、ここにもっと重要なことがあって、太宰はとても演劇と親しいのですね。日常でもしばしば芝居口調でものを云っていたと、彼を知る人が何人も証言していますし、それよりなにより『思ひ出』の一節を読めば、それがよく分かります。

〈……村の芝居小屋の舞臺開きに東京の雀三郎一座といふのがかかつたとき、私はその興行中いちにちも缺かさず見物に行つた。その小屋は私の父が建てたのだから、私はいつでもただでいい席に坐れたのである。學校から歸るとすぐ、私は柔かい着物と着換へ、端に小さい鉛筆をむすびつけた細い銀鎖を帶に吊りさげて芝居小屋へ走つた。生れて初めて歌舞伎といふものを知つたのであるし、私は興奮して、狂言を見てゐる間も幾度となく淚を流した。その興行が濟んでから、私は弟や親類の子らを集めて一座を作り自分で芝居をやつて見た。私は前からこんな催物が好きで、下男や女中たちを集めては、昔話を聞かせたり、幻燈や活動寫眞を映して見せたりしたものである。そのときには、「山中鹿之助」と「鳩の家」と「かつぽれ」の三つの狂言を並べた。山中鹿之助が谷川の岸の或る茶店で早川鮎之助といふ家來を得る條(くだり)を或る少年雜誌から拔き取つて、それを私が脚色した。拙者は山中鹿之助と申すものであるが、――といふ長い言葉を歌舞伎の七五調に直すのに苦心をした。

……〉

三十六の断章からできた短編の『葉』、これは例のヴェルレーヌの「叡智」から引用した「撰ばれてあることの／恍惚と不安と／二つわれにあり」というエピグラフでよく知られていますが、この『葉』のなかに、ドキッとするような一行があります。曰く、

〈役者になりたい。〉と。

この『葉』は、彼の第一創作集『晩年』の巻頭を飾っている。ちなみに、この『晩年』の初版部数は六百部でしたが、それはとにかく、「文学的遺書」ともいうべき、この大事な一冊の、しかも巻頭の一篇のなかで、太宰は右の一行をもって一断章としているのですから、彼がよほど芝居と親しかったことがわかるではありませんか。いや、親しいどころではない。太宰という人は、「役者になりたい」を通り越して、子どものときからすでに役者でした。そして亡くなる日まで演劇人だったのです。

ひとまずここまでをまとめると、太宰治という作家は、「私」という存在を、語り物の呼吸で語ったのでした。しかも舞台で演じるように。こんな方法で「私」を語った作家は空前でしょう。

もう一歩踏み込んで云うならば、太宰は一人芝居の役者、それも作者を兼ねた名優だったのです。しかも、その一人芝居で扱われる主題は、イエス・キリストの受難劇でした。ということは、彼は、おのれの苦悩を、ゴルゴタの丘に登るイエスの肩の重い十字架になぞらえていたことになる。つまり太宰治はイエス・キリストであった。だからこそ、「撰ばれてあることの／恍惚と不安と／二つわれにあり」と書き付けもしたわけです。なんという野心でしょう。

ばか云え、太宰が演じたかった役はユダじゃないのか、『もの思ふ葦』というエッセイで、太宰は、「ユダ。君、その役をどうか私にゆづつてもらひたい」と、そう書いているんだぜと反論なさる方もあるでしょう。もちろん太宰がユダを演じようとしたことはあった。でなければ、『駆込み訴へ』という傑作が生まれるわけがない。しかし、彼は主にイエスを演じようとしていたのです。いちいち出典をあげることはしませんが、作品のあちらこちらで、「われこそ神の寵児」だの、「私は神のまま子」だのと書いていることからも、それは明かです。

傍証もある。

『斜陽』のなかで、旧華族の長女かず子が弟の文学の師、無頼派作家に書く愛の手紙の宛名の「M・C」は、「私のチェホフ」、「マイ・チャイルド」、そして「マイ・コメデアン」などの意味であると、作中で種明かしされています。しかし、これは当然、「マイ・キリスト」と読み解くことができるはず。したがって、手紙の受取人の無頼派作家上原二郎＝太宰治はキリストでなければならない。正確には偽キリストでしょうけれども。

もう一つ、筆名のことがある。津島修治がなぜ太宰治という名で小説を書かねばならなかったか。定説はありませんが、ここでは関良一説に注目しましょう。その説によれば、ドイツ語のDasein（現存在）をもじって、太宰を名乗ったのではないかというのですね。

この説に、わたくしがつたない付録をつけますと、現存在とは、太宰が旧制の弘前高校に在学していたころ、例の『存在と時間』によって世界の思想界に衝撃を与えたハイデガーの用語で、「存在が問われる場」（木田元）、つまりは人間のことです。人間は、死の可能性を見定めることによって初めて自分の日常性の内面に立ち返ることができるが、他の動物にはそれができない。死の可能性を見定める場をもつ存在は人間に限られるというわけです。

第一創作集『晩年』の巻頭を飾った『葉』の、最初の断章は、周知の通りで、こうです。

〈死なうと思つてゐた。ことしの正月、よそから着物を一反もらつた。お年玉としてである。着物の布地は麻であつた。鼠色のこまかい縞目が織りこまれてゐた。これは夏に着る着物であらう。夏まで生きてゐようと思つた。〉

この断章そのものが、現存在の解説になっています。そして、「現存在（ダーザイン）＝人間＝その代表としての人の子となったキリスト＝太宰」と、横滑りさせて、太宰治と名乗った。そう類推してもいいのではないでしょうか。

しかし、いくら図太い太宰でも、舞台の上で、自作自演のキリストを気取るのに照れるときがある。格好よくポーズをきめる、偉そうな警句を口にする、なにか美しいことを云う、貧者や弱者を庇って正論を吐く、そのたびに照れて含羞（はにかん）で、「なあんちゃって」と崩す。これが太宰の文体の、いや彼の文学の基調なのです。

〈役者になりたい……なあんちゃって。〉
〈夏まで生きてゐようと思つた……なあんちゃって。〉
〈私は市井の作家である……なあんちゃって。〉

太宰の文章だったら、どれでもよろしい。彼が格好よくきめたら、そのあとに「なあんちゃって」を付けてみてください、奇妙によく付きます。そしてうんとおかしくなる。たぶん彼も、そうやって読む者を歓迎するはずです。というのも、太宰は、読者に読んでもらうのが大好きだったからで、決して失礼にはあたらない。

さて、本日の演題は、「太宰文学の笑いについて」でありまして、余談はこれぐらいにして、このへんで本論に……

Ⅱ 太宰治はこう生きた

――三十九歳の生涯――

人と生きてこそ宝石か。
友情の宝石がひとつでも持てたら、
生れてきた甲斐がある。
ちくしょう、長生きがしてえ。

井上ひさし「人間合格」より

文・構成
小田豊二
渡辺昭夫

太宰誕生

青森県北津軽郡金木村
六百坪の宅地に二百五十坪の大邸宅
やがて、貴族院、衆議院議員を歴任する
「金木の殿様」の六男として
太宰治は生まれた
明治四十二年六月十九日
戸籍名　津島修治

津島家の先代は、鮫油、荒物などの販売から始まった新興商人の地主で、零細農民相手の金貸し業から発展した。津島修治が誕生した頃には、邸宅の周辺に役場や警察、郵便局などがあり権力の象徴としての威容があった。赤い大屋根を持つ邸宅は、高い煉瓦塀で囲まれ、小作争議へ備えてもいた

津島邸二階の座敷にて、修治の父津島源右衛門と母たね。北津軽地方は冷害・凶作の土地。津島家は、零細農民などを相手に金貸し業も営み急激に発展した。父は、政界にも進出。「金木の殿様」と呼ばれていた

●あれは、明治四十年六月のことでございました。

青森県北津軽郡金木村の中心部に、目を見張らんばかりの豪邸が落成いたしました。宅地だけで約六百坪、一階に十一室、二階に八室。しかも、家のまわりは、高さ四メートルの煉瓦塀で囲まれておりまして、まるで宿屋のような大変に大きな家でした。

総工費は四万円。当時、資本金が一万円あれば、銀行を設立し、自分が頭取になれたくらいですから、この家のすごさがおわかりになると思います。

しかも、この誇らしげな家を守るように、役場や郵便局、銀行、医院、警察署などが取り囲んでおりますから、まさにこの家は、金

金木の中心にあった津島邸（大正14年６月、金木町金木字朝日山414番地）。この写真は、太宰治の青森中学時代のもの

木村のへそ。このゴミでも取ろうものなら、村全体がおなかをこわすといった存在でございました。

さて、この家。持ち主は津島源右衛門、もちろん、この土地の権力者。小作人が三百人もいる大地主というだけでなく、金貸し業を基盤とした新興商人、多額納税による貴族院議員有資格者というわけですから、まごうことなき、この村のボス、いや、青森県全体の「ドン」のひとりだったかもしれません。

この家が完成いたしまして、源右衛門ほか三十人の家族、使用人が住みはじめます。そして、二回の冬を越しました明治四十二年六月十九日、この家に移って初めての子供が誕生しました。

津島家の土間と常居。この土間は間口２間半（4・5メートル）奥行12間（22メートル）あった

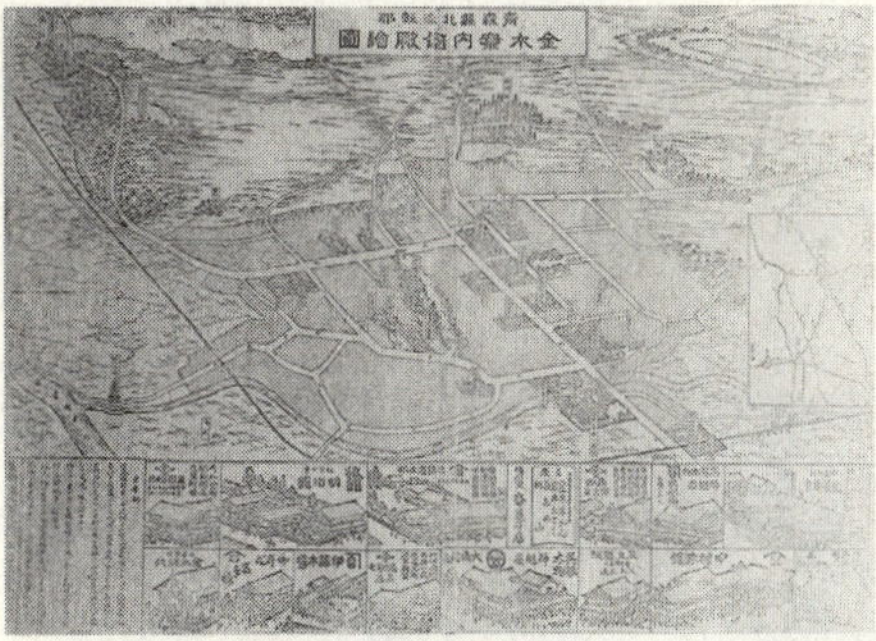

金木村案内俯瞰絵図（明治40年頃）。この地図は、津島源右衛門と金木村役場の賛助によってつくられた

産声が上がったのは、裏階段の横の大きな部屋。誕生したのは六男、源右衛門の何と十番目の子供でした。

もうおわかりでございましょう。この子が津島修治、そう、のちの太宰治でございます。

津島家の人々

長男、次男は夭折、他に三人の兄姉が四人、弟一人

父はオドサ、兄はアンサ
六男はオズ(叔父)カス

叔母、曾祖母、祖母、婿養子……親族と使用人を加えて三十数名の大家族

大正末年の津島家で撮影。津島源右衛門は、大正12年に52歳で死亡。
後列右から、６男修治(太宰治)、４男英治、３男文治(津島家当主)、７男礼治。
長兄総一郎と次兄勤三郎は夭折。
中列右から、文治妻れい、姉とし、文治長女、母たね、祖母いし（中央）

明治40年６月。完成した津島家で長女たまに婿を迎えたときの津島一族。前列右よりりえ（叔母きゑの長女）、たま、１人おいて、きゑ、１人おいて、たね、とし、後列右より、英治、婿良太郎、文治、源右衛門、この写真の２年後に太宰治が生まれた

修治(太宰)5歳の頃

■津島家系図

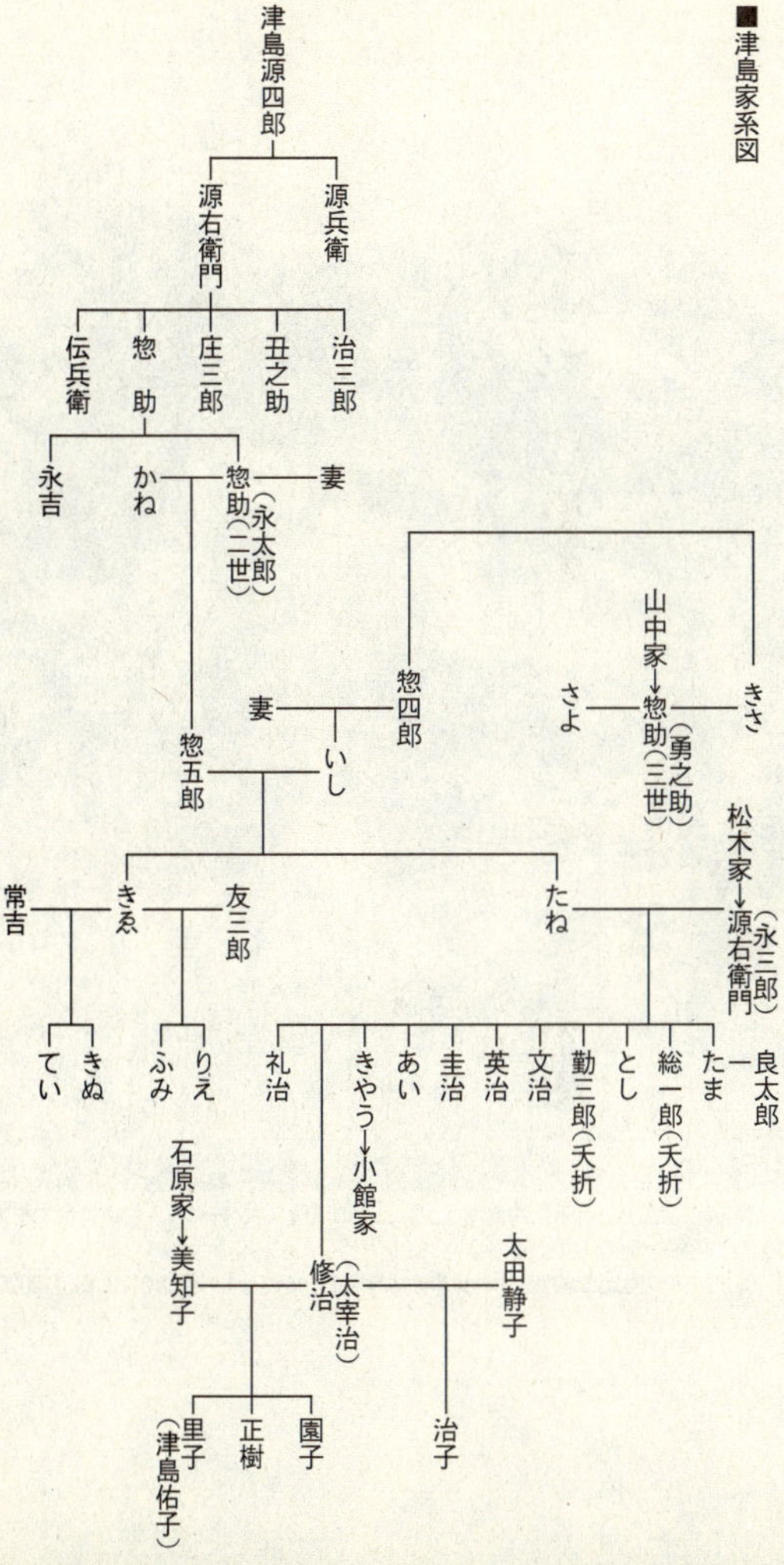
津島源四郎
源兵衛
源右衛門
治三郎
丑之助
庄三郎
惣助
伝兵衛
妻
惣助（永太郎）（二世）
かね
永吉
きさ
山中家→惣助（勇之助）（三世）
さよ
惣四郎
妻
いし
惣五郎
松木家→源右衛門（永三郎）
たね
友三郎
きゑ
常吉
良太郎
たま
総一郎（夭折）
とし
勤三郎（夭折）
文治
英治
圭治
あい
きやう→小館家
礼治
りえ
ふみ
きぬ
てい
太田静子
修治（太宰治）
石原家→美知子
治子
園子
正樹
里子（津島佑子）

戦後、斜陽館（旅館）となった津島家（上）とその階段（次ページ）。現在は金木町太宰治記念館「斜陽館」となっている
〒037—0202　青森県北津軽郡金木町大字金木字朝日山412—1　電話0173（53）2020

幼年時代

病弱な母にかわって乳母がつく
叔母きゑに育てられ
子守りのタケと遊んだ
「昔こ」を語り聞かされ
近くの寺で「地獄絵」におびえた

●オガサ、いいや、津軽弁でお母さんのことですが、母親たねが大変に病弱だったこともありまして、修治は当時津島家に雇われておりました乳母に育てられます。ところが、この乳母がすぐに再婚で去っていったため、娘四人を連れて出戻っていた、母たねの妹きゑに預けられます。

そして、この関係は修治が小学校にあがるまで続きましたから、修治は叔母を実母だと思っていたようです。

太宰が1歳数カ月の頃。左が母たね。右が叔母きゑ。叔母の家族同様にして育てられた太宰は叔母を実の母と思いこんでいた。叔母に寄り添っている

太宰の子守だったタケ（越野タケ）とタケの曾孫（昭和57年頃）。太宰は、若き日のタケに育てられた。タケが亡くなったのは、昭和58年

太宰の幼年時代を語るのに、この人を欠かしてはいけません。名作「津軽」に登場する女性、越野タケ。当時はまだ近村タケといってましたが、彼女が修治の面倒をみたようでございます。

このタケ、津島家の小作人の娘ですから、「ボッチャ（坊っちゃま）」を育てるのに慣れてない。ですから、本来なら小作人の子供たちと遊んではいけない修治を家族の目を盗んでは、土地の子供たちの遊び場に連れていったようです。

太宰が子供時代、大変に腕白だったと聞くと、「あら、意外ね」と思われる方もいらっしゃると思いますが、このあたりは、勇気あるタケの行動のおかげだったのかもしれません。

実際、修治は金持ちのボッチャにしては、のびのびした少年らしい少年だったようです。自作の漫画を描いては声色を使って演じてみせて、小作人の子供

金木山雲祥寺（明治45年）と雲祥寺にある「地獄極楽御絵掛地」。太宰の子守りとなったタケは、旧正月やお盆に御開帳となるこの絵を太宰をつれてよく見にいった

たちの拍手を浴びたかと思うと、次の日は小学校の教師をからかって、廊下に立たされてみたり。

特に、学校の先生を驚かせたのは作文。小さい頃から、お伽噺が好きだったこともありますが、やはり梅檀（せんだん）は双葉より芳し、でございましょう。すでに文学者の片鱗がキラキラと輝いていたといってもいいのではないでしょうか。

多少、実母との縁が薄かったにせよ、少年修治はこのように大変に幸福な人生のスタートを切りました。足音高く、大きなストライドで、精一杯手を振り、靴ひももまったくゆるむことなく、未来に向けて人生を駆け出したといっていいでしょう。

金木第一尋常小学校
明治高等小学校

大正五年、尋常小学校入学
津島家の子弟は特別待遇を受けた

読書に夢中、作文が得意
全甲首席で卒業

県立中学校入学前に初めての屈辱
「学力補充」で明治高等小学校へ

●大正十一年三月、修治は六年間全甲、もちろん首席で金木第一尋常小学校を卒業します。まさにトップをきって、人生のマラソンレースを走りはじめたのです。

ところが、そう、思わぬことが起こります。尋常小学校を卒業すれば、次は当然、県立中学校というコース。それが、学力補充という

小学校の仲間たちと、左から２人目が太宰

修治にとっては屈辱的理由で、一年間、郊外の明治高等小学校へ行かなければならなかったのです。

これはショック。いや金持ちのボッチャにとっては屈辱そのもの。小学校では一番なのに、なぜ中学に行けないのか。冗談じゃないという心境だったと思います。

ちょっと不貞腐れた修治、この時期に不遜な態度を学校であらわします。ケンカはする。教師に逆らう。やがてあっという間の一年がたちます。

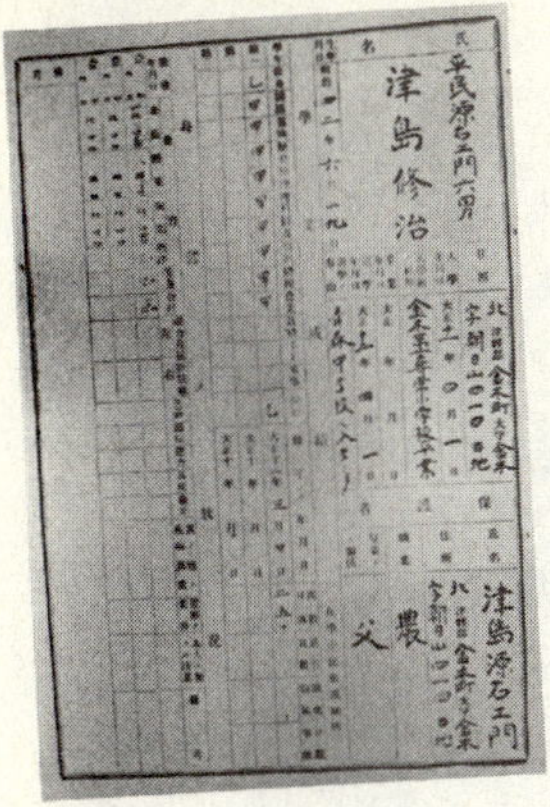
平民源右エ門六男
津島修治
津島源右エ門
父

明治高等小学校の学籍簿

大正５年、金木第一尋常小学校入学。津島家は村の行財政の中心になっており、その子弟は特別待遇を受けた。しかし、太宰の成績はずばぬけており全甲首席で卒業した。小学校時代から読書に夢中になり、作文にも目を見張るものがあった。そのまま県立中学校に入るはずであったが、学力補充のため金木町（大正９年町制施行）と近隣３カ村協同による組合立明治高等小学校入学。ここでは津島家の子弟といえども特別扱いされることはなかった。修身と操行は「乙」である

金木第一尋常小学校（金木村金木字菅原にあった旧御蔵屋敷）。大正５年入学、11年卒業

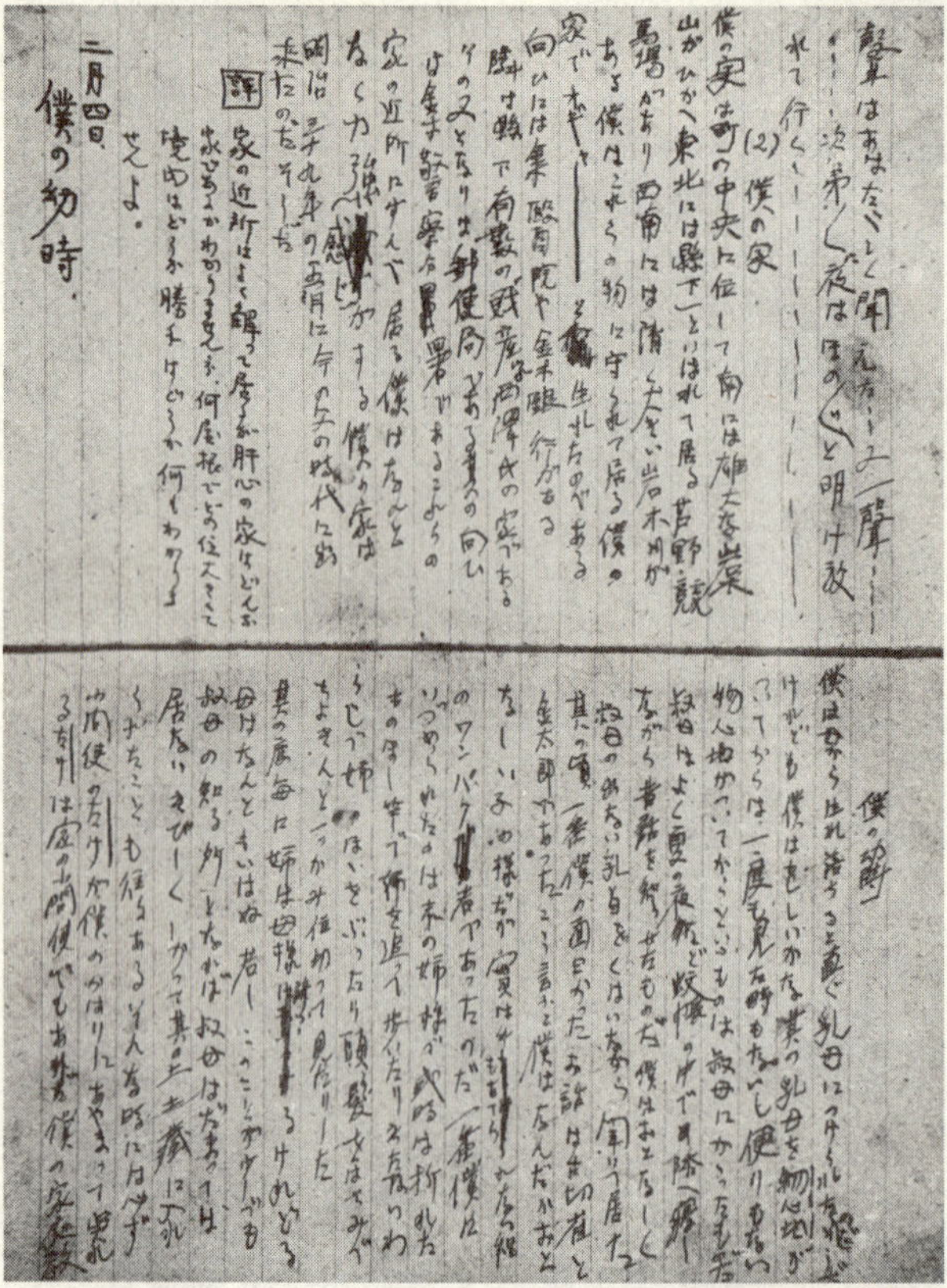

聲はあはたゞしく聞えた[illegible]一聲ーーー
ーーー次第々々夜はほのぼのと明け放
れて行く(ーーーーーーー)

(2) 僕の家

僕の家は町の中央に位して前には雄大な岩木
山がひかへ東北には「縣下」とよばれて居る芦野競
馬場があり西南には清らかな岩木川が
ある僕はこれらの物に守られて居る僕の
家でおぎゃーーーと生れたのである
向ひには[illegible]醫院や金木[illegible]がある
隣は[illegible]有数の財産家[illegible]氏の家である
その又となりは郵便局である其の向ひ
は警察署であるこれらの
家の近所にすんで居る僕はなんとな
く力強い感じがする僕の家は
明治三十九年の五月に今の家の時代に[illegible]
来たのだそーだ

評 家の近所はよく解って居るが肝心の家はどんな
おもむきかわからぬ。何屋根でどの位大きくて
使用はどうか勝手はどうか何もわからぬ
させよ。

二月四日。
僕の幼時。

僕の幼時

僕は母から生れ落ちると直ぐ乳母につけられた[illegible]
けれども僕は悲しいかな其の乳母を物心地が
ついてからは一度も見た時もないし便りもない
物心地がついてからといふものは叔母にかゝった[illegible]
叔母はよく夏の夜など蚊帳の中で[illegible]
ながら昔話を聞かせたものだ僕はおとなしく
叔母のおちない乳首をくはへながら聞いて居た
其の頃一番僕の面白かったお話は舌切雀と
金太郎であったこう言ふと僕はなんだかおと
なしい子の様だが実は[illegible]
のワンパク者であったのだ一番僕は
いつもいじめられたのは末の姉様だ[illegible]
[illegible]姉を追って歩いたり[illegible]
[illegible]姉をぶったり頭髪をはさみで
ちょきんと[illegible]
其の度毎に姉は母様[illegible]るけれども
母はなんともいはぬ若し[illegible]
叔母の知る所となれば叔母は[illegible]
居ない[illegible]
[illegible]
[illegible]僕の[illegible]
る[illegible]僕の[illegible]

明治高等小学校時代の作文

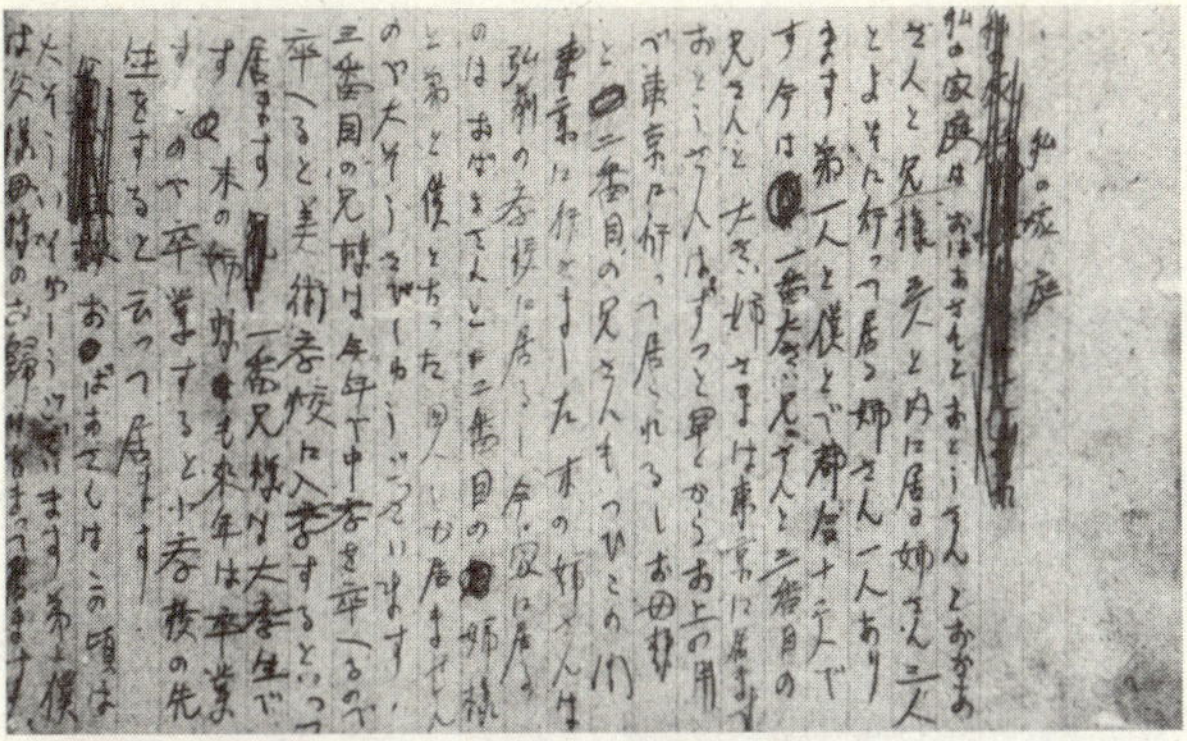

私の家庭

私の家庭は おばあさんと おとうさん と おかあさん と 兄様三人と内に居る姉さん二人とよそへ行って居る姉さん一人あります 弟一人と僕とで都合十二人です 今は一番大きい兄さんと二番目の兄さんと 大きい姉さまは東京に居ます おとうさんはずっと早くからお上の用で東京へ行って居られるし お母様と二番目の兄さんもつひこの間東京に行きました 末の姉さんは弘前の学校に居るし 今家に居るのは おばあさんと二番目の姉様と弟と僕とたった四人しか居りませんので大そうさびしゅうございます 三番目の兄様は今年中学を卒業するので卒業すると美術学校へ入学すると云って居ります 一番兄様は大学生です 末の姉様も来年は卒業するので卒業すると小学校の先生をすると云って居ります おばあさんはこの頃は大そうさびしゅうございます 弟と僕は父様母様のお帰りを待って居ります

(上) 明治高等小学校時代の作文
(左) 津島家の庭にて。左から姉あい、太宰、従姉てい、姉きやう、右端弟礼治、前列姉とし

現在の金木小学校にある太宰の文学碑

県立青森中学校

名門青森中学校入学、文学開眼
井伏鱒二の小説に興奮し乱読、創作に熱中した

筆名、辻魔首氏、辻島衆二
同人誌を創刊

尊敬する芥川龍之介の講演を聴く

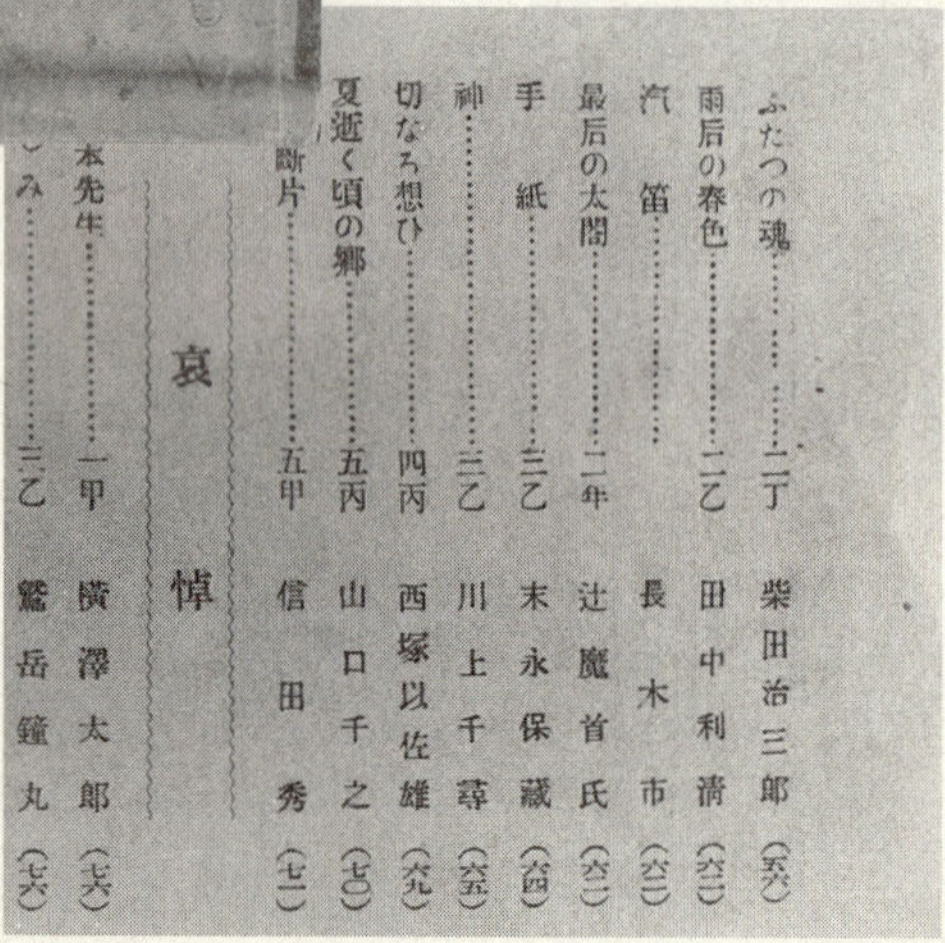

青森中学校「校友会誌」に辻魔首氏の筆名で「最后の太閤」を発表

県立青森中学校全景

●大正十二年四月、修治は一年遅れで名門青森中学校に入学します。その直前に、貴族院議員だった父が亡くなったこともあって、修治はやる気を取り戻し、猛烈な勉強をはじめます。

一年の遅れを取り戻すために、再び足をあげ、腕を大きく振り、ダッシュをかけて、走りはじめたのです。

〈大丈夫だ。このペースなら行ける〉

少しスピードをあげただけで、前を走っているランナーをやすやすと追い抜くことができると確信した時、修治にようやく余裕が生まれました。

それが文学でした。中学二年の終わりに、校友会誌に創作「最后

青森市では親戚豊田太左衛門家に下宿した。前列右から太宰、弟礼治、太左衛門。後列右から次姉とし、甥の逸朗

の太閤」を発表、三年になると、今度は仲間うちで「蜃気楼」という同人誌を発行、自らも「辻島衆二」というペンネームで力作を発表したのです。

ふだんは級長、それもつねにトップクラスの成績。それでいながら、小説も書く。余裕綽々の修治少年。そして入学した年の五月、修治は尊敬していた当時の大作家芥川龍之介の講演を聴き、大変に興奮したようです。

青森中学校時代、左から太宰、弟の礼治、級友中村貞次郎（「津軽」に登場する蟹田のNさん）

官立弘前高校

弘前高校入学、下宿

芥川龍之介睡眠薬自殺
大きな衝撃を受けた

結城紬に角帯、雪駄ばき
料亭置屋の半玉紅子と親しむ
「細胞文藝」で地主の実父を告発
謎のカルモチン自殺未遂？

現在の弘前高校にある「弘高生青春之像」

弘前高校2年生時代の太宰治（2列目右から5人目）

●（芥川はずっと先を走っているけど、いつか追いつくぞ）

そう思って、またスピードを一段とあげようとした矢先のこと。この芥川が二カ月後に自殺したのです。

修治は驚きました。

（なぜだ！　なぜなんだ？）

修治は狼狽しました。頭が混乱してきました。自分が人生というレースで考えてもみない展開になったからです。

自殺、自分で自分の命を絶つ。（自分で？　自分の？）

神も照覧、私は精一ぱいに努めて来たのだ。動けなくなるまで走って来たのだ。

（走れメロス）

ここまで順調に走ってきた修治は、この一瞬に立ち止まってしまったのです。修治の傍らを不思議そうな顔をしながら、次々とランナーが追い越していく。

そうか、走ることを自分でやめることができるのか——。

修治はただ茫然と、その場に立ち尽くすのでございました。

「栄光」というゴールめざして、人は学び、人は働き、人は生きる。それが人生だと信じて、ここまで走り続けてきた修治は、走ることのむなしさを感じはじめます。

人間っていうのは、不思議なものでございまして、生きることの虚しさを知ってしまったら、なかなか元には戻れません。再び走り出そうにも気力、筋力ともについていけないからです。

官立弘前高校に入学以来、学業に専念してきた津島修治は、ここから急激に変化をいたします。

さきほどからお話しいたしておりますマラソンレースでいいますと、芥川の自殺を契機に、レース中に立ち止まってしまうのです。まわりのランナーが額に汗して、将来の栄光を目指して走っているのを横目に、少し寄り道をしようと思いはじめたのです。

やがて、この小道で修治は名もない花が咲いているのを見つけます。木々の梢に鳥が鳴いているのを聞きます。

いや、これはくだらない比喩でございますが、いままでに見たことのない世界を知るようになったのです。

芥川自殺から数週間後、修治はそれまで着ていたものを取り替えます。

結城紬に角帯、それに雪駄ばき。まるで粋人のようなスタイルで、なぜか義太夫を習いはじめるのです。

これまでの修治には考えられない趣味でした。さらには、その義太夫の師匠が芸者だったということもあって、今度は花街にも出かけます。

何しろ、実家が大金持ちですから、まったく問題はありません。

そして、ここで修治は可憐な花を見つけます。

その名は紅子。当時十五歳の半玉。本名小山初代。

まさに、この時に寄り道しなければ絶対に出会うことのない女性だったかもしれません。義太夫、花柳界、それに読書。これが弘前高校一年の時の修治の生活。

これでは成績が下がるのも無理はありません。一年の最後には、三十五名中、三十一位。

（成績なんかどうでもいい。よくみんな一生懸命走っていられるよ）

修治はクラスメートとのレースをあきらめた時から、もっと世の中には大事なことがあると思いはじめたのです。それが、創作活動でした。

修治は勉強をそっちのけで、文芸に力を注ぎます。個人編集の同人誌「細胞文藝」を創刊し、その創刊号には、最初の長編「無間奈落」を発表。

実はこの小説、大変な内容でございまして、亡くなった父、津島源右衛門をモデルにした、何と、

芥川龍之介の自殺を報じる昭和２年７月25日の東奥日報

現文壇の巨匠
芥川龍之介自殺
原因其他は全く不明

【東京電話】小説家芥川龍之介氏は二十四日午前五時田端四百三十五の私宅に於て自殺を遂げた。詳細不明である

現文壇を壓した
博學の人

自殺を遂げた芥川龍之介氏は第一[illegible]學校を經て東京帝大英文科を卒業し、[illegible]久米[illegible]等と共に若くして既に文壇に名を成し、『羅生門』『[illegible]』等の不朽の

名作

多く、現文壇の巨匠として、殊にその[illegible]は文壇を[illegible]してゐた。が昨年多病より極度の[illegible]となり久しく[illegible]し、文壇に遠ざかつてゐたが、今年[illegible]健康を恢復し、[illegible]『河童』の[illegible]を發表しつゝ[illegible]に筆を揮つてゐた今年五月にも[illegible]の全國巡回文藝講演の際は

本市

にも來遊し、一場の講演をした事であり[illegible]ひつゝあつたが、或は人生に對し何等か極度の[illegible]を覺え自殺したものではないかと言はれてゐる。今年三十六歳將來益々大成すべき天才であつた。

悪徳地主の物語といいますか、告発物だったのです。

　そして、それを書きながら、自分の生まれた家を呪います。またそれだけではあきたらず、今度は自分をも呪う小説を書きはじめます。

　小作人から搾取した金で、自分はぬくぬく生活をしていいのか。そんな自分で恥ずかしくないのか。

義太夫のレコード

　その彼に追いうちをかける悲しい出来事が起こりました。

　昭和四年一月、青森中学に在学中だった弟礼治が敗血症で死亡してしまいます。弟はもともと虚弱な体質でしたが、一生懸命兄の修治のあとを走ってきた弟が死んだのですから、その悲しみは大変だったようです。

　学校は荒れている。左翼関係の生徒たちを不穏分子だとして、警察がマークしている。自分はどうあがいても、悪徳地主の子供。そのうえ、めんどうなことに、ちょっとやさしくしてあげた芸者の紅子までが、結婚をせまりだす。ああ、めんどくさい。

　この年の十二月十日、津島修治は常用剤のカルモチンを多量に飲みます。自分で走ることをやめることができるのだ――。

　修治は走ることに、早くも完全に疲れたといっていいでしょう。これがいわゆる彼の「第一回の自殺未遂」だといわれている事件。幸いにも一命をとりとめました。

高校時代、青森の料亭置屋の半玉紅子（小山初代）と親しくなった。弘前では義太夫を習い始めた

証言による太宰治①〈弘前高校時代〉

親戚の秀才のお坊っちゃん

――藤田本太郎

（ふじた・もとたろう）明治45年4月8日生まれ。太宰治が弘前高校時代に下宿した弘前市富田新町の藤田豊三郎宅の長男。藤田家二階奥が太宰、その手前が本太郎さんの部屋だった。本太郎さんの母は、津島家の分家から藤田家に嫁にきた人。弘前高校教師を経て、証言時は、東北女子大学教授。藤田家の当主であった。平成7年10月13日没

修治さんは、親戚の秀才のお坊っちゃんという感じだったですねぇ。私は三つ歳下。でも当時は十くらい違っている気がしてました。修治さんは早熟、私は奥手でしたもの……。

修治さんと私の部屋は襖一枚へだてた続きになっていました。ベス単のカメラを買ってもらったばかりの私の、モデルになってくれましてね。修治さんが下宿していた三年間に何枚も撮りましたよ。失敗もずいぶんありました。いろいろポーズをとってくれたんですけどね。今、残って

いるネガは十五、六枚ぐらいでしょうか。

「本太郎」と私のことは呼び捨てでしたけど、気さくに話しかけてよく冗談をいって笑わせてくれました。新しいものが好きで、マージャンやチェスが手に入ったといっては教えてくれました。チェスは、私が弱すぎて相手になりませんでしたね。

義太夫の稽古は、近所のお師匠さんのところへ通っていましたが、蓄音器にレコードをかけて手本にもしていました。隣りから聞こえてくる声にうっとりするようなことはなかったですけどね。

カルモチンの飲み過ぎで騒ぎになったのは、私が学校にいっていた時。昼近くになっても二階の部屋から降りてこないので、母が見にいったら

富田新町藤田豊三郎家に下宿した。２階右端が太宰の部屋

こんこんと眠っていたそうです。枕元にはカルモチンが少量残っている壜がある。万一のことがあっては一大事ということになったんです。医者がかけつけて、私が帰った時には目覚めていましたよ。

修治さんの兄、英治さんは「中学時代からカルモチンを常用していた。死ぬ気で飲んだんじゃあるまい」といってましたけど、私もそう思いましたね。

弘前高校卒業時の記念に国語辞典「廣辭林」を一冊もらい、それが残っています。それから、家の押し入れには、修治さんが編集、発行した「細胞文藝」の返本が山になっていました。それを全部とっておくことができなかったのが、残念です。

（平成元年十一月）

藤田豊三郎の家族と。左から太宰、3人目豊三郎、本太郎

下宿先の部屋で（撮影、藤田本太郎）

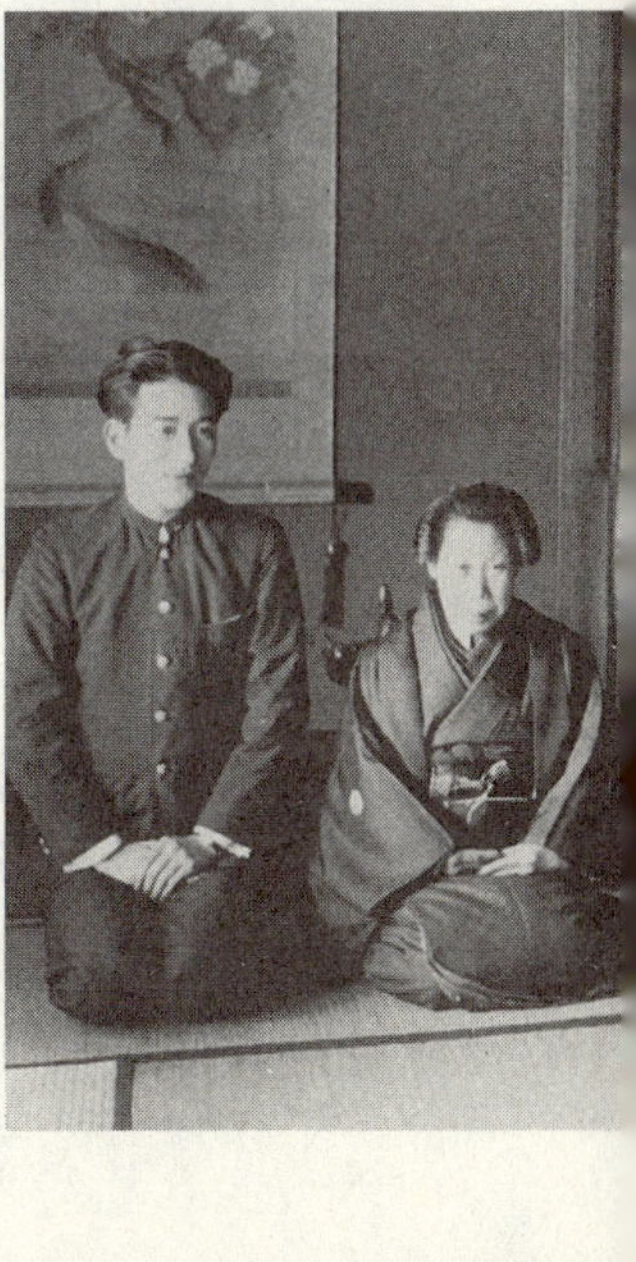

東京帝国大学

昭和五年、弘前高校卒業
東京帝国大学文学部仏文科入学
仕送りを受ける学生下宿に
左翼運動の同郷の先輩が訪れた
共産党シンパ活動の一方
井伏鱒二に師事する

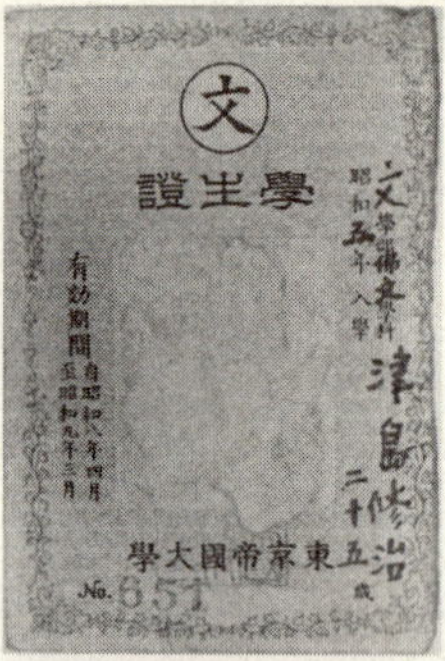
文
學生證
昭和五年入學
津島修治
二十五歳
有効期間 自昭和八年四月 至昭和九年三月
東京帝國大學

東京帝国大学文学部学生証
昭和8年4月〜9年3月

太宰が師事した昭和5年頃の井伏鱒二

●どうやらこうやら、弘前高校を卒業、東京帝国大学文学部に入学します。

その頃からでしょうか、共産党の党員が修治の下宿を訪ねはじめました。彼がブルジョア階級の出でありながら実家に反発し、その生い立ちを呪っていることを知って、仲間に入ってくれないかと誘うのです。

気持ちはよくわかります。貧しい人たちの味方になりたい。修治は本当にそう思います。でも、だからといって家を捨てるわけにはいかない。修治は家に復讐をするためにも、共産党にカンパをすることを誓います。

これと前後して、高校時代に知り合った作家井伏鱒二の家に出入

東京帝国大学一年生の太宰（中央）、中村貞治郎（左）、葛西信造（右）

りしはじめました。そして、やはり文章を書くことだけが、自分のすべての矛盾を解決する方法だということを知ります。大学にも入ったけど、ここはゴールでも何でもない。共産党の趣旨には賛成だが、自分はやはり、実家の金を頼らなければ生きていけない。幸いなことに、井伏さんは自分に才能があることを認めてくれている。

「もう、書くしかないな」

一点突破、全面展開。修治はそう心に決めたのです。出世レースのロードから遠くはなれてしまった彼は、作家というゴールのある文学のレースに参加しようと思ったのでした。

証言による太宰治②〈同人誌時代〉

作品で社会改革に貢献できれば

――川崎むつを

昭和四年の十二月、「座標」の編集委員で後には青森県知事になった竹内俊吉から分厚い原稿の綴りを渡されました。それが、津島修治の当時の筆名・大藤熊太による「地主一代」でしたね。校正もしましたが、闊達な字で相当書き馴れている感じがしました。

太宰の無名時代のことですし、私も仲間が一人ふえたくらいにしか考えていませんでしたね。私はプロレタリア短歌をつくっていました。「座標」には、小説も詩も短歌もあ

（かわさき・むつを）明治39年10月3日生まれ。昭和5年1月に創刊された青森県の文芸誌のほとんどを総合して出発した「座標」編集委員。函館商船学校卒。東奥日報勤務を経て渡った中国の大連では治安維持法罪で投獄された。戦後は赤旗青森支局長などを経て、証言時は、青森文学会・青森啄木会の代表を務める

ったんです。みんな、自分の書くもので社会改革に貢献できれば……という気持ちはあったと思います。

初対面は竹内の家。次の出会いは、弘前の彼の下宿。彼はちらっと顔をみせただけだったと思います。秘密会合でした。刑事に踏みこまれることも想定して、裏庭側の雨戸をあけて下駄を持ち込んでいたのを記憶しています。「細胞文藝」のころです。「地主一代」も「学生群」も完結してません。暴露的なのでと、兄さんから待ったがかかったとも竹内から聞いています。彼が上京の途中、青森市の私のところに寄って言ったことは「何でも女ゴを書がねば読まれません」ということでした。

私は「座標」を一年半でやめて上京しました。そして、彼と銀座のド真ン中の路上で再会しました。津島は和服の着流しに角帽姿。隣には、粋筋なことが感じられる小柄な若い美女が寄り添っていました。彼は周囲の人が振り向くような津軽弁で、「ややや あ、いづ出てきたば」

私にも女性の同伴者がおり、お互いに照れたのか同伴者の紹介はしませんでしたね。

「今度の在京学生会で何かしゃべってけねが。赤門から入った何とか教室。何日の何時だはで。何たかた来てけへ、へばな……」

在京学生会では、私を「現代語で歌をつくっている青森の歌人だ。話を聞いてくれ」と紹介してくれ、私も馴れない人前での話を必死でしたのを覚えています。

しばらくして、鎌倉での心中事件。

後になって、銀座で一緒にいた女性じゃなかったことにショックをうけました。一緒にいたのは青森の花街から出てきた紅子こと小山初代に間違いない、と思っています。

（平成元年十一月）

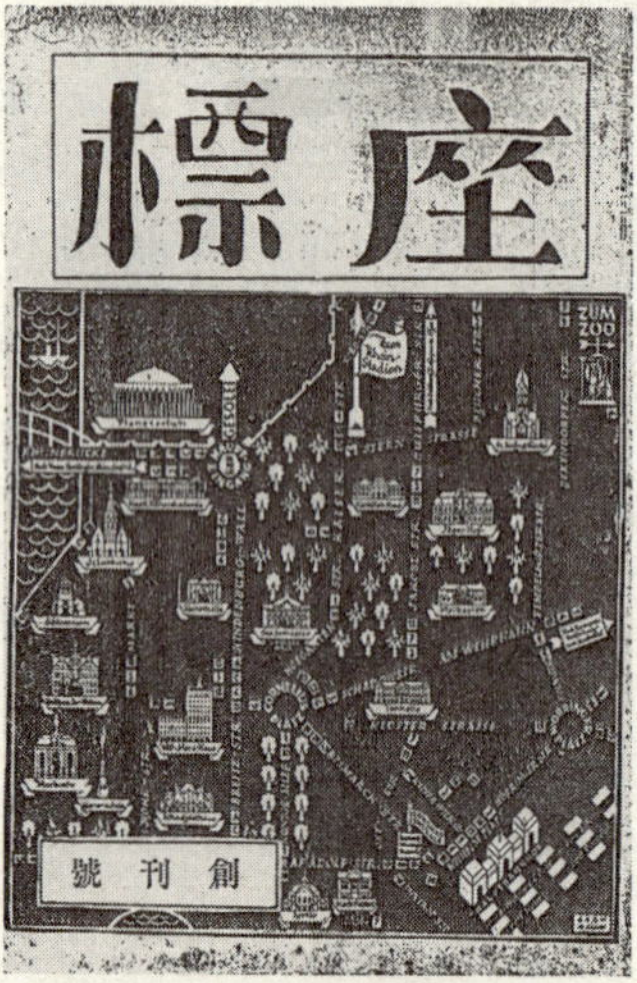

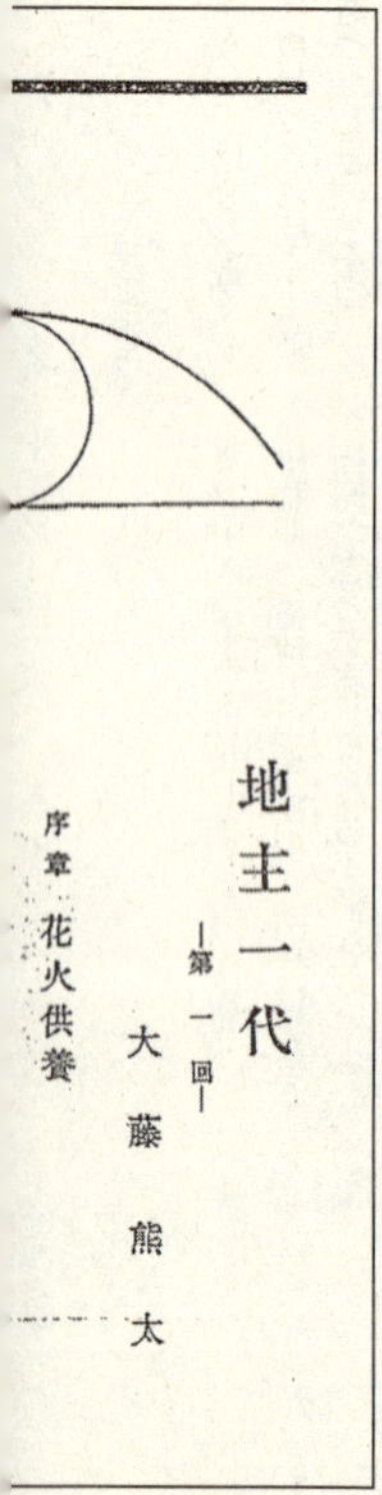

青森市の文芸同人雑誌「座標」連載の「地主一代」(大藤熊太の筆名による)は上京後も続いたが中絶

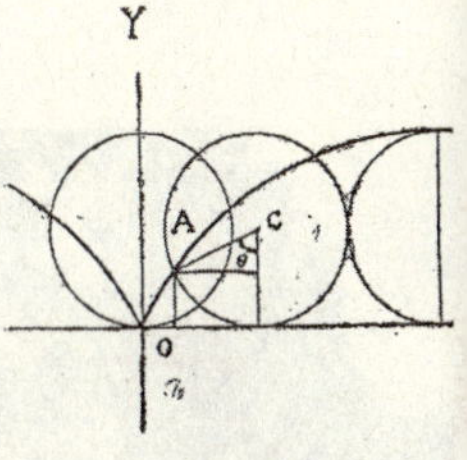

左様、まづ、私の一身上の事から物語らう。それから口に出すのも忌はしい事だが、今私の田地に起つて居る争議について鳥渡言はして貰ふ。今度の小作争議に闘して世間ぢや色々變な噂をたてゝ居るが、あんな根も葉もないことを言ひふらされると實際こちらが迷惑する。こちらの言ひ分もちつとは聞いて欲しいものだ。新聞なんかに出て居る記事は悉く出鱈目である。尤も今回に限つて新聞社に、――まあぶちまけて言へば、賄賂するのをつい失念して居たのが私の落度であつたけれど、何事によらず、こんなにゴタ／＼して來るのを見越したら第一に新聞社を買收するに限るのだ。なに、どんなに見識ぶらうが、千圓も掴ませたらよろしからう。すぐへナへナになる。そのことを忘れて居たのだから、返す／＼も残

— 30 —

念である。事態がこう成つた以上仕方がない、此の際私は私の立場を詳しく釋明して置く必要がある。私が此の手記を發表するのも、つまりは此の小作争議の眞相を皆に知つて貰ひたいからだ。

では其の順序として私一身上の事を先に言うて置く。私は今床の中で之を書いて居る。今度の騒ぎで又病が出て來たのである。餘り自棄酒を呑んだ故であらう。私の此の病氣は可成り悪性のものらしい。名前は言はぬが、或る小作人の女房から挑まれて傳染したのだ。私の經驗に依ると農家の女房は女郎より危い。

こゝ迄書いたら弟が部屋に入つて來た。弟の事は又後で言ふが、こいつは私の家の誰にも似ないで頗る醜男だ可愛そうでならない。殊に私から言ふのもなんだが、兄貴がこんなにいゝ男だから人知れず負目を感じて維謙してるだらう。私も馬鹿ではない。自分の顔のナザと髭との見分け位は附かぬでもないが、なにも殊更キザに卑下する必要はあるまい。弟は其れに頭も悪いらしい。大學を卒へてもう三年も經つのにまだ就職の口がない。職にありついても一月とつゞかない。大抵くびになる。頭の悪いのは致しかたがない。今だつて、ズカ／＼部屋に入つて來て、ドシンと私の枕元に座り込んだ。私は輕く其の無禮をたしなめると、弟の奴ニヤ／＼笑ひながら兄さんに手紙が來て居るといふのだ。見ると東京Ｋ新聞社からの書留だ。三十圓の小爲替が封入して居た。これは説明しねば判るまいが、一月許り前、慰み半分に小説と言ふものを書いて見たのだ。自分ながら巧く出來たと思つたから、丁度其の頃、短篇小説を毎週募集して居たＫ新聞社に匿名で送つてやつたら、見事當選したのだ。堅見惑といふ奴が選者だつたが甘いものだ。この分だと私だつてムキにさへ成つてやれば、小説家位は樂につとまる私は今弟にも此のわけを明した上、その私の小説の載つて居る新聞を讀ませたのだ。極く短いものだから、ここにも書いておこう。これは私の二十年近くも前の思ひ出話である。まだ三十にも成らない癖に、この縣下で一二を爭ふ大地主となつてる私が、その少年期をどうして送つたかと言ふのは、皆にも興味あることにちがひなからう。

『哀蚊』

……をかしな幽靈を見た事がございます。あれは、――私が學校にあがつて間もなくの事でございますから、どうで幻燈のやうにとろんと霞んでは居るに違ひござい

— 31 —

鎌倉・心中

弘前高校時代に馴染んだ
小山初代（紅子）が、出奔・上京
続いて長兄文治が弟のもとに上京
小山家との結納を交わした
津島修治が分家除籍された直後
知り合ってまもない
銀座の女給と一緒に薬を飲んだ

女だけが死に
津島修治は生き残った

鎌倉・七里ケ浜小動崎畳岩。
銀座のバー・ホリウッドの女給田辺あつみ（戸籍名田部シメ子）と心中をはかった

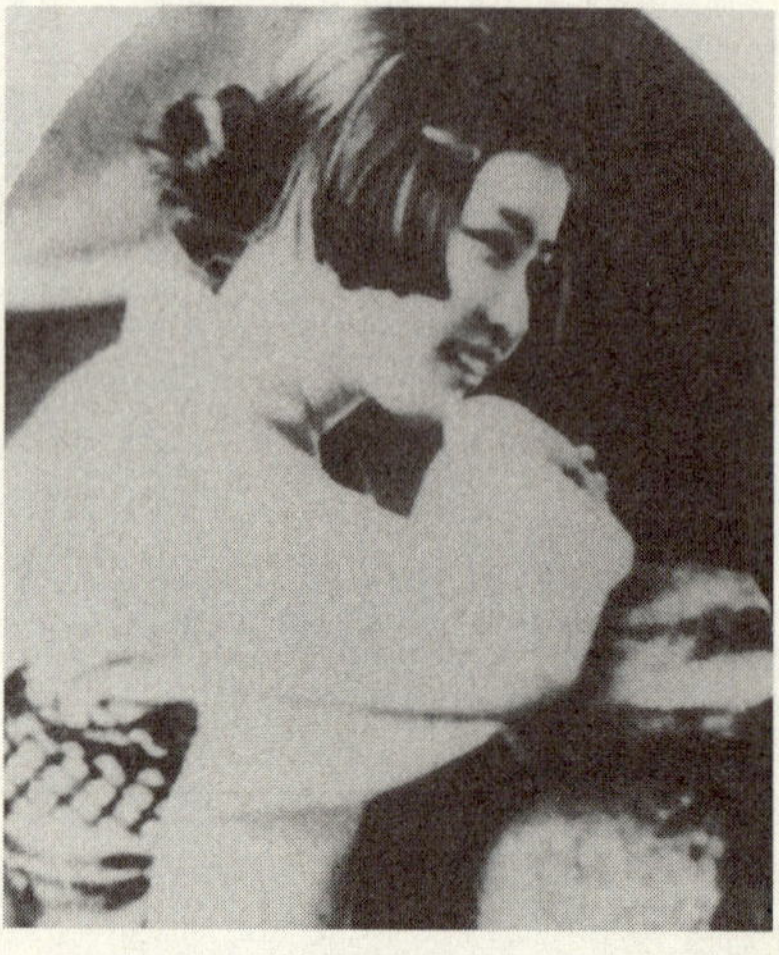

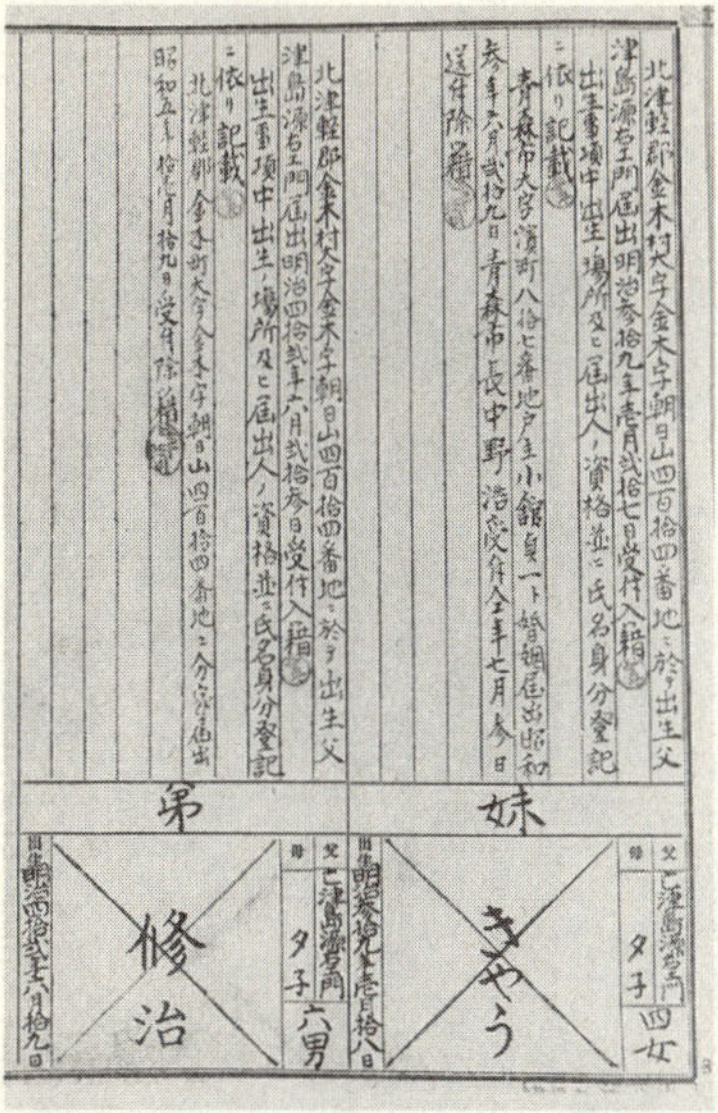
北津軽郡金木村大字金木字朝日山四百拾四番地ニ於テ出生父
津島源右衛門届出明治参拾九年壹月弐拾七日受付入籍
出生事項中出生ノ場所及ヒ届出人ノ資格並ニ氏名身分登記
ニ依リ記載
青森市大字浜町八拾七番地戸主小舘貞一ト婚姻届出昭和
参年六月弐拾九日青森市長中野浩受付仝年七月参日
送付除籍

北津軽郡金木村大字金木字朝日山四百拾四番地ニ於テ出生父
津島源右衛門届出明治四拾弐年六月弐拾参日受付入籍
出生事項中出生ノ場所及ヒ届出人ノ資格並ニ氏名身分登記
ニ依リ記載
北津軽郡金木町大字金木字朝日山四百拾四番地ニ分家届出
昭和五年拾壱月拾九日受付除籍

妹
父 亡津島源右衛門
母 タ子
四女
出生 明治参拾九年壹月拾八日
きやう

弟
父 亡津島源右衛門
母 タ子
六男
出生 明治四拾弐年六月拾九日
修治

津島修治の分家除籍謄本。昭和５年11月19日に分家除籍（義絶）されている。この５日後、小山家と結納を交わした

昭和５年５月、井伏鱒二を訪ねて以後師事するようになる。10月、弘前高校当時に馴染んだ芸妓紅子（小山初代）出奔上京。11月、長兄文治上京。戸塚の下宿で会談の結果、長兄は津島家からの分家除籍を条件として初代との結婚を承諾。分家では財産分与という形をとらず、大学卒業まで月々120円の生活費を仕送りすることになった。長兄は初代落籍のため一旦帰郷、結納。カルモチン嚥下による心中事件は、その直後に起こった

●ようやくすっきりした修治。ペンを手に、新たな人生のレースのスタートを切ろうとした、その時、青森からひとりの女性が彼のもとに逃げ込んできます。高校時代に通った料亭で馴染みになった芸妓紅子、小山初代が出奔してきたのです。

なんだよ、せっかく気持ちよくスタートしようと思ったのに……。

人間、いま何かを新たにはじめようとしている時に、邪魔者が入るといらつきます。いま風の言葉でいえば、〝むかつく〟とでも申しましょうか。

そこで彼は考えます。

文学のレースというものは、どれだけ転び、のたうち、血を吐いたかで決まる。もしそうなら勝て

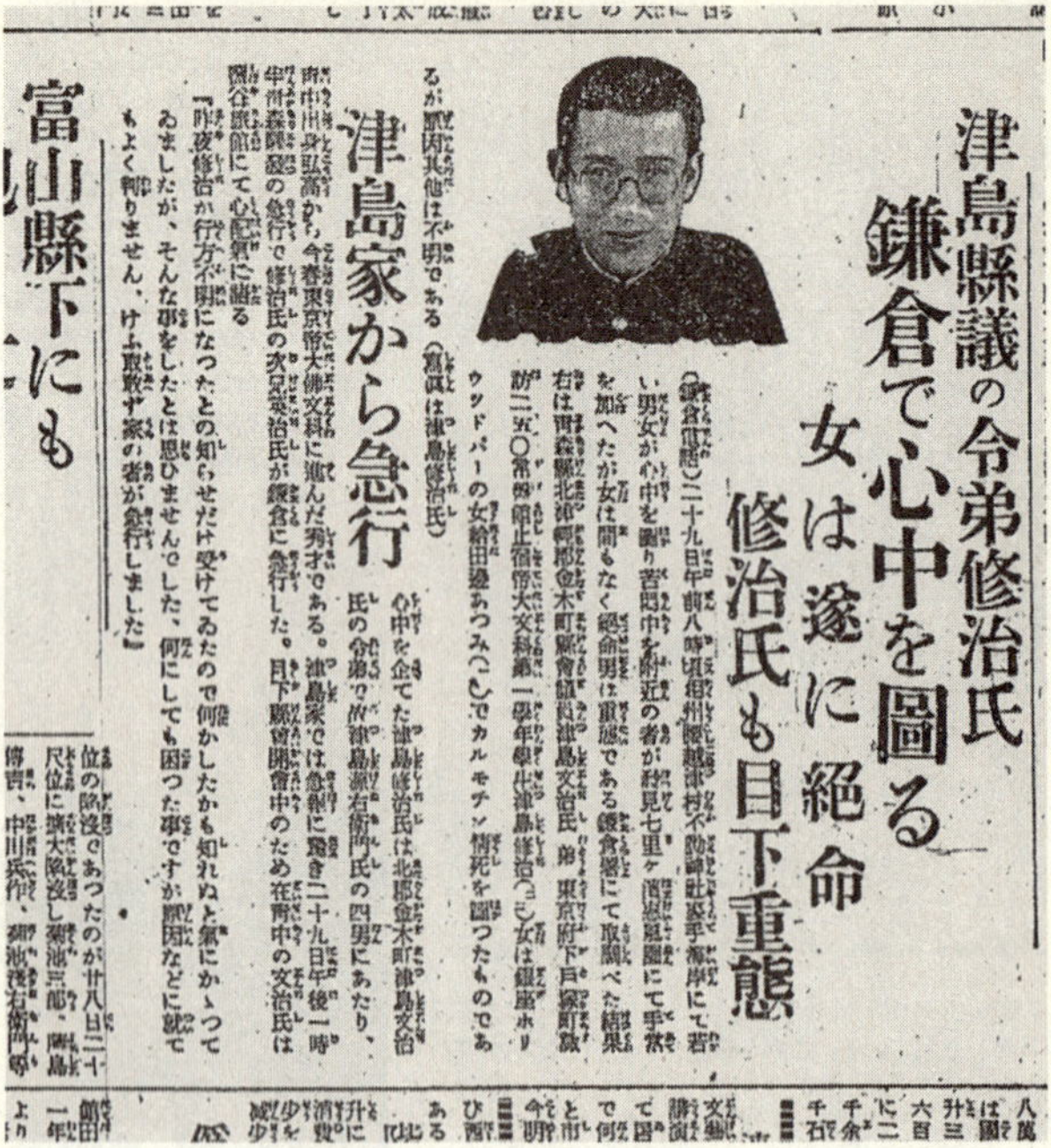
津島縣議の令弟修治氏
鎌倉で心中を圖る
女は遂に絶命
修治氏も目下重態

【鎌倉電話】二十九日午前八時頃相州腰越津村小動神社裏手海岸にて若い男女が心中を圖り苦悶中を附近の者が發見七里ヶ濱恵風園にて手當を加へたが女は間もなく絶命男は重態である鎌倉署にて取調べた結果右は青森縣北津輕郡金木町縣會議員津島文治氏弟東京府下戸塚町諏訪二五〇常盤館止宿帝大文科第一學年學生津島修治(二二)女は銀座ホリウツドバーの女給田邊あつみ(一九)でカルモチン情死を圖つたものであるが原因其他は不明である(寫眞は津島修治氏)

津島家から急行

心中を企てた津島修治氏は北郡金木町津島文治氏の令弟で故津島源右衛門氏の四男にあたり、青中弘高から今春東京帝大佛文科に進んだ秀才である。津島家では急報に驚き二十九日午後一時中村森縣議の急行で修治氏の次兄英治氏が鎌倉に急行した。目下縣會開會中のため在青中の文治氏は關谷旅館にて心配氣に語る
『昨夜修治が行方不明になつたとの知らせだけ受けてゐたので何かしたかも知れぬと氣にかゝつてゐましたが、そんな事をしたとは思ひませんでした、何にしても困つた事ですが原因などに就てもよく判りません、けふ取敢ず家の者が急行しました』

富山縣下にも

昭和５年11月30日の東奥日報。津島修治（太宰）の心中を報じている

る。でも、負けたらどうする。いや、勝つ。わかった。レースに負けた時は、津島修治が人生に敗れた時だ。死ぬ。その時は、死ぬ。

そう思った修治は、何でも受け入れようと決心します。泥水でも、ゴミでも飲み込もう、それが自分にとって走ることだ——と。

昭和五年、実家から分家除籍を条件に、小山初代との結婚が許されます。分家除籍ですから、お金の工面はできません。左翼運動に傾倒する修治に家を継いだ兄が出した最後通牒が、それでした。

この年の十一月、修治は銀座ホリウッドの女給、通称田辺あつみと鎌倉の海岸で心中をはかります。

好かれる時期が、誰にだって一

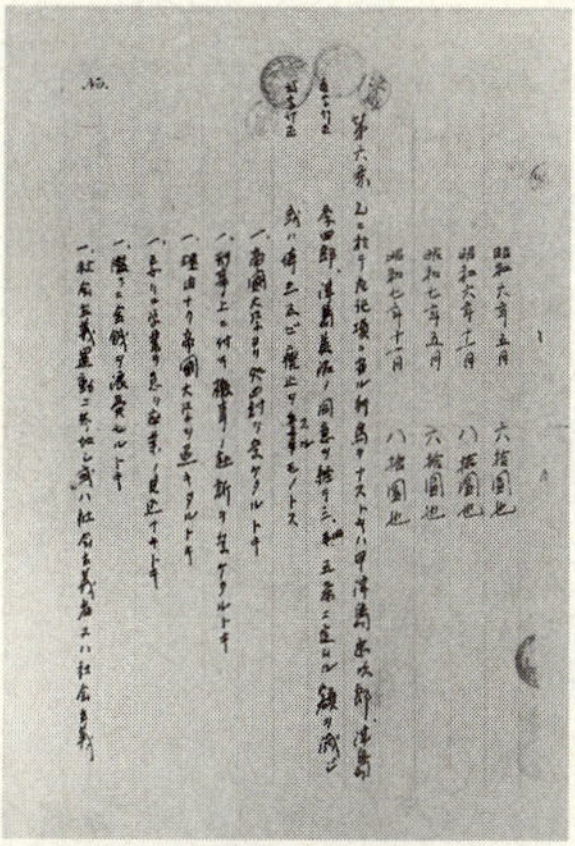

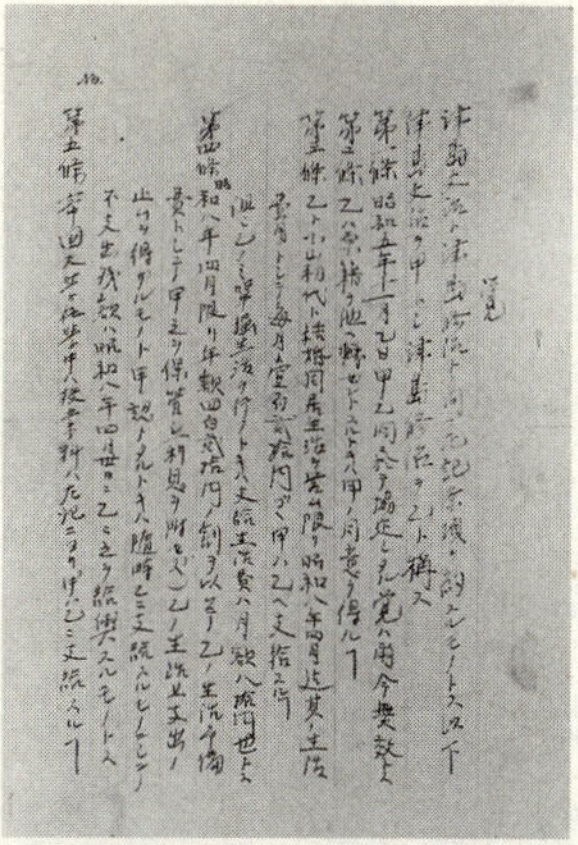

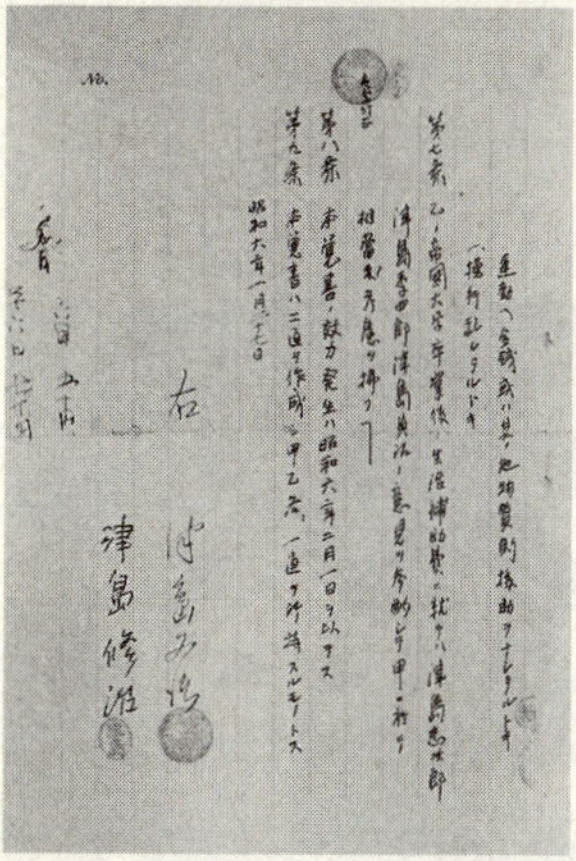

昭和6年1月。鎌倉での心中事件後、太宰と長兄文治が取り交わした覚書。前年11月の分家除籍よりさらに条件が厳しくなった。社会主義運動への関わりを禁止、東京帝大での学問への専念などが加えられた

度ある。不潔な時期だ。

（東京八景）

青い花がめらめらと咲きはじめました。結婚が決まったばかりの男が、なぜほかの女と心中したのか——。そのあたりの修治の気持ちを理解してあげていただきたいと思うのでございます。

時代の嵐

ロシア革命後の大きなうねり
新しい時代がくると信じた
人びとが熱中した
プロレタリア文学
プロレタリア演劇
時代の嵐のなかで格闘していた

貴司山治作・藤田満雄脚色「ゴー・ストップ」（新築地劇団）

（右）築地小劇場
（上）客席

●修治と鎌倉で心中し、死んだ田辺あつみ（田部シメ子）は、大正元年広島で生まれています。才色兼備な彼女は、同十四年名門の広島市立第一高等女学校に入学しますが、厳格なしきたりに反発し、女学校を中退します。

　そして、当時としては大変に珍しいショートカットに洋装というスタイルで、喫茶店の女給となり、やがて、移った店のマスター高面順三と親しくなります。

　実はこの当時、日本は中小企業の倒産が相次ぐ大変な不景気で、各地で労働争議が起こった年でもありました。文学の世界では、昭和四年、徳永直の「太陽のない街」、小林多喜二の「蟹工船」などプロレタリア作家の作品が次々と発表され、また演劇界でも小山内薫の「築地小劇場」が分裂し、土方与志らの「新築地劇団」などが生まれました。

新劇役者志望だった高面と一緒に東京に出てきたあつみは、生活のために銀座ホリウッドの女給に転身します。

そこで、当時帝大生の津島修治と出会うのです。親しくなったきっかけは、修治が二度目に訪れた時、演劇や絵画の話に共通の話題があったからだといわれています。

ふたりは新築地劇団の「ゴー・ストップ」（出演・丸山定夫ほか）や左翼劇場の「不在地主」を見にいきます。そして、「死ぬほど」親しくなっていったのです。

ちょうど修治が実家から勘当されたのと同じ時期のことでした。

「不在地主」舞台写真

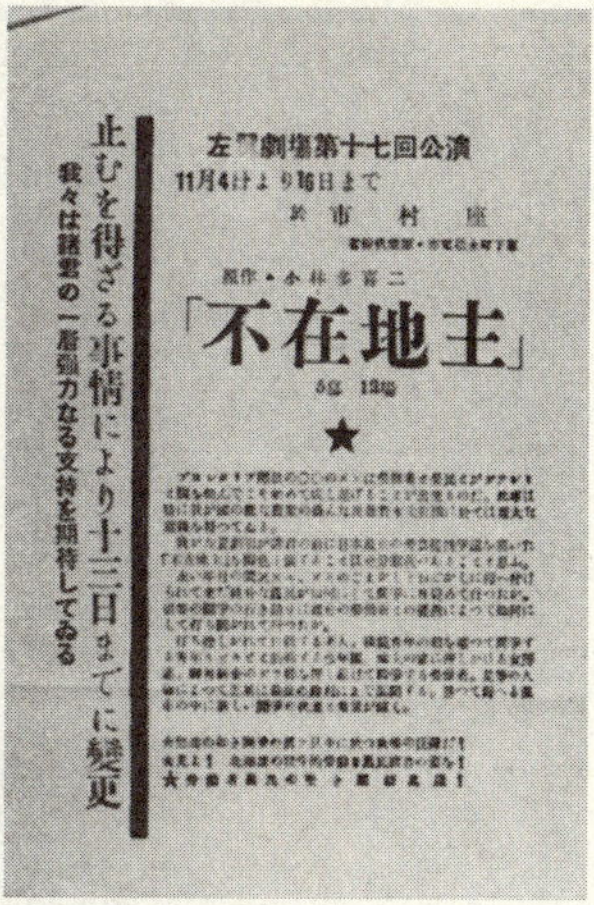
左翼劇場第十七回公演
11月4日より16日まで
於 市村座
原作・小林多喜二
「不在地主」
止むを得ざる事情により十三日までに変更
我々は諸君の一層強力なる支持を期待してゐる

小林多喜二作・高田保脚色「不在地主」公演ちらし（左翼劇場）

小林多喜二のデス・マスク

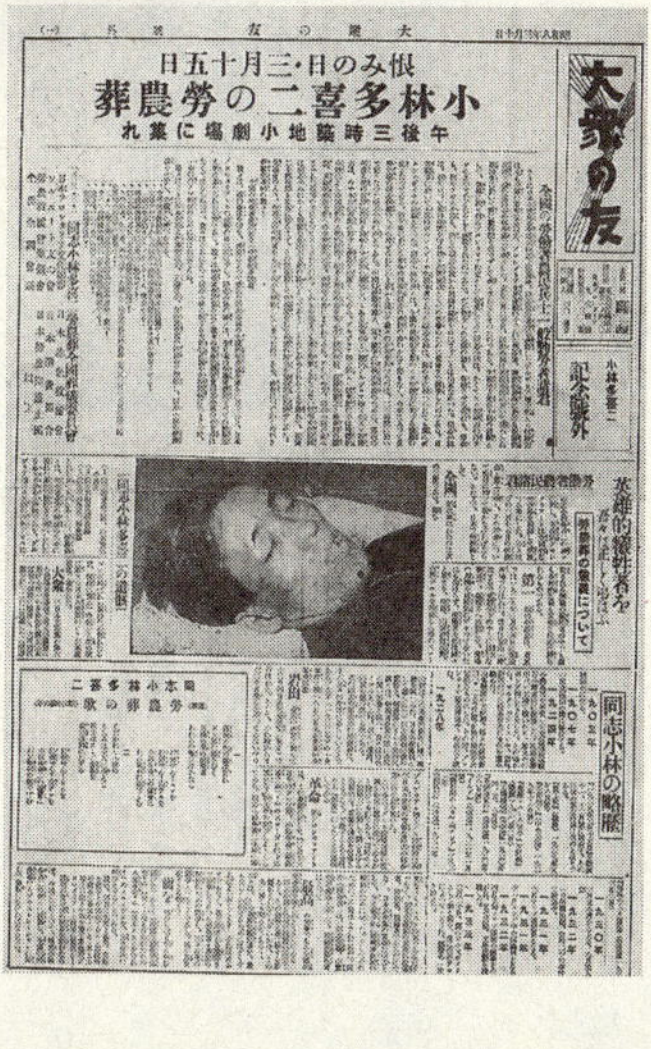
大衆の友
恨みの日・三月十五日
小林多喜二の労農葬
午後三時築地小劇場に集まれ
英雄的犠牲者を
同志小林の略歴

プロレタリア文学の作家・小林多喜二が、築地署に逮捕されて拷問、虐殺されたのは、昭和8年2月20日。

小林多喜二の死と労農葬への結集を呼びかける「大衆の友」（昭和8年3月10日）

証言による太宰治③〈東京帝大時代〉

共産党シンパ活動の頃

——工藤永蔵

（くどう・えいぞう）明治39年12月14日、青森市生まれ。弘前高校卒。東京帝大理学部中退。太宰治が帝大仏文科に入学した頃に、地下活動員として下宿を訪ねる。昭和6年9月9日に検挙される。戸塚、大崎、品川署で調べを受け、中野刑務所から豊多摩刑務所に移される。獄中にも太宰からの手紙、差し入れは届いていた。9年、出獄、帰郷。太宰の津軽疎開中には、弘前で酒をくみかわした。戦後は、青森市新城村（現・新城）で活動。東北では共産党初の村長を誕生させた。証言時は、青森市にて工藤商店を経営。平成10年1月没

——工藤さんは、津島修治が東京帝大仏文科に入学した後、下宿先の常盤館をたずねているんですね。

工藤　私も年齢でね。物忘れが激しくなってね。……常盤館というのは、高田馬場近くにあった学生下宿ね。学生がかなり泊まっておったですよ。津島はホラ、私の弘高時代の後輩にあたるんでね。たしか、廊下から入った一番奥の部屋におったね。

——当時の津島さんには「座標」の連載小説があります。そのことはご存知でしたか。

工藤　原稿書いていたことなんか一

回もない。勉強しているところもみたことがない。油絵を描いたり、俳句の運座をやっていたことはある。聖書は読んでいたね。その頃、青森から上京して大学に入ったり、浪人しているのが十何人かおってね。私はそこ回ってカンパしてもらったり、会合の場所を借りたりしてたんです。

――常盤館に泊まったことは？

工藤 あまりない。泊まるところはたくさんあったから。青森県人会の学生のところがね。

――地下活動に入った頃のことを教えてください。

工藤 私が東京帝大に入った頃（昭和二年）、井の頭に青森県出身者の寮があってね。そこに東京商大（現・一橋大学）の成田という男がいて、経済学だの哲学だの教えてくれてね。社会科学の勉強をするようになったんですよ。成田は、寮でオカリナを吹いているような男でしたね。

それから、三人くらいでマルクス主義の勉強や読書会をやったりしておってね。弘前高校で校長の公金無断流用事件（昭和四年二月）のストライキをしたでしょ。東大新人会の弘高班は、その争議で学生の応援をしたんですよ。四月にはいわゆる、4・16事件で共産党員の多くが検挙されてね。残った田中清玄（後の共産党幹部。弘前高校では工藤氏と同期だが上京するまで交際はなかった）を中心に再建をはかっていたんですよ。私は、田中の依頼もあり、極秘の党協力者になりましてね。地下に潜ったのはこの年です。

――工藤さんは、大学を卒業したんですか。

工藤 しません。地下活動に入っちゃっているからね（笑）。その翌年、弘高でストライキで活動した学生が大学に入り、浪人組も含めて十何人上京してきた。いかに多く組織するかが僕の課題でした。一番最初にたずねていったのが津島のところでしたよ。お金を出してもらったり、会合の部屋を貸してもらったりしましたね。当時は、ソビエトから帰国してまもなくの秋田雨雀さん（劇作家・小説家）を囲む青森県出身の進歩的学生の「日曜会」という集まりもあってね。輪番で世話人をやって講師を呼んだんです。津島もやってるはずです。新宿の「ウェイテル」というコーヒーを飲ませる店に集まったけど、最後は警察に襲われてね。

――津島さんは、熱心に活動しましたか。

工藤 そんなに大きなことはやらないの。僕も警察につかまるようなことはないように極力配慮した。地主のお坊っちゃんがつかまっては困るものね。いろいろ実地の活動をやったということは僕は考えられない。

ただ、一九三一年の「赤旗」三月十五日号は五反田の彼の家で不眠不休でガリ版で刷ったんですよ。初めは早稲田の青年共産党の幹部だった渡辺惣助に頼んだけど、非合法の印刷だし寮や下宿ではどうにも具合が悪い。二人で風呂敷にガリ版をつつんで運んでね。刷ったのは大体四百枚。それを配るのがまた大変でさ。

――「赤旗」を津島さんが配ったことは?

工藤　ない。いいところに育った人だもんな。ただ、彼は弘高時代の新聞部やストライキでいろいろ覚えたんだと思う。左翼の雑誌やパンフレットはたくさん出てたしさ。読んでたんじゃないかな。フランス革命では王様がギロチンでやられたし、地主もギロチンでやられないかという恐れがあったかもしれない。

――津島さんの心中事件はどこで知りましたか。

工藤　僕は青森県の学生のところを転々としてその誰かのところで聞いたはずだね。今はいろいろ物の本に書いてあるけどね。彼はその前に非常に陰鬱な状態があった。「金がない」っていうから、浅草に出てそば

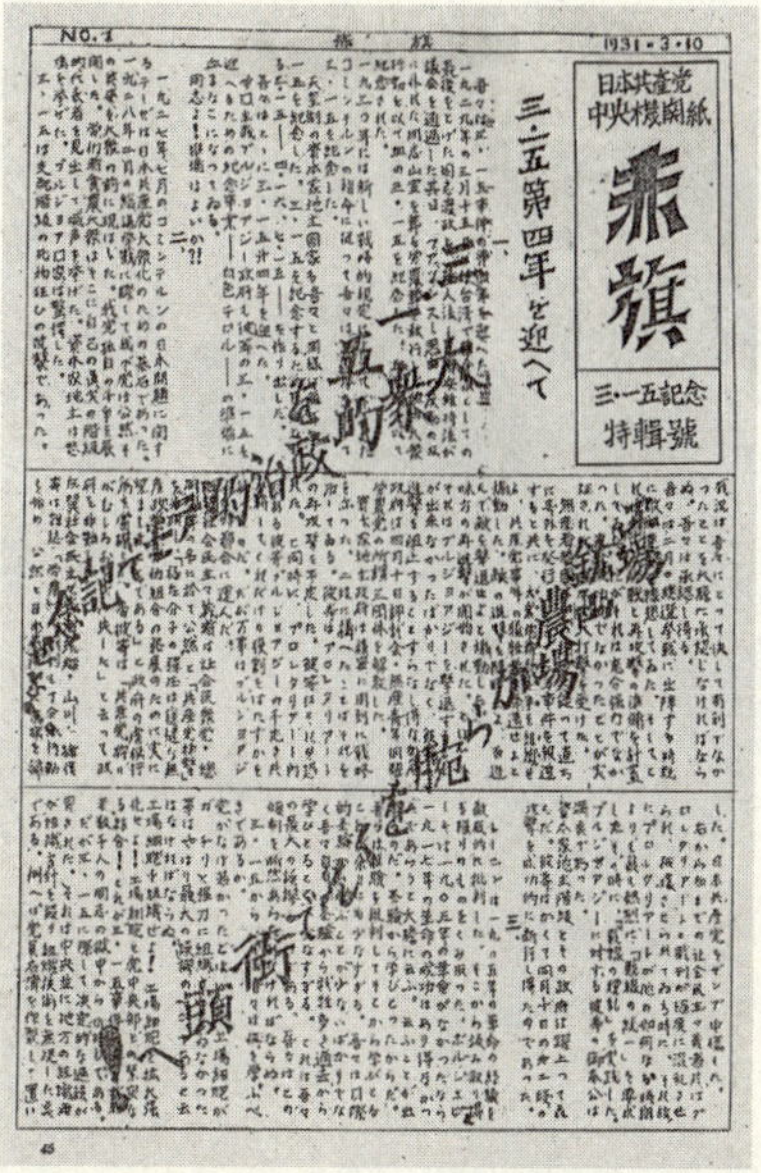
NO.1　赤旗　1931・3・10

日本共産党中央機關紙

赤旗

三・一五記念特輯號

三・一五第四年を迎へて

工藤永蔵と渡辺惣助が五反田の太宰の家の一室を借りて刷った「赤旗」昭和6年3月15日記念特輯號

をおごったことがある。ほんとうに憂鬱な顔してたことがある。それが今でも頭に残ってるな。

――その翌年、工藤さんが検挙されますね。

工藤　そう。まる三年獄中にいた。彼から獄中に届いた手紙は今も持ってますよ。自分の名前を使いたくないから変名でね。その間、津島が青森警察署に出頭したという話は、獄中だし何もしらないですよ。下獄して青森に帰っても、地元の警察が来てましたね。

　戦後、青森で共産党の組織を再開したとき、津島も疎開していたし、そのメンバーに加わっていたんですよ、始まりにね。

（平成元年十一月）

◆太宰治より工藤永蔵あての手紙全文

昭和七年六月七日
東京府下中野町小滝四八　川崎想子方
銀吉より（一）
東京府下豊多摩郡野方町新井三三六　工藤永蔵宛（二）

　本日（六月七日）お手紙（五月二十五

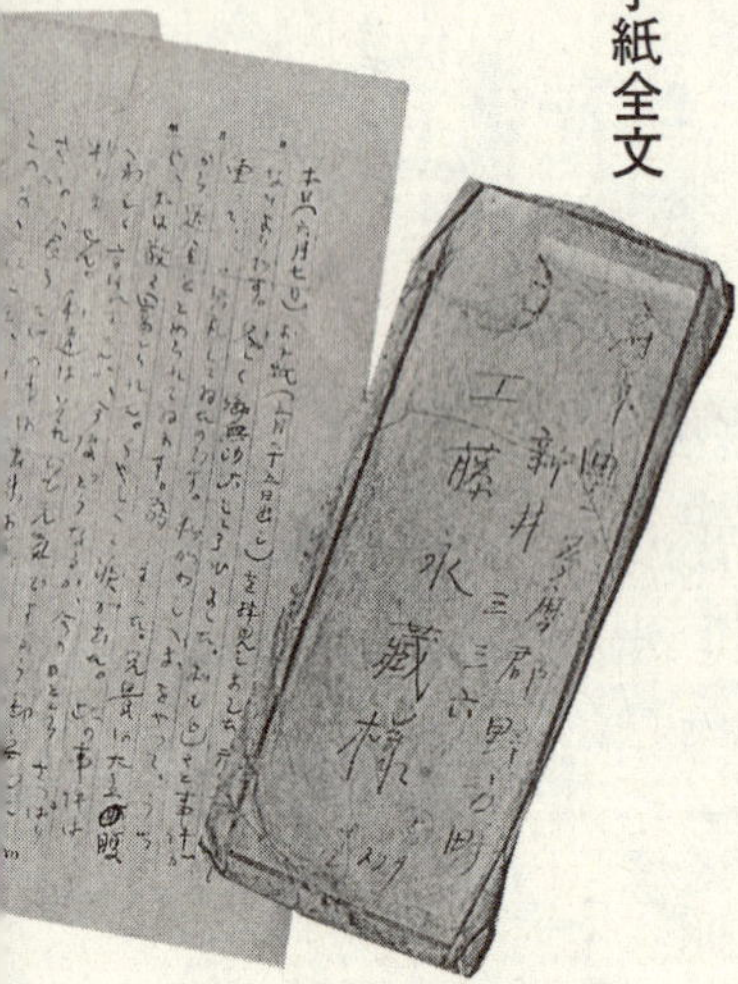

日出し）を拝見しました。元気な由でなによりです。久しく御無沙汰して了ひました。私も色々と事件が重つて、つい失礼してゐたのです。私が少しへまをやつて、うちから送金をとめられてゐます。弱りました。兄貴は大立腹で、私は散々罵しられた。くやしくて涙が出た。此の事件はくはしく言はれませんが、今後どうなるか、今のところさつぱり判りません。私達はそれでも元気ですから御安心下さい。食ふだけの事は出来ます。うちでもまさか、このまゝにして、私達を放たらかしにしはしないだらうと存じます、「冷静に而も充分なる屈伸性」をもつてやつたのですが、どうもいけませんでした。私達はしかし楽観してゐます。あなたへの送金[三]は、しかし、必ずつゞけて行きますから、御心配しないで、元気でゐて下さい。

あねさたち[四]は五月上旬四国へ下りました。「一年か二年経験の為に行つて来るならいいが、ずるずるになるな」と皆して言つてやりました。トビ氏[五]の所で送別会をやりました。私とあねさとヒラオカ氏[六]とオカワ氏とトビ氏と五人で会

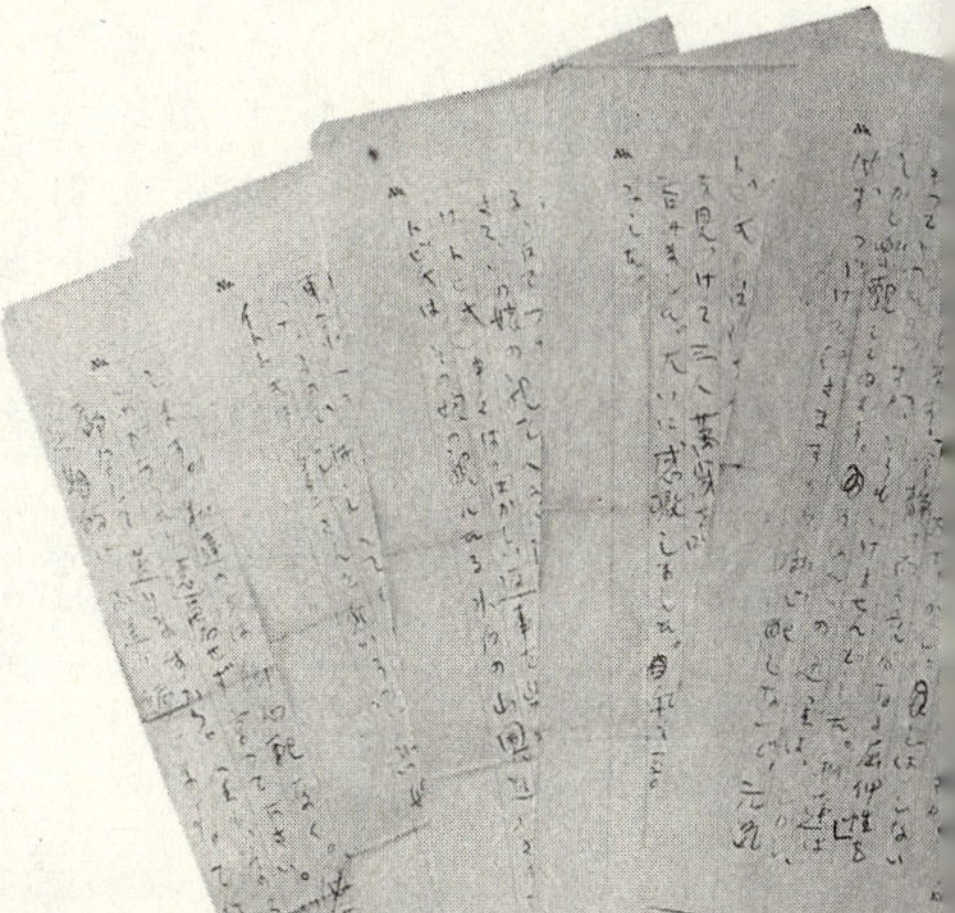

治安維持法違反により豊多摩刑務所入獄中の工藤永蔵あての太宰の手紙。川崎想子方銀吉という偽名で投函している

ヒは五〇銭でした。

徹夜で呑みました。トビ氏とオカワ氏は昼のつかれで早くねましたが、あとの三人は夜明け迄のみました。酒（一升五合）がなくなつたので私がトビ氏の台所をさがしてかくしてあつたビール半打(ダース)を見つけて三人万歳を叫んで、それをけろッと呑みました。大いに感激しました。私も歌を唄ひました。

シラテイ氏[七]は落第しました。論文がいけなかつたのださうです。この春の休みにうちへ帰つて、東京へ来る時うちから五万円盗んで来ようとしたら見つけられて勘当された、と威張つてゐました。うそか本当か判りません。今は、うちから金が来てなくて、友達の世話に成つてゐる、とも言つてゐました。

あの人の事はどうも奇怪じみてゐます。

フヂノ氏[八]は無事卒業しまして帰郷してゐます。東京の或る喫茶店の娘と語らひ、之と結婚する筈でフヂノ氏の母上も承知、ダンカも承知で、さて、その娘の親元へ交渉に行くと、（その交渉役はトビ氏）仲々はかばかしい返事を呉れないのです。トビ氏はその娘の親元たる水戸の山奥迄わざわざ会社を休んで出かけたのですが駄目らしいのです。親元は、フヂノ氏の家の財産などを調べて、あまりよくないからやらないといふ腹らしく、その娘もフヂノ氏の所へ一本も手紙をやらないさうで、フヂノ氏の母上はトビ氏の所へ「又水戸へ行つて下さい」と手紙でたのんでよこしました。多分駄目になるのではないかとトビ氏は言つてゐました。娘はあんまりシヤンでもなし、たゞおとなしいやうな人です。

イトウ氏[九]はカタダニさん[一〇]と近いうちに結婚してトビ氏と共同生活をする筈で

す。キク氏[一一]は松竹へ入りました。多年の宿望を果したわけです。松竹レビューの脚本部です。同氏のものは、先刻、ラヂオで放送され、原作者として五十円貰つたさうです。

その他あまり変つた事はございません。ナカテイ氏[一二]はシバヰで急しく、一つばしの文学青年になりました。大した元気です。タモとは此頃さつぱり行き来して居ませんが、なんでもダンサアと一緒に居るさうですよ。困りますね。ロシヤ語やエスペラントを勉強してるさうですが、こばみ心など起る程です。私達も一生懸命に勉強します。私達の方は御心配なく。必要のものがあつたら遠慮せず言つて下さい。どうにか都合して送りますから。金も、そのうちに、定期的にお送り続けます。では又。

〔註〕(一) 架空の住所との説もある。「川崎想子方」としてあるのは、工藤永蔵が川崎市の某女方に仮寓していたことと、当時川崎方面の工場に争議が続発していたことからこしらえあげた名前。銀吉は高等学校時代の筆名の一つ

(二) 青森中学、弘前高等学校の先輩。当時、治安維持法違反により豊多摩刑務所入所中

(三) 工藤の入獄中、月々五円の差入れをしていた

(四) 田村文雄夫妻。田村文雄は弘前高等学校の先輩

(五) 飛島定城。三兄圭治の友人。弘前高等学校の先輩。昭和七―十年、同居す

(六) 平岡敏男。弘前高等学校の先輩

(七) 白取貞次郎。弘前高等学校の先輩

(八) 藤野敬止。弘前高等学校の先輩

(九) 津島修治のこと

(一〇) 小山初代のこと

(一一) 菊谷栄

(一二) 中村貞次郎。青森中学校の同輩。「津軽」のNさん

「太宰治全集第十一巻」(筑摩書房) より

東京・転々

小山初代と生活しながら
共産党シンパ活動を続けた——大崎、神田、五反田……

シンパ活動からの離脱
昭和八年、太宰治を名乗る

「魚服記」「思ひ出」を発表

●自殺未遂二度、共産党シンパ、大学生なのに結婚……文学レースに参加する新人としては資格充分。

ようやく、修治は再び走りはじめました。

しかも、素質はもともとあったものですから、新人としてはなかなかのスピードで、ひた走ります。

修治は昭和八年一月に太宰治の名前で「魚服記」を発表してから、一躍新人ランナーとして注目を集めたのです。

しかし、この文学のレース。参加した者でなければわからないとは思いますが、なかなかきついものがございます。

いわゆる一般の人生マラソンとはちがって、相手がちがうのです。才能という条件を持った男たちがひし

昭和7年7月、沼津の坂部啓次郎宅に行き1カ月滞在した。右から太宰、坂部武郎（坂部家の当主啓次郎の弟、太宰の友人）、初代、渡辺繁一（坂部家の親戚の少年）。ここでは「思ひ出」を執筆

めきあいながら走っているわけですから、今までのように、ちょっとスピードをあげた程度では、簡単に追いぬける相手ではないのです。

そんな強者たちが、なりふりかまわず走っているレース。妻の引き裂くような悲鳴、生まれたばかりの赤ちゃんの泣き声、愛した女たちの罵倒を背に受けて、文学のランナーたちは走り続けています。

修治も走りはじめてから、その怖さに気づきます。

しかも、支えとなる仕送りもいよいよ打ち切られるかもしれない。約束は大学卒業まで。留年に留年を重ねた結果、とうとう在学年数のタイム・リミットがきてしまったのです。

これで卒業できないとなると……

修治は考えました。卒業しようとし

昭和7年9月、芝区白金三光町の家に移り住んだ

昭和7年頃の井伏鱒二。荻窪駅

まいと、どちらにしても、もう実家からお金はもらえない。そうなると、働かなければいけない。新人だから、まだペン一本では食べていけない。修治はやむをえず、恥ずかしながら、就職をしようと心に決めます。

昭和８年２月19日、東奥日報日曜版「サンデー東奥」に懸賞小説
「列車」が掲載された。「太宰治」の筆名を使う。賞金５円

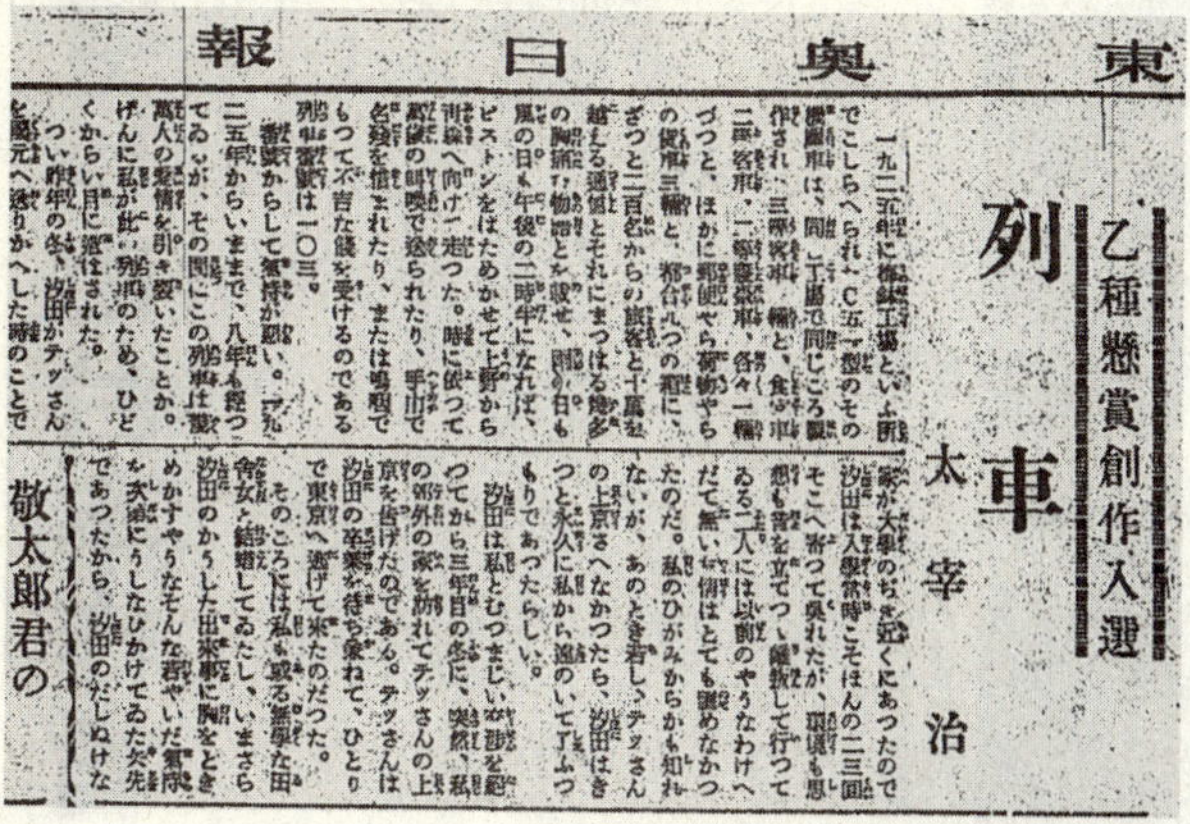

東奥日報

乙種懸賞創作入選

列車

太宰治

一九二五年に梅鉢工場といふ所でこしらへられたC五一型のその機関車は、同じ工場で同じころ製作された三等客車三輛と、食堂車、二等客車、二等寝臺車、各々一輛づつと、ほかに郵便やら荷物やらの貨車三輛と、都合九つの箱に、ざつと二百名からの旅客と十萬を越える通信とそれにまつはる幾多の胸痛む物語とを載せ、雨の日も風の日も午後の二時半になれば、ピストンをはためかせて上野から青森へ向けて走つた。時に依つて萬歳の叫喚で送られたり、手巾で名残を惜まれたり、または嗚咽でもつて不吉な餞を受けるのである。列車番號は一〇三。

番號からして気持が悪い。一九二五年からいままで、八年も経つてゐるが、その間にこの列車は幾萬人の愛情を引き裂いたことか。げんに私が此の列車のため、ひどくからい目に遭はされた。

つい昨年の冬、汐田がテツさんを國元へ追ひかへした時のことで

家が大學の近くにあつたので汐田は入學當時こそほんの二三回そこへ寄つて呉れたが、環境も思想も音を立てゝ離反して行つてゐる二人には以前のやうなわけへだて無い友情はとても望めなかつたのだ。私のひがみからかも知れないが、あのとき若しテツさんの上京さへなかつたら、汐田はきつと永久に私から遠のいて了ふつもりであつたらしい。

汐田は私とむつまじい交際を絶つてから三年目の冬に、突然、私の郊外の家を訪れてテツさんの上京を告げたのである。テツさんは汐田の卒業を待ち兼ねて、ひとりで東京へ逃げて来たのだつた。

そのころには私も或る無學な田舎女と結婚してゐたし、いまさら汐田のかうした出来事に胸をときめかすやうなそんな若やいだ気持を次第にうしなひかけてゐた矢先であつたから、汐田のだしぬけな

敬太郎君の

昭和６年～７年、非合法活動の資金や会合・宿泊の場所を提供。そのために住まいを転々とした。この活動が察知され、取り調べを受けたり、金木の津島家にも特高が訪れるようになった。怒った兄文治は送金を中止した。７年７月、文治とともに青森警察署へ出頭、社会主義運動との離脱を誓って帰京したといわれる。昭和８年１月、井伏鱒二家を訪問。「海豹」同人に加わる。３月「魚服記」を「海豹」創刊号に発表、注目された。４月から「思ひ出」を連載した

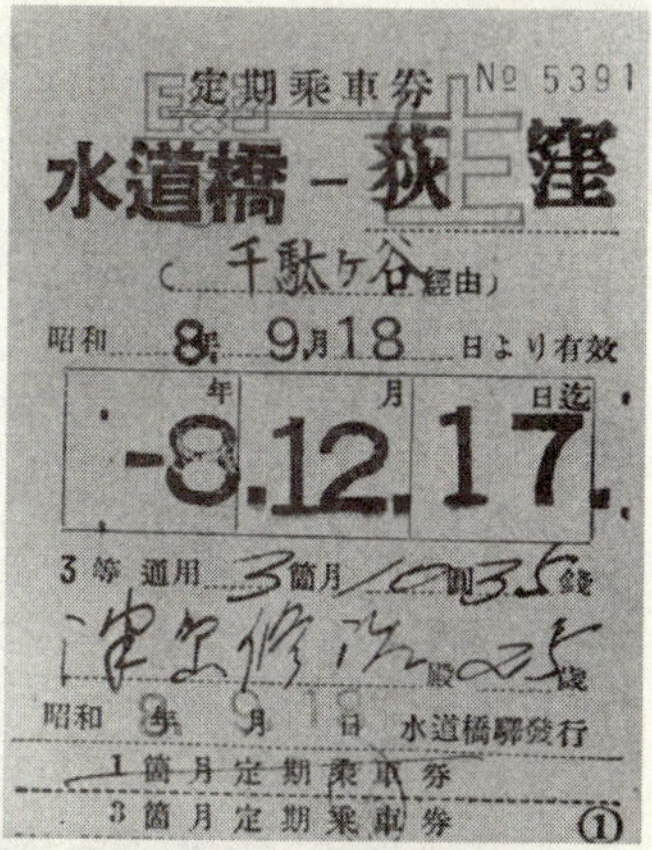

昭和８年９月18日購入の通学定期券

兄事した台本作者

演劇界で活躍する
青森中学の先輩がいた
エノケンを支えた
浅草オペラの台本作者
菊谷栄との青春の交流
下宿を訪ね、兄のように慕い
作品を批評してもらった

舞台稽古風景。中央がエノケン、右端が菊谷栄。下はエノケン劇団の常打ちとなった浅草松竹座

●昭和八年、同人誌「海豹」創刊号に、「魚服記」、続いて「思ひ出」を執筆し太宰治の名で中央文壇に進出していった修治に、ひとりの郷土の先輩がいました。彼は修治と同じ青森中学の七年先輩で、修治は本郷森川町の総州館の彼の下宿を訪ねては、原稿のアドバイスだけでなく、かなりの金の無心をしたようです。
その人の名は、菊谷栄（きくやさかえ）（本名・栄蔵）。日本の喜劇史上欠かせない台本作者です。菊谷栄は、明治三十五年青森県生まれ。津島家とは遠戚にあたります。元来、画家志望で、日大芸術学部卒業後、絵の勉強をしていましたが、浅草の食堂「だるま」で当時人気絶頂の喜劇俳優エノケンと出会います。

菊谷栄の台本が掲載された雑誌広告

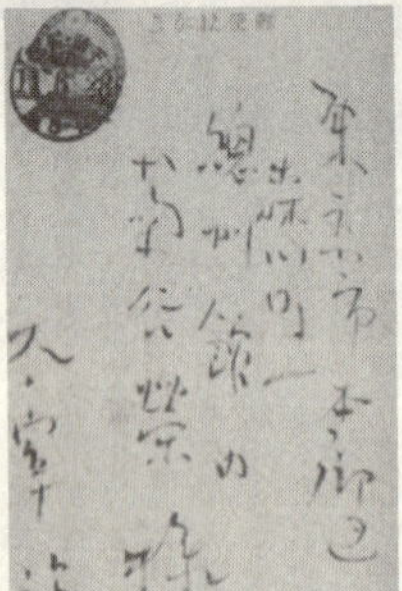

(上) 菊谷が編集した「月刊エノケン」創刊号
(右) 太宰治から菊谷栄へのハガキ

そして、最初は舞台美術を描いていましたが、翌年からレビューの台本を書きはじめます。昭和五年のことでした。

すると、どうでしょう。エノケンの人気とあいまって菊谷の作品はたちまち人気を博し、松竹から頼まれるほどになっていったのです。

修治は、そんな遠戚でもある先輩の活躍が、うらやましくてしかたがなかったのでしょう。

当時、菊谷についてこんな手紙を書いていたのですからね。

「キク氏は松竹へ入りました。多年の宿望を果したわけです。松竹レビューの脚本部です。同氏のものは、先刻、ラヂオで放送され、原作者と

菊谷が下宿した本郷・総州館

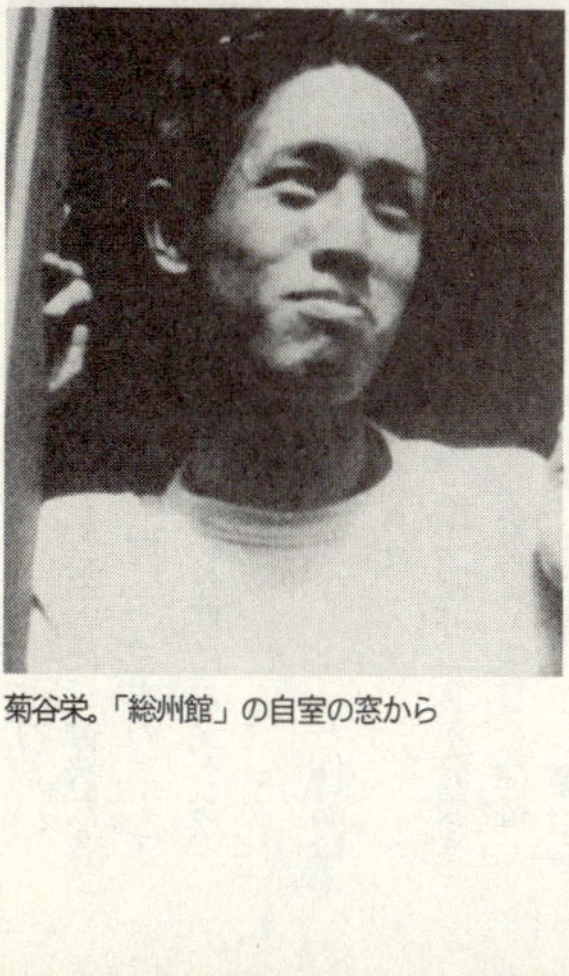

菊谷栄。「総州館」の自室の窓から

して五十円貰ったさうです」

当時、菊谷の月給は五十円どころか、二百五十円だったそうです。お酒のお銚子が九銭、タバコが七銭の時代。実家からの金が滞った修治にとっては、さぞうらやましかったことでしょう。

先輩の家を訪れては、お金をせびって帰る修治の不遇時代のあまり知

菊谷栄デザインの舞台装置の絵

られていないエピソードです。

松竹と契約した菊谷は、愉快なオペレッタを月平均二、三本のペースで書き上げ、そのたびにエノケンの人気があがります。そして、ミュージカルの分野を開拓しようと作品に磨きがかかります。

昭和十年、第一回芥川賞が発表され、石川達三が受賞。受賞を期待していた修治は、その時、こんな手紙を菊谷に書いています。

「その後、いかがですか。大兄を思うとじりじり押してくる底力を感じます。私いまだに神経衰弱がなおらずときどき惑乱いたします。誰も来ません（中略）また秋冷五臓六腑にしみています（後略）」

昭和十二年、菊谷栄は中国で戦死。進軍中、敵の弾丸が額に当たり、左

菊谷栄の出征を見送る写真（左・太宰治の姉の娘倶子）

第五連隊への入隊挨拶をする菊谷。昭和12年、戦死

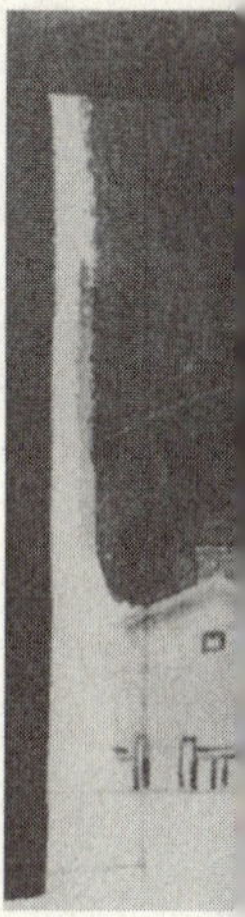

こめかみから抜けていったそうです。

船橋

大学落第、入社試験不合格
縊死自殺未遂？　腹膜炎、パビナール中毒
「逆行」が第一回芥川賞候補
受賞を信じたが、落選
精神病院入院、激変の日々

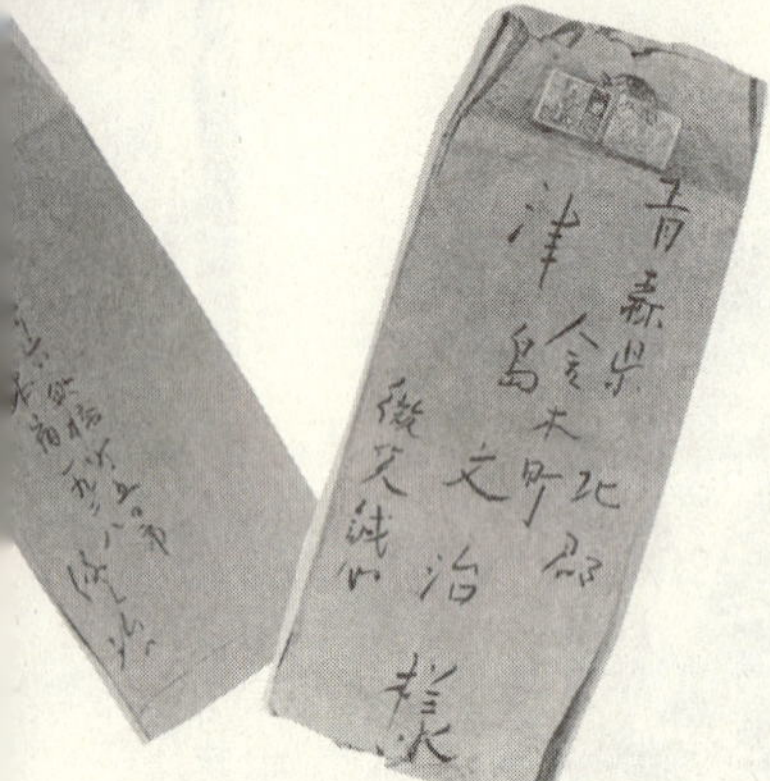

昭和11年8月7日、船橋から金木の長兄あてに投函した手紙。この手紙の中に「芥川賞ほとんど確定の模様にて、おそくとも9月上旬に公表のことと存じます」とある。だが3日後の選考委員会で芥川賞を受賞したのは石川達三だった

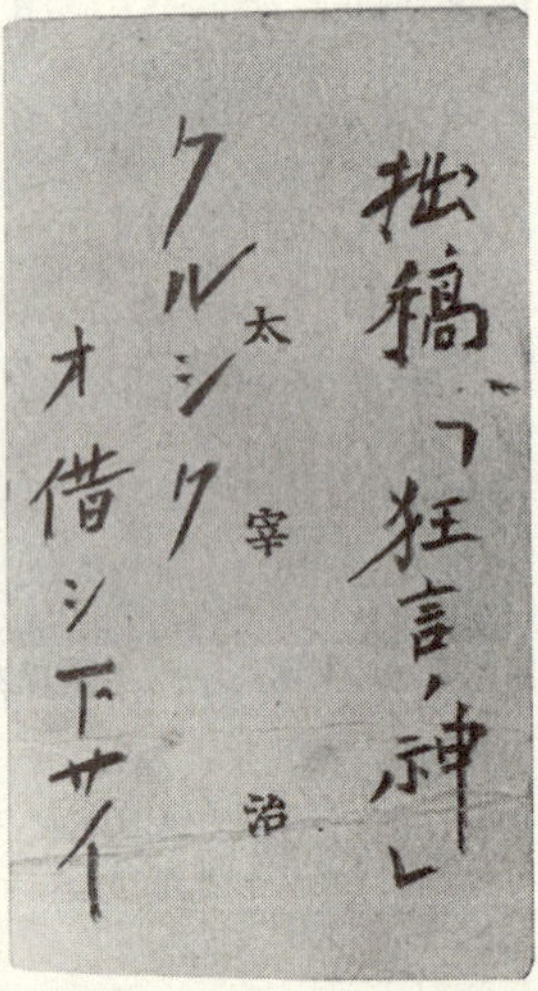

太宰治の名刺

昭和初期の京成船橋駅

太宰治（昭和11年夏）。このころパビナール中毒による妄想もおこした

●たとえ留年を繰り返したところで、東京帝国大学の学生。あえて就職してやろうと思った都新聞社。まさかの不合格でございました。

（なぜだ。俺は新人作家だぞ。それがペンをおいて、就職してやろうと思ったのに、なぜ、落とすのか）

　これは、プライドの高い修治にとって、最大のショックでした。絶対断られることがないと思っていた女に、金目当てで「結婚してあげる」といったら、「他に好きな人がいる」といわれたようなものです。

　それに何より、実家からの仕送りが途絶えることは耐えられません。

　完璧の瞞着の陣地も、今は破れかけた。死ぬ時が来た、と思った。

（東京八景）

太宰が住んだ船橋の借家と昭和10年7月頃の家の大家さん一家（右）。前列右が古沢太吉（船橋太宰文学研究会「夾竹桃」より）

修治はここでまたレースに頓挫します。そして、すぐに悲観してしまい、三月中旬、鎌倉の山で縊死をはかったといわれていますが、ここでも死ねません。

　この事件の直後、修治は急性盲腸炎で入院しますが、手術後、腹膜炎を起こしてしまいます。最悪ですね、ランナーとしての条件は。

　ここで、修治はひとつの密かな楽しみを見つけます。それが薬でした。「パビナール」という麻薬性の鎮痛剤です。

（うん、これはいい）

　麻薬ですから、常用したらいけません。いけないといわれれば、どうしても使いたくなるもの。修治は、何度も死のうとしているくらいですから、怖いものはありません。もし、怖いもの

太宰治の処女出版『晩年』の出版記念会（昭和11年7月、上野精養軒）。メインテーブル窓側右より外村繁、北村謙次郎、古谷綱武、緑川貢、佐藤春夫、立っているのが太宰治、木山捷平、1人おいて今官一、後ろ向き右より2人目丹羽文雄、1人おいて山岸外史、中谷孝雄、2人おいて大鹿卓、檀一雄、手前後ろ向き左より2人目浅見淵、山崎剛平、井伏鱒二、奥窓側右の学生服が小野正文

昭和12年6月1日新潮社発行『虚構の彷徨』の口絵写真

があるとすれば、それは現実です。ペンひとつで生きていかなければならないこと。もうたいして好きでもなくなった妻初代との不毛の生活。

それだったら、この薬を使い続けて常にハイな状態でいたい。修治は薬へと逃避いたします。薬物による現実逃避といいましょうか、まさに麻薬中毒のような状態になったのです。

ただ、不思議なことに、本人は体も精神もズタズタなのに、過去に書いた彼の作品が文学のレースを走り続け、「逆行」が第一回の芥川賞の候補作品になります。

自分を文学の道に進めた芥川龍之介を讃える賞、これは誰よりも自分がとるべきだ。自分以外に賞に値する作家はいない。そう決めこんだ修治に届いた知らせは、落選でした。

武蔵野病院入院

「パビナール中毒を治そう」
師の井伏鱒二にすすめられた

入院中に妻の姦通事件
懊悩、小山初代との別離

江古田の武蔵野病院。パビナール中毒を治すために入院した。入院中に妻の姦通事件があったという

昭和10年9月、湯河原にて。左から檀一雄、太宰、山岸外史、小館善四郎

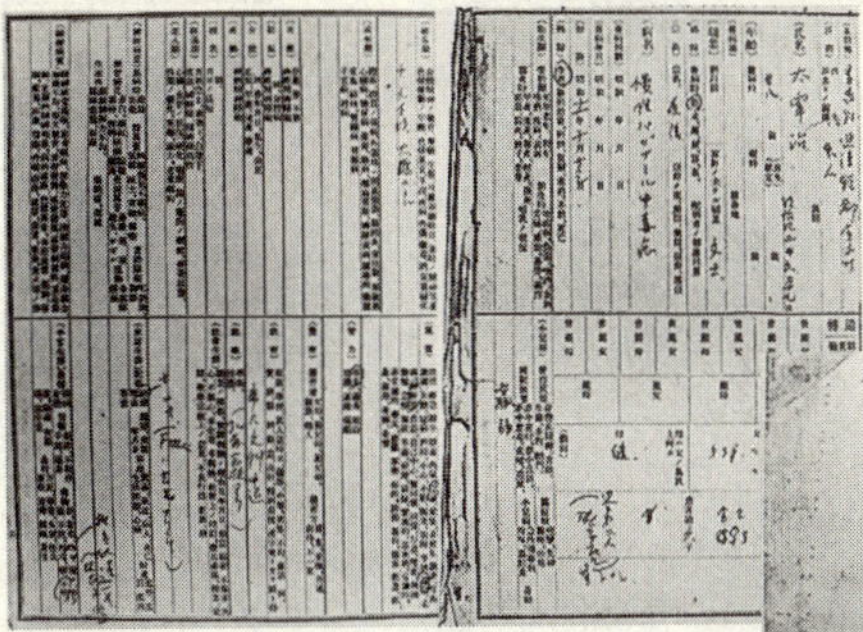

武蔵野病院の病床日誌（昭和11年10月13日～11月12日）。中野嘉一医師が記した

●ことごとく、自分のプライドを傷つけられていては、世の中が嫌になります。精神的なバランスを失った修治は、さらにパビナールをうち続けます。麻薬を使って、精神の安定をはかるしか、方法がありません。

しかも、妻初代がこの時、姦通します。当時の常識では、男にとってひどくカッコ悪いこと。これも、弱った修治の精神の傷に塩を塗りました。もうどうでもいい。

修治はパビナールで現実から逃げ、効果が薄れると現実に脅え、またうつ。こんな生活が続きます。

人間やめますか。パビナールやめますか。まさに修治、この時、人間失格でございました。

男も悪いが女も悪い。男と女はなお悪い。

谷川岳の山麓でふたりは死のうとしたという説もありますが、とにかく初代との七年間の同棲生活にピリオドを打ち、彼女は故郷の青森へ帰っていったのでした。

小山初代

手紙
借金、言い訳、誠実一路

昭和11年9月11日、井伏鱒二宛

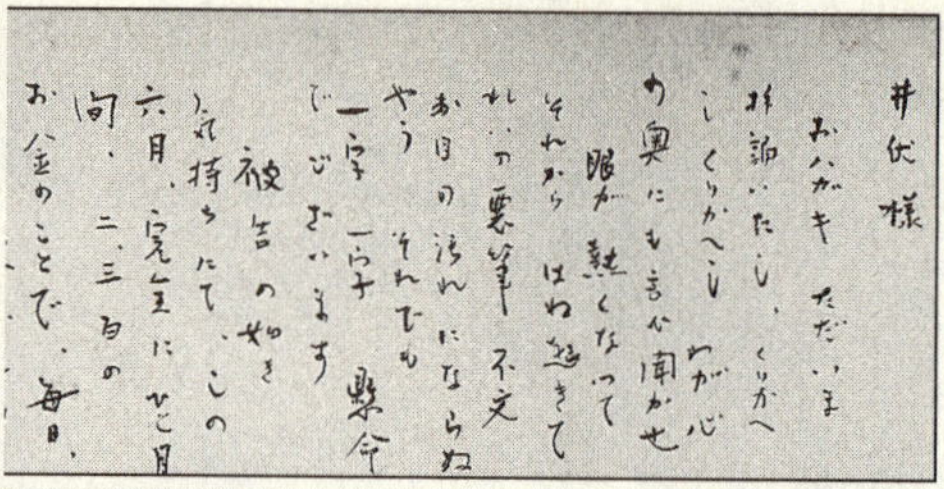
井伏様
おハガキ ただいま
拝誦いたし、くりかへ
しくりかへし わが心
の奥にも言ひ聞かせ
眼が熱くなつて
それから はね起きて
私の悪筆 不文
お目の汚れにならぬ
やう それでも 懸命
一字 一字
ござゐます
被告の如き
気持ちにて この
六月 先生に ひと月
間、二、三百の
お金のことで、毎日、

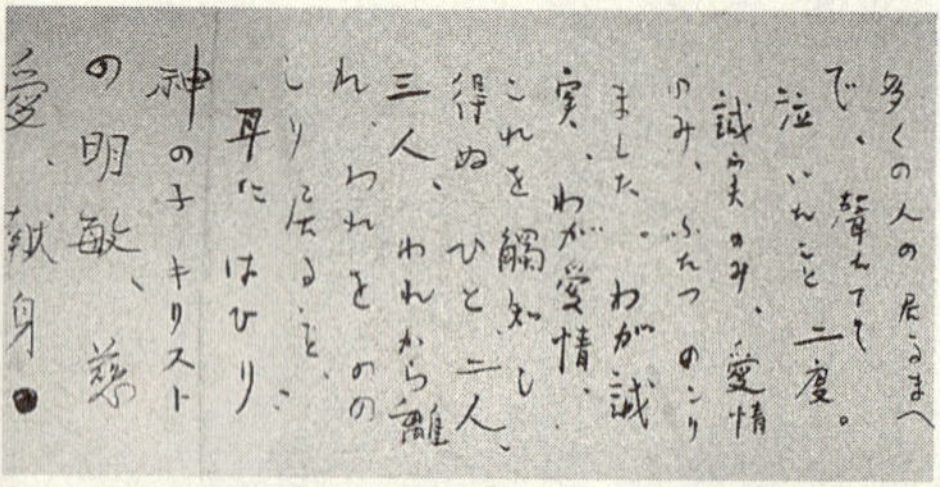
多くの人の居るまへ
で、罵れても
泣いたこと 二度。
誠実のみ、愛情
のみ、ふたつ のこり
ました。わが誠
実、わが愛情、
これを 觸知し
得ぬ ひと 二人、
三人、われから離
れ、われをのの
しり居るを、
耳にはひり、
神の子 キリスト
の明敏、慈
愛、謙身●

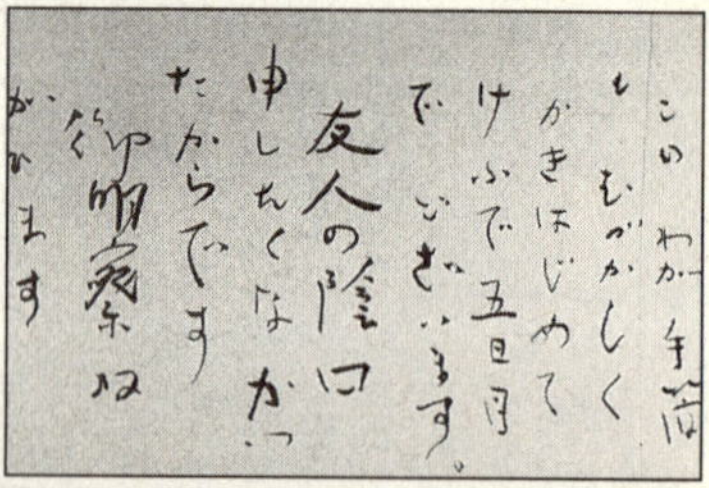
この わが手筈
と むつかしく
かきはじめて
けふで五日目
でございます。
友人の陰口
申したくなかつ
たからです
御明察ね
がひます

（中略）

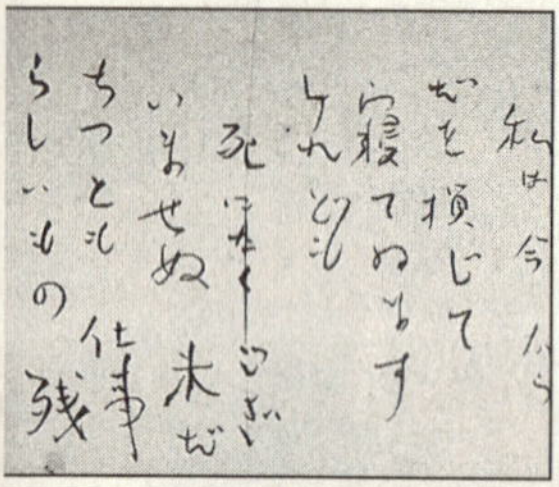
私は今から
だを損じて
寝てゐます
けれども
死にたくござ
いませぬ 未だ
ちつとも 仕事
らしいもの 残

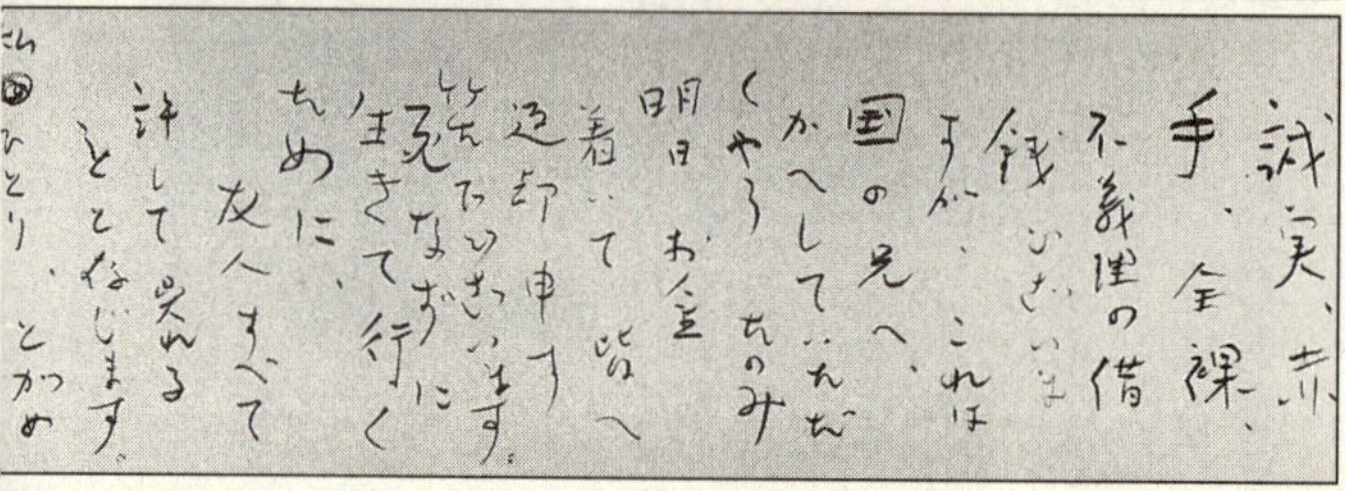
誠実、赤
手、全裸、
不義理の借
銭ございま
すが、これは
国の兄へ、
かへしていただ
くやう たのみ
明日 お金
着いて 皆へ
返却 申す
筈でございます。
死なずに
生きて行く
ために、
友人すべて
許して呉れる
ととなじます。
私ひとり、とかめ

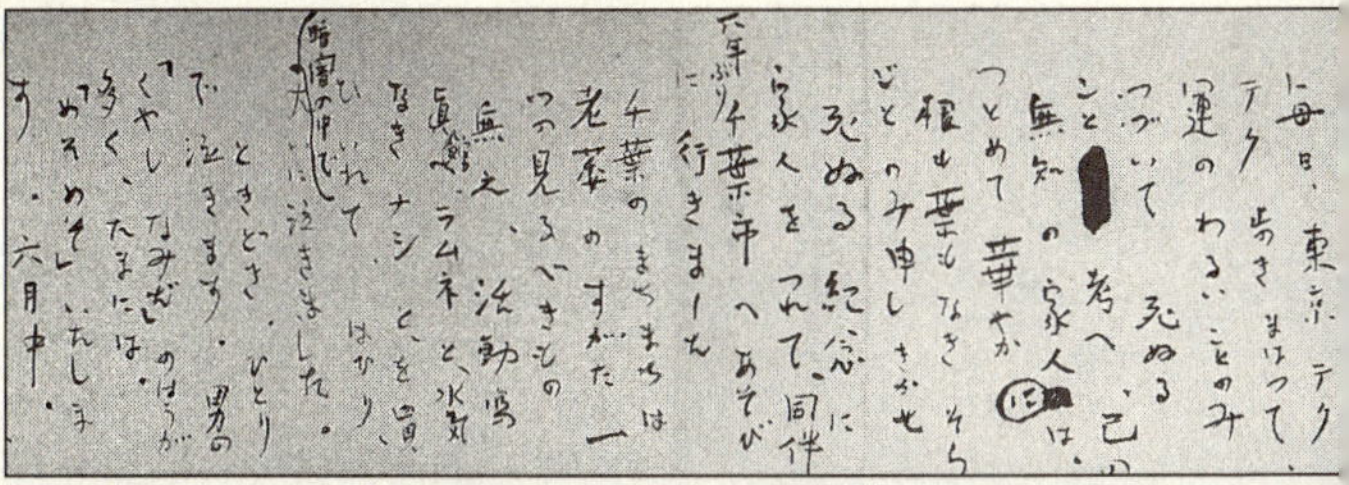

毎日、東京テクテク歩きまはつて、運のわるいことのみつづいて、死ぬること考へ、己の無知の家人は、つとめて華やか、根も葉もなきそらごとのみ申しきかせ、死ぬる紀念に家人をつれて同伴、六年ぶりに千葉市へあそびに行きました。千葉のまちまちは、老妻のすがた一つ見るべきもの無之、活動写真、ラムネと水瓜、なきナシ、を買、はひり、いれて、暗室の中で、大いに泣きました。ひとりで泣きます。男の「くやし」なみだのはうが多く、たまには、めそめそいたします。六月中。

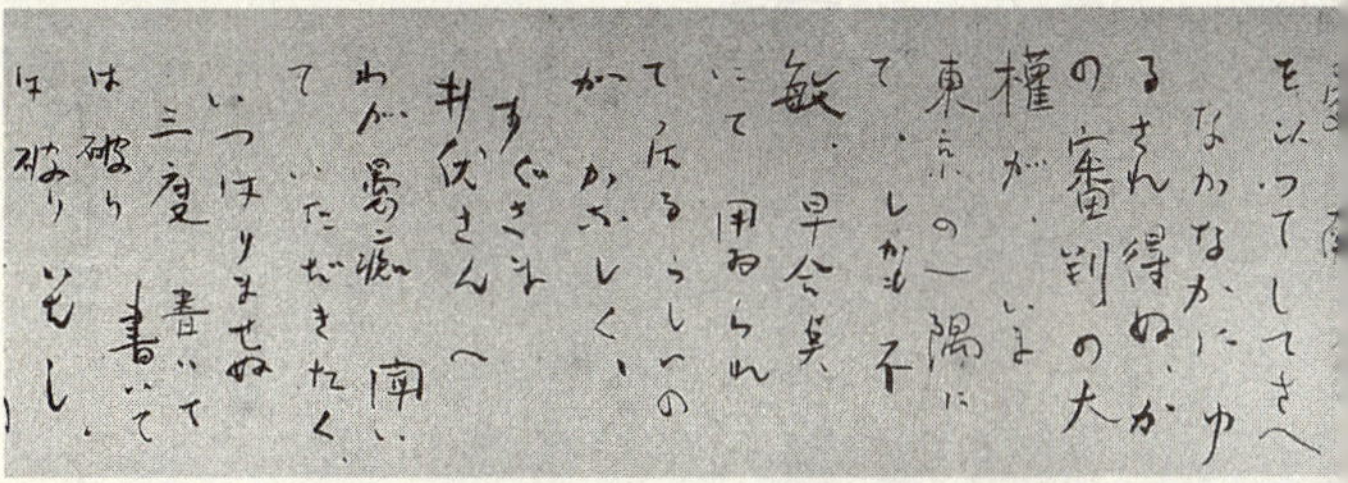

を汲つてしてさへなかなか得ぬ、かるさん審判の大権が、いよいよ東京の一陽に、て、しかも不敏、早合点にて困ねられて居るらしいの、かかふしく、すぐさま井伏さんへわが愚痴聞いていただきたくて、いつはりませぬ、三度書いて書いては破り、破りもし、

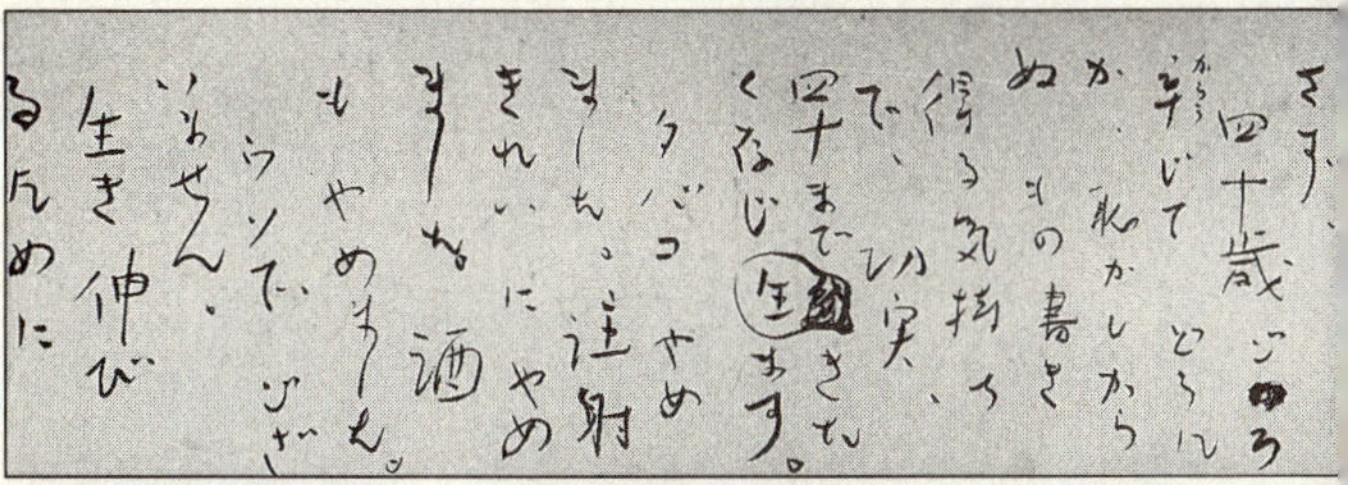

さす、四十歳ごろ、からうじて恥かしからぬその書き得る気持ちで、以実、四十まで生きたくなし、生きます。タバコやめました。注射きれいにやめました。酒もやめました。ウソでございません。生き伸びるために

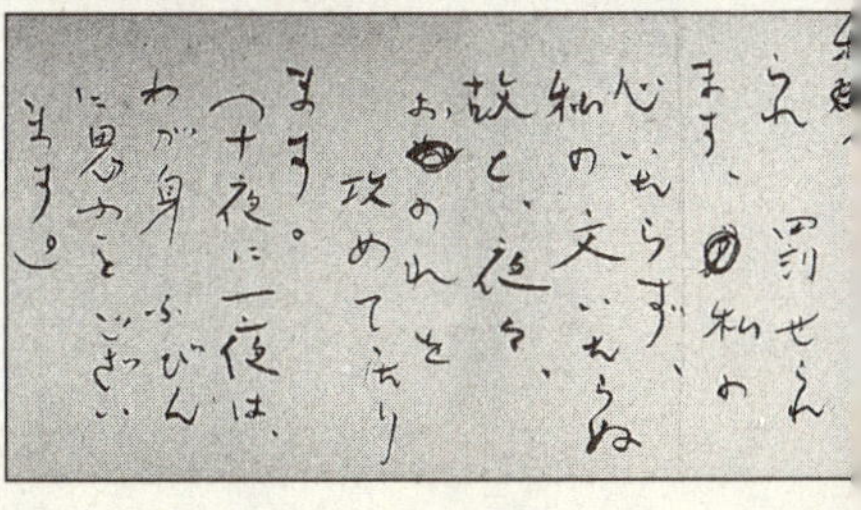

られます、罰せられ、私の心いたらず、私の文いたらぬ故と、今、おのれを攻めて居ります。「十夜に一夜は、わが身ふびんに思ふことございます。」

（中略）

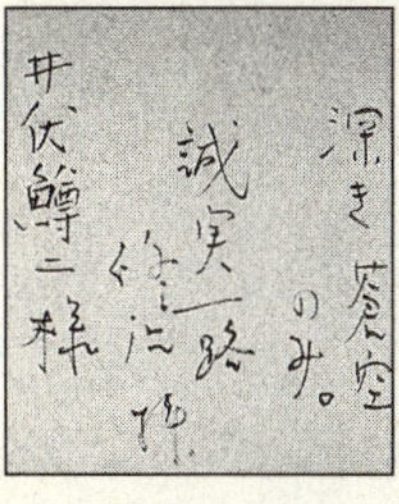

深き蒼空のみ。
誠実一路
修治 拝
井伏鱒二様

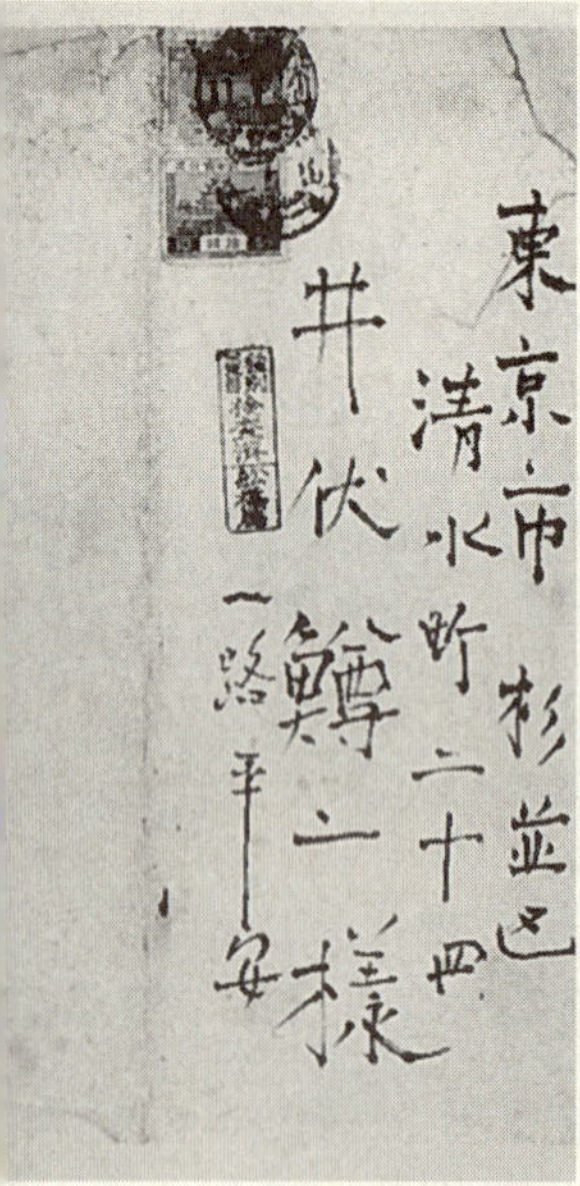

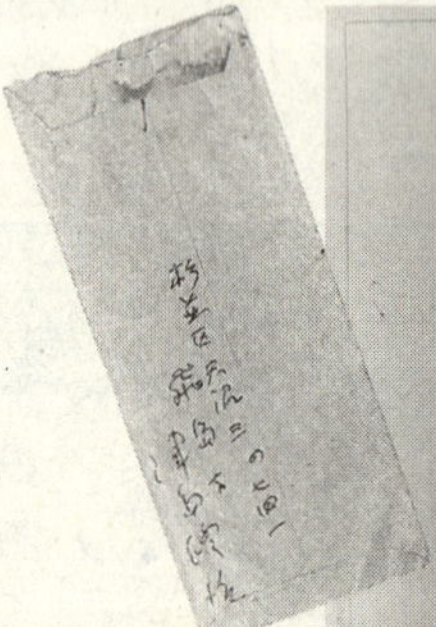

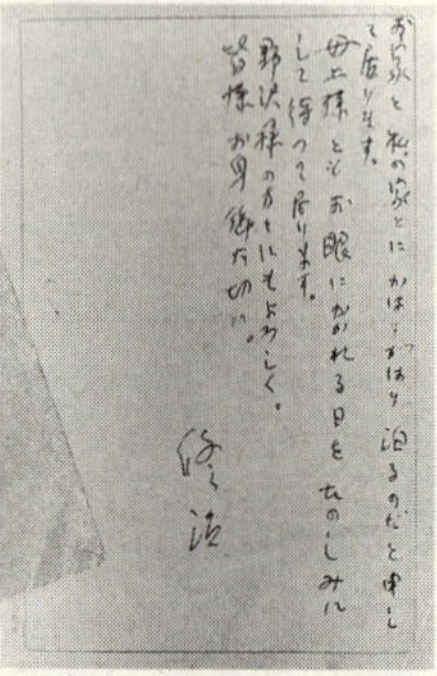

昭和８年頃、青森市新濱町、永倉一郎様方小山きみ（初代の母）宛

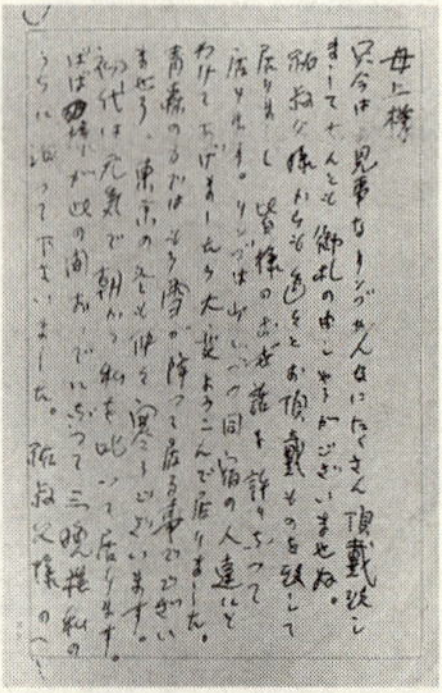

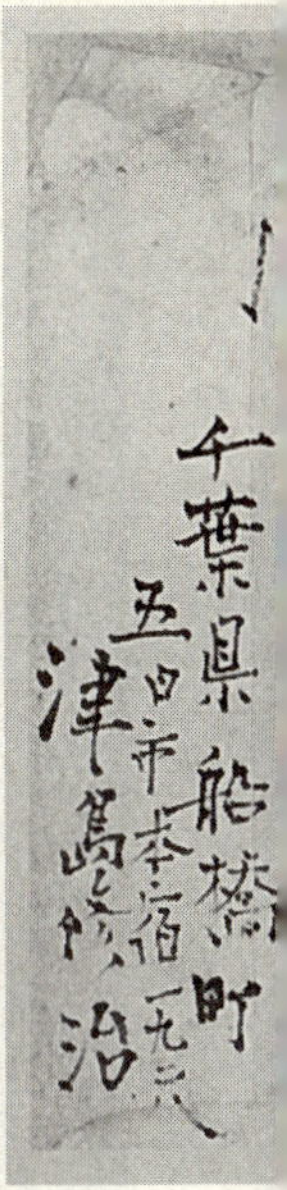

昭和11年7月6日
井伏鱒二宛

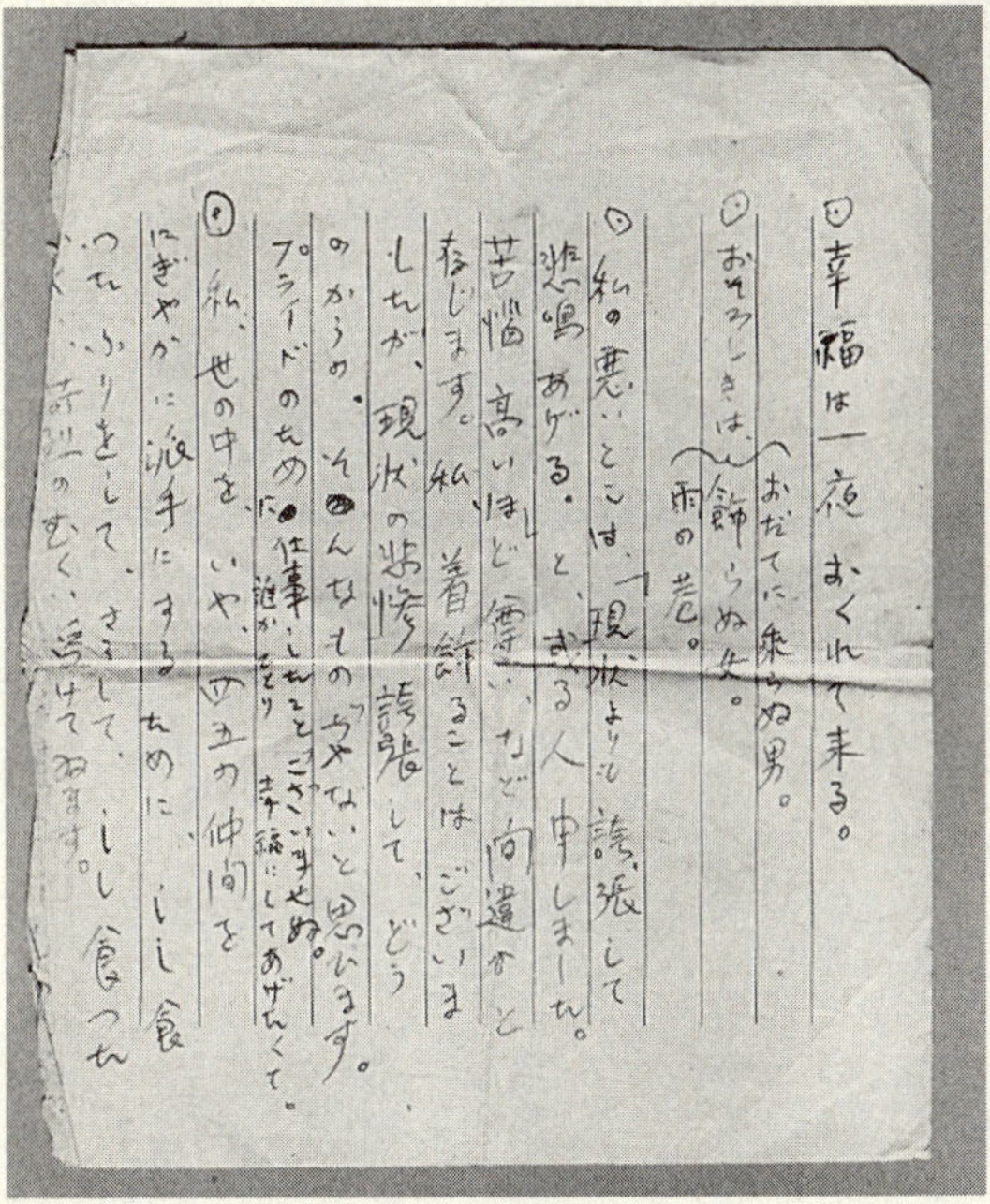

◎幸福は一夜おくれて来る。
◎おそろしきは、おだてに乗らぬ男。飾らぬ女。雨の巷。
◎私の悪いところは、「現状よりも誇張して悲鳴あげる。」と、或る人申しました。苦悩高いほど偉いなど間違かと存じます。私、着飾ることはございませんが、現状の悲惨誇張して、どうのかうの、そんなもの心配ないと思ひます。プライドのために仕事したことございません。誰かひとり幸福にしてあげたくて。
◎私、世の中を、いや、四五の仲間をにぎやかに派手にするために、しし食つたふりをして、さうして、しし食つた報いの、むく、受けて居ります。

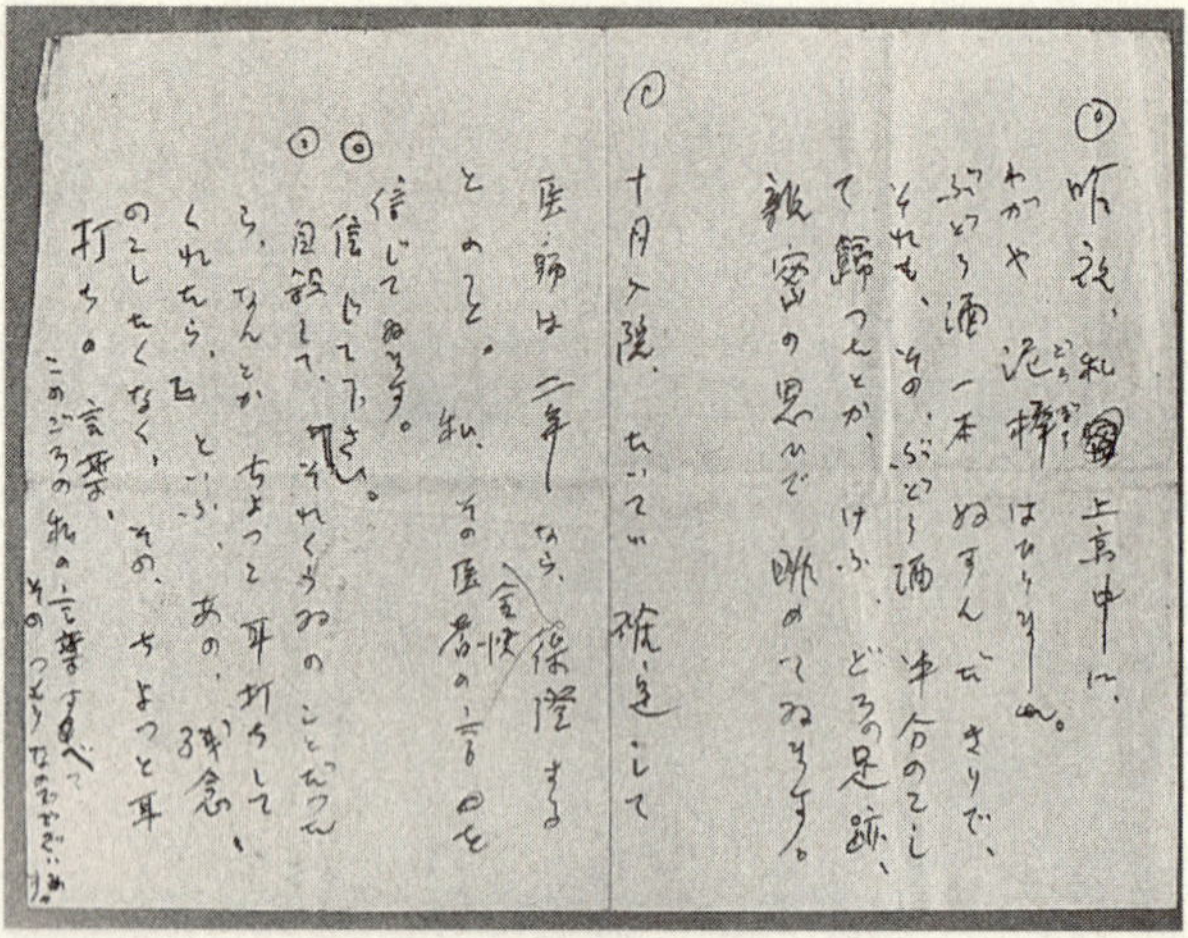

①
昨夜、私上京中に、
わかや泥棒はひりました。
ぶどう酒一本ぬすんだきりで、
それも、そのぶどう酒半合のこし
て帰つたとか、けふ、どろの足跡、
親密の思ひで眺めてゐます。

②
十月入院、たいてい治癒して
医師は二年ならば、保證する（全快）
とのこと。私、その医者の言を
信じてゐます。
信じて下さい。
自殺して、それくらゐのことなつたん
ら、なんとか、ちよつと耳打ちして
くれたら、とふ、あの、残念、
のこしたくなく、その、ちよつと耳
打ち。言葉、
このごろの私の言葉すべて、そのつもりなのでございます。

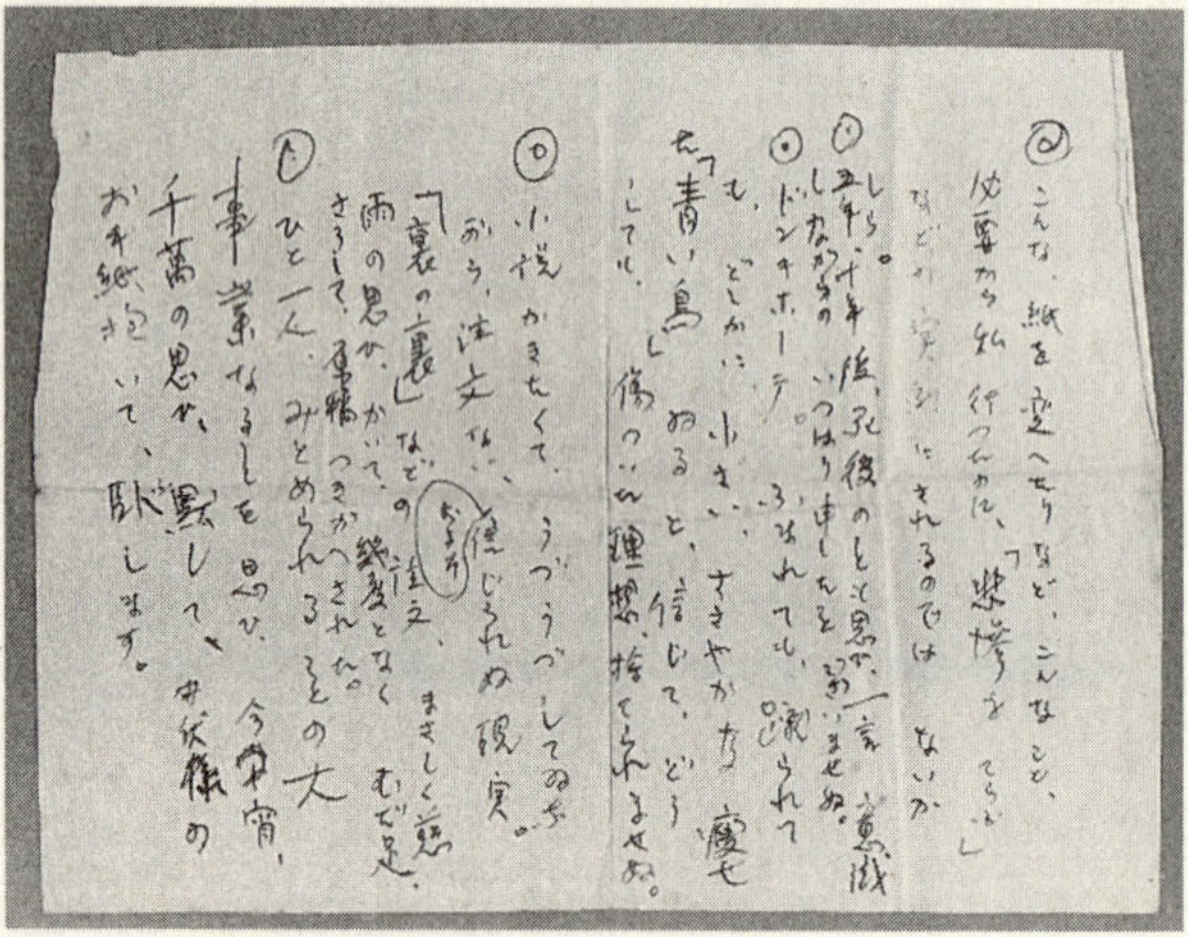

②
こんな、紙を送へせりなど、こんなこと、
先輩から私行つたかに、「悲惨」でらぶし
などの欠点にされるのではないか
しら。
五年、十年後、死後のことを思ひ、一言意識
しなかつたのをいつはり申しましたをございません。
ドンキホーテ、ふまれても、蹴られて
も、どこかに、小さい、ささやかな、瘦せ
たつ青い鳥ゐると、信じて、どう
しても、傷つかぬ理想捨てられませぬ。
小説かきたくて、うづうづしてゐる。
おう、注文など、信じられぬ現実。
「裏の裏」などの注文、まさしく慈
雨の思ひ。終夜となくむだ足
さうして、手帳つきかへされない。
ひと一人、みとめられることの大
事業なることを思ひ、今宵、
千万の思ひ、黙して、井伏様の
お手紙抱いて、臥します。

昭和11年9月19日、井伏鱒二宛

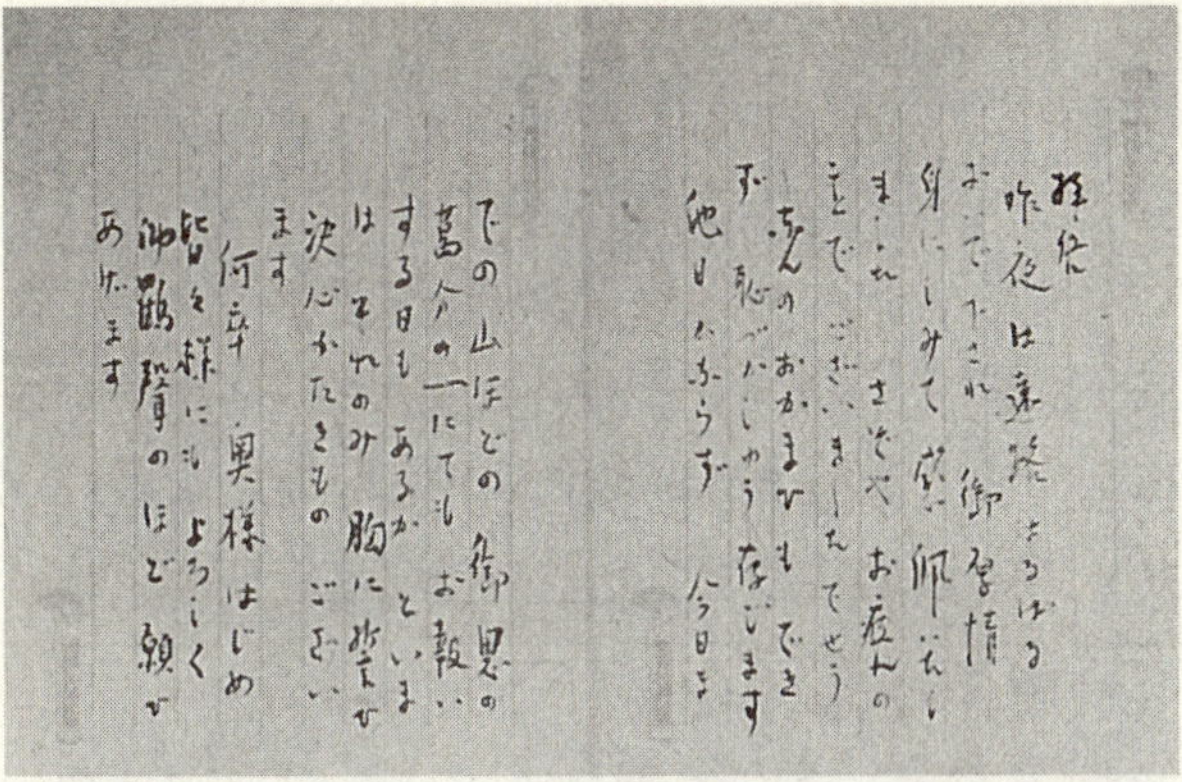

拝復
昨夜は遠路はるばる
おいで下され御厚情
身にしみて感佩いたし
ました さぞや お疲れの
ことでございましたでせう
奥さんのおかまひもでき
ず恐縮しじゅう存じます
他日かならず今日の
その山ほどの御恩の
萬分の一にてもお報い
する日もあるかといま
はそれのみ胸に畳む
決心かたきものでござい
ます
何卒 奥様はじめ
皆々様にもよろしく
御鶴聲のほど願ひ
あげます

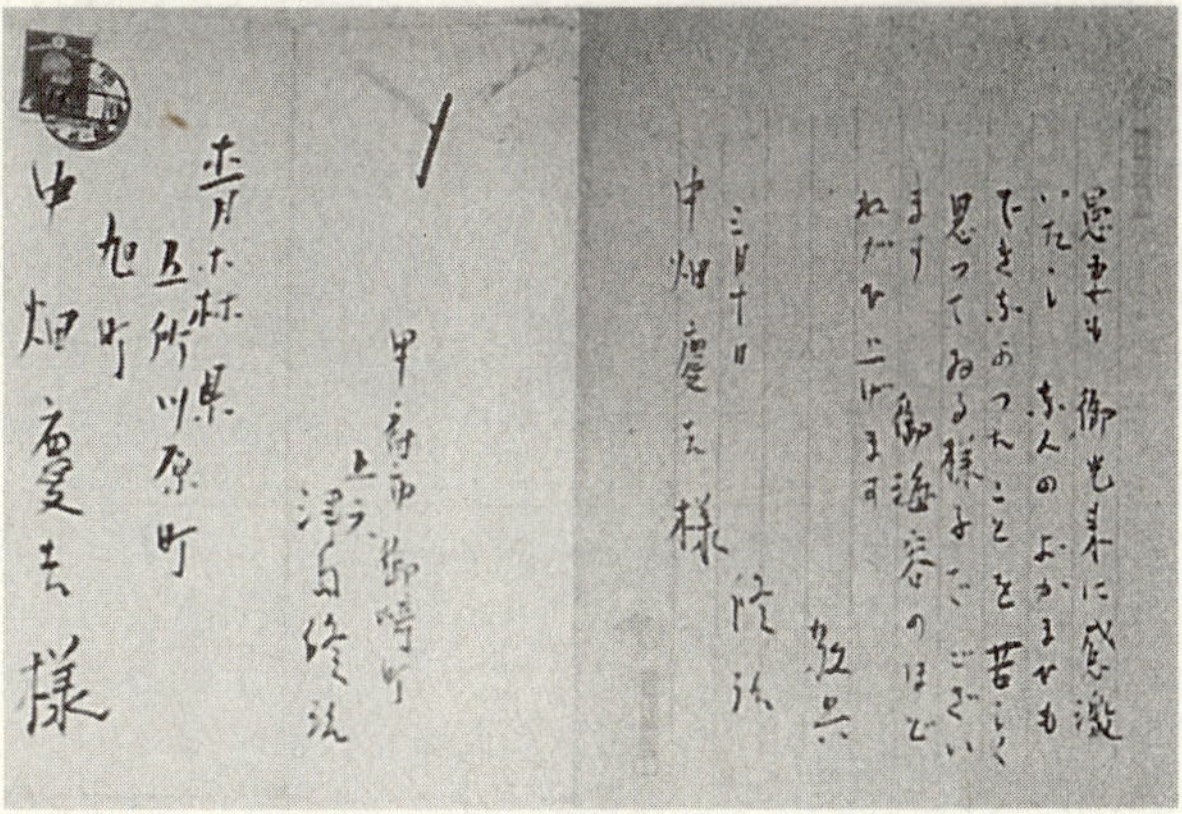

愚妻も御光来に感激
いたし 奥さんのおかまひも
できなかつたことを苦しく
思つて居る様子でござい
ます 御海容のほど
ねがひ上げます
敬具
三月十日
中畑慶吉様
修治

青森県五所川原町
旭町
中畑慶吉様

甲府市御崎町
五六
津島修治

昭和14年３月10日、青森県五所川原町、中畑慶吉宛

昭和14年2月4日、井伏鱒二宛

拝啓
新潮社で 私の原稿 百枚を
紛失いたし 只今も 八方捜
査の模様で。その責任者からも、
誠心誠意 の おわびの手紙も
来て居りますし 私は あきらめ
ようと思ってゐます
災難は いたしかたございません。
あまり外部に知れると、その
責任者も くるしい立場に
なるだらうと思ひますし、私は、
このこと誰にも言はぬつもりで
居ります 井伏様も 御内
密にねがひ上げます 誰が
わるいといふのでもございません。
責任者も 日夜 心をくだいて
[illegible]混醜にまで なつたんだ
さうですが、どうやら絶望
らしく思はれます、
その責任者にも、災難は
てもらふやう、私 これから
竹村氏に おわびと お願ひ
の手紙 出してみます
せつかく井伏さんのお言葉にて
私のはり切って居りましたところ
こんなことになつて、
一でも、百稿は、思ひ
切って捨てるべし。ただ、
筆硯をあらたにして新稿
に努めよ、といふ神様の
指図なのかも知れぬと思ひ、
遅筆をふるって、仕事つづけ
てゆきます。
私事をのみ書きつらね
ごめん下さいまし
兄上様の御不幸にて、さぞ
お心むすぼれがちのことと
深く深く拝察申し上
ます
どうか 皆様 御元気にて わたら
三月には、中畑氏が甲府へ
おいでの由、そのとき私からも、どうか、
伺ってみますから、
もうしばらく さぞ お手数
でございませうか、いままで
どほりにして お助け下さいまし
英之助氏、有十日に
甲府へ 須美子さんを 受け
取りに来る こと きまって、
これで四方八方 円満、
藤さんの奥様も ごきげん
なほって、さによりのことと
私まで、よろこんで居ります。
英ちゃんと 斎藤家の
間に立って、私も、いささか
はたらき致しました。少しは
私でも、ものの役に立って、
私は、うれしゅうございます、
私たち、至極、健康で、
私は、ふとつたさうです。
それから、「文体」のこと、

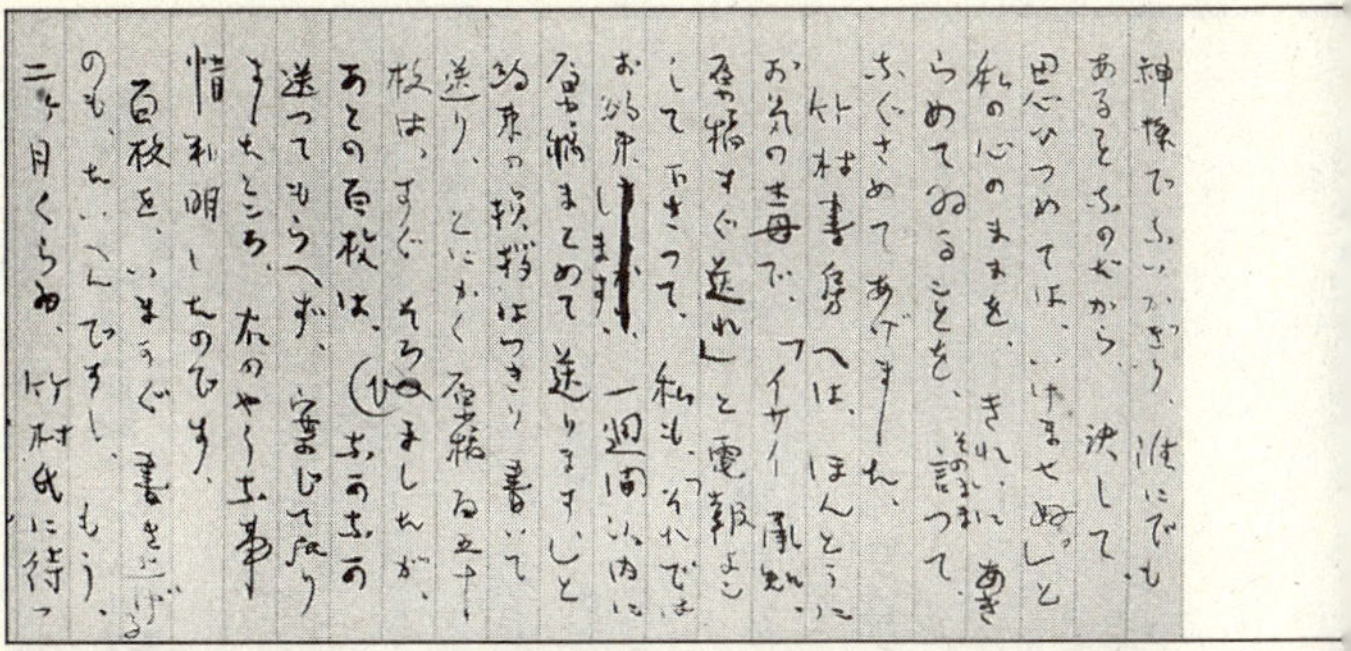
神様でない限り、誰にでも
あることなのだから、決して
思ひつめては、いけませぬ」と
私の心のままを、きれいにあき
らめてゐることを、それを詫びつつ、
なぐさめてあげました、
竹村書房へは、ほんたうに
お気の毒で、「イサイ承知。
原稿すぐ送れ」と電報よこ
して下さつて、私も、「それでは
お約束します、一週間以内に
原稿まとめて送ります」と
約束の挨拶はつきり書いて
送り、とにかく原稿百五十
枚は、すぐそろひましたが、
あとの百枚は、なかなか
送つてもらへず、案じて居り
ましたところ、右のやうな事
情判明したのです、
百枚を、いますぐ書き上げる
のも、たいへんですし、もう、
二ヶ月くらゐ、竹村氏に待つ

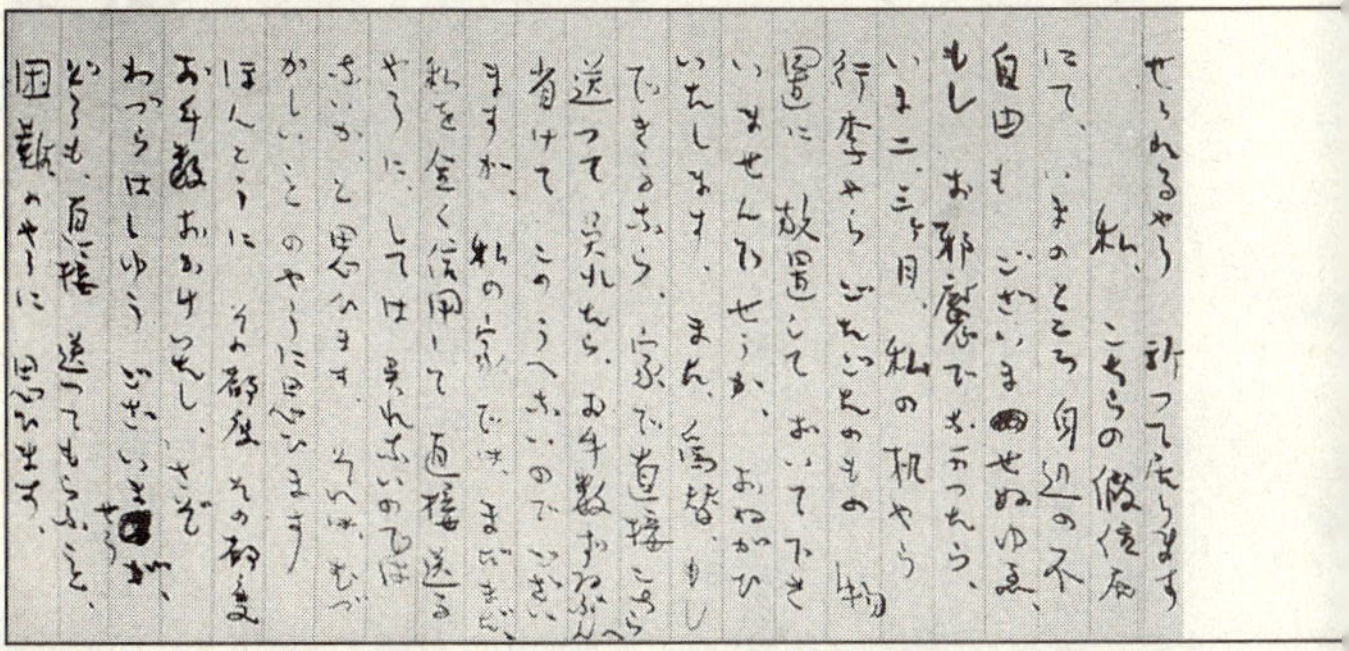
せられるやう、祈つて居ります
私、こちらの仮住居
にて、いまのところ身辺の不
自由もございませぬゆゑ、
もし、お邪魔でなかつたら、
いま二、三ヶ月、私の机やら
行李やらごたごたのもの物
置に放置しておいて下さ
いませんでせうか、おねがひ
いたします。また、もし
できるなら、家で直接こちらへ
送つて呉れたら、お手数ずゐぶん
省けて、このうへないのでござい
ますか、私の家では、まだまだ
私を全く信用して直接送る
やうにしては呉れないのでは
ないか、と思ひます。それは、むづ
かしいことのやうに思ひます
ほんたうに、その都度その都度
お手数おかけして、さぞ
わづらはしうございませうが、
どうも、直接送つてもらふこと、
困難のやうに思ひます、

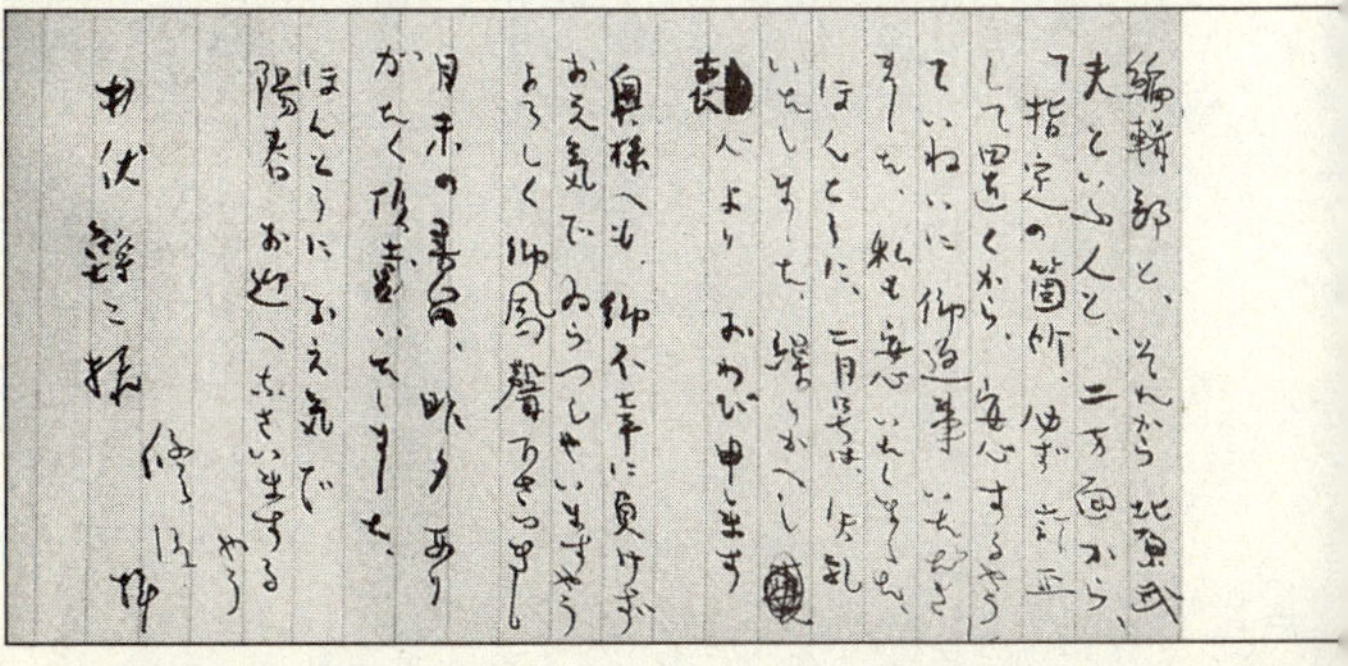
編輯部と、それから北原武
夫といふ人と、二方面から、
「指定の箇所、必ず訂正
して置くから、安心するやう
ていねいに御返事いただき
ました、私も安心いたしましたが、
ほんたうに、二月号は、失礼
いたしました、繰りかへし
心より　おわび申します
奥様へも、御不幸に負けず
お元気でゐらつしやいますやう
よろしく御鳳声下さいまし
月末の書留、昨夕あり
がたく頂戴いたしました、
ほんたうにお元気で
陽春お迎へなさいますやう
修治　拝
井伏鱒二様

証言による太宰治④〈日本浪曼派時代〉

稀代の死にたがり屋

——青山光二

迷走神経という言葉がある。生きようとする反対の方向に人間を動かす神経のことらしい。

戦後、変な医者に新宿で会いましてね。迷走神経の研究論文を書いているというんです。僕を一目みて「迷走神経が発達している」というんだ。脈搏を調べたりいろいろなデータをとって、

「あなたは、出色の迷走神経の持主だ」という。

「もっと出色なのがいますよ」

「ほう」

「太宰治。これは桁違いで本格的な迷走神経の持ち主だ」

僕は、太宰治が「ヴィヨンの妻」を書いていた頃に会っています。

「今、家に畳屋が来ていてね。仕事なんかできたもんじゃない」という。騒がしいとかうるさいとかいう意味じゃないんです。職人に払わなくちゃならない金のことを考えると仕事どころじゃない、ということなんです。つかうのに忙しくて金なんかあるわけないから、出版社から借りて払うとしますね。太宰治はどういう口実で借りようかと徹夜で考える人なんです。畳屋が来て仕事ができ

ないというのは明らかに迷走神経のせいです。

　僕が太宰治に初めて会ったのは、昭和十一年。本郷の東大近くにあった紫苑（シオン）という喫茶店です。そこが、僕たち「海風」同人と太宰治や檀一雄の「日本浪曼派」同人のたまり場になっていました。暗い店で、天井はシミだらけ、椅子から針金のスプリングがでていた。そこに昼日中からトグロをまいていたんです。

　あの頃の太宰治といえば、同じ時代に文学やっている人間にとって恐るべき希望の星というか、少くとも脅威的な存在でしたね。単行本の『晩年』がすでに出ていたでしょう。他の作家が書くようなことを全部消して文体をつくっている。ちょっとありえないような俊才でした。

　「日本浪曼派」同人は、太宰のことを〝おめざのいる男〟なんていっていた。おめざとは、起きがけに飲む酒のこと。小さいときから酒やどぶろく飲んでるから、一升酒も平気だし、自分でも飲んでも酔わないと言っていた。

　安い店なんだけど、しょっちゅう紫苑に来ては借りをつくっていましたね。マダム一人でやってた店だからみんなでなめてかかってるところもあった。

　夜遅くなると帰る電車がなくなってね。「日本浪曼派」同人は、檀一雄が帰って、太宰が帰って、残りは

（あおやま・こうじ）大正2年2月23日、神戸市生まれ。東京大学文学部卒。「文藝時代」「近代文学」の同人等として作家として出発。「小説・織田作之助」「闘いの構図」「われらが風狂の師」「海景暮色」「麗人」他。日本文芸家協会理事

僕と「海風」の仲間一人だけというときでした。

大宰治は、いったん出ていったと思ったら、戻ってきた。ドアをコンコンと叩く。そうっと開けて、小さな声で
「車代、貸して下さい」

マダムはしぶしぶカウンターから五十銭取ってきて、渡した。僕は聞き耳をたてていた。ここで一言いわずにすむ男ではない。

「車代を借りている太宰は、仮の太宰」

キザなことを平気で云うみたいだけど、そんなとき彼は、大袈裟にいうと必死だったんじゃないか。

「ほんとうの太宰は、向こうの電車道に檀君と一緒にいる」

パターンとドアをしめていってしまった。

五十銭は、仮の太宰が借りたんだから、ほんとうの太宰には返す義務はないということなんです。

戦後、太宰さんにはじめて会ったのは、銀座のバー・ルパンです。『麵麭亭』という小さな標札がかかっていた。昭和二十一年十一月二十五日夜。太宰治と織田作之助と坂口安吾の座談会（本書一八二〜一九一頁）があった後です。織田作之助は、読売新聞連載の「土曜夫人」の舞台が京都から東京に移るというので上京したばかり。その前に、僕は兄弟分みたいなものだった織田から「東京では誰にも会わず、君だけに会って、後は女と遊んで帰るよ」というハガキを受取っていた。軍隊から帰

ったばかりの僕が織田と会うのは二年ぶりくらいで、座談会の後、ルパンで待ち合わせていたんです。

座談会が終り連中がルパンへきた。カウンターの奥に太宰、坂口安吾、それに織田と僕、座談会の司会をつとめた平野謙が坐ってね。飲んでいる時は何のことはない。帰る時になって、太宰が百円札を出して、その手をあげてヒラヒラさせたのを覚えている。そしたら、一番年上の坂口安吾が、

「太宰にはまた払ってもらう時があるよ」

織田は、二人の先輩作家がそういうやりとりしてるから口出ししなかった。そこには、坂口安吾担当の高木君、入江君という二人の若い編集者がいた。坂口安吾が、高木君に、

「神田の××出版へいって印税とってこい」

と我々に聞かすようにいうんだね。むろん芝居ですよ。高木君はこころえていて、夜は遅いし、出版社の金庫があいているわけないのをわかっていて出ていく。この後がまだ、だいぶややこしいのだけれど。

その日からしばらくして、織田は仕事場だった銀座裏の佐々木旅館で喀血して倒れた。病状好転せず、芝の東京病院に入院。太宰さんが見舞いにきたのはその頃でした。兵隊靴はいてね。玄関は広い間口のリノリウムをしいた床だったね。油のようなものを塗ってベトベトしていた。「土足厳禁」と書いた札が立てかけてある。

ところが、スリッパも草履もない。

あってもみんな持っていってしまうんだ。履きかえる物がないから、たいてい土足のままあがっていた。

　ところが、太宰治は違った。苦労して、兵隊靴を脱いでいる。

「汚れるから脱がなくてもいいですよ」

「いやー」

と、やっと兵隊靴を脱いで、手にさげたまま二階の病室に入った。その律儀さには、さすが津軽の殿様といわれる家柄の息子だなと感心しましたね。

　年が明けて一月十日に、織田作之助は死んだ。十一日に、愛宕山下の浄土宗天徳寺で通夜があった。太宰さんも来ました。前からのひっかかりらしい婦人雑誌の編集者がその太宰の原稿を執拗にねだった。

●昭和9年、檀一雄、伊馬鵜平（後の伊馬春部）、今官一、中原中也、木山捷平、山岸外史らと「青い花」の発刊を企画。12月創刊、「ロマネスク」を発表した。「青い花」は創刊号のみで廃刊。翌10年、佐藤春夫、萩原朔太郎、亀井勝一郎らの「日本浪曼派」と合流する。東京帝大では講義に出ず図書館で本を読んだり創作に力を入れたり、太宰は一単位も

「青酸カリを持って来い。カプセルに入ったやつ。そいつを持ってきたら書く」

と冗談とも本気ともつかないようにいうんですよ。あきれたことに「持ってくる」といった編集者がいた。この辺が戦後的というのかな。酒だかカストリ焼酎だかを飲んで精進料理を食べて大分くだけた通夜になりましたね。太宰治に僕、四、五人いたかな、こたつのまわりに布団を敷いて泊まったんですよ。

朝、起きた時にね、顔を洗いにいく前かな、太宰治は畳に両手をぴたっとついて、

「おはようございます」

と挨拶した。その仕草は実によかったね。僕は「白い手」という題で太宰の追悼文を書いています。ホントに白い手でした。生まれ育ちのよさからくる、とうてい真似のできない朝の挨拶でした。それから、桐ケ谷火葬場で、織田を焼いたんです。太宰治も僕も骨を拾いました。

木挽町の「鼓」という料亭でのシアゲの席でのことです。織田の身内の人、織田と一緒に生活していた輪島昭子、太宰治、林芙美子、僕……それに新聞・雑誌の編集者がいましたね。僕は身内の人たちから、

「昭子という女が女房顔でついているけど、私たちは妻と認めていない。作之助は私たちの世話で大きくなったんです」

とその後の印税のことなどを列席の人たちに話してくれと頼まれていました。しかし、織田は両親がなくて、ここにいる身内の方の力で大き

取っていなかった。落第。津島家からの仕送りも途絶えると、慌てて都新聞社を受けたが失敗。鎌倉の山で縊死をはかるがこれにも失敗したといわれる。4月、急性盲腸炎の手術を受けたが腹膜炎を併発、阿佐ヶ谷の篠原病院に入院。痛みを鎮めるために、毎日パビナールの注射をうつ。5月には、胸部疾患の治療のため世田谷の経堂病院に入院した。ここでもパビナールを使用して習慣化した。退院後、千葉県東葛飾郡船橋町に転居した

くなったと、そこまでの話はできても、故人の骨箱のある席で印税のことなんか僕には持ち出せなかった。

　太宰治と林芙美子の間に輪島昭子がいて、太宰は酒を飲みながら輪島昭子のその後のことを案じていたと思う。そういう人ですよ。僕がエンドレステープのように同じことをくり返しているのをみて、だんだん追いつめられたような苦しげな顔つきになってきた。こっちもそれを見て一層つらくなるような具合で話は堂々めぐり。とうとうやりきれなくなった太宰さんが、

「もういいよ。青山君、坐れ」

　僕は坐ったが、太宰治は、追いつめられると、前後の見境なしにとんでもないことを言う癖があるらしい。

「昭子さんは、僕らがひきうけようじゃないか。いいだろ」

　こっちは「いいですよ」と頷くより仕方がない。すると、身内の人たちはその一言を聞いてもう長居は無用と、輪島昭子も連れて出ていっちゃった。

　それからが大変でした。

　林芙美子さんが、太宰治と僕にくってかかってきた。

「あんたたちは何てことというのよ。どういうことになるのかわかってるの」

　輪島昭子は、大阪からまた東京に戻ってくる。あんたたちの家は狭いから、輪島昭子が戻ってきて住むのは私のところしかない。それがわかっていない、と血相かえている。

「いや、そんなことはない」

と、僕らはしどろもどろの抗弁を

したが、結果はホントに林芙美子のいう通りになった……。その夜は喧嘩別れですよ。

　太宰治と僕は、帰りの方向が一緒だったから、タクシーを拾って乗った。まだ木炭車だったかな。渋谷の手前あたり、車の中で、太宰さんが、

「一緒に死のうよ」

　というんだ。何か世の中というか目の前が真ッ暗で、そういう雰囲気もあった。僕も何といったらいいのか困ってね。

「太宰さん、死ぬのなら相手は女の方がいいですよ。恰好つかないもの」

　というようなことを言った。

「そうか」

　彼は笑って、話をひっこめた。

　そういうことは、僕にだけいったんじゃないと思う。他の作家とか編集者にも、おなじようなことをいわれた人がいるんじゃないか。

　ほぼ一年半後。太宰治の死を聞きました。太宰治は稀代の死にたがり屋だった。迷走神経の本格派。襖あけて、すっと隣の部屋へはいるようにして、死ねる人だった。ところが、どうやら一人では死ねない。ここに太宰治の大きい問題点があると思う。その文学にも通ずる問題点――。しかし、死にたがり屋はいいね。

　最後は、山崎富栄というひとが急(せ)きたてたんでしょ。僕はそう思う。

甲府・結婚

昭和十三年九月、甲府の天下茶屋へ
心と体の病気をいやす太宰治の新たなる旅立ち

井伏鱒二のすすめで見合いを決意

石原美知子との結婚、再出発
「私は、私自身を、家庭的の男と思つてゐます」

●富士がよかつた。月光を受けて、青く透きとおるようで、私は、狐に化かされているような気がした。
富士が、したたるように青いのだ。

（富嶽百景）


昭和十三年の秋といいますから、修治二十九歳の時でございます。

原稿も売れず、体の状態もすぐれない修治は、自分のこれまでの思いを一新すべく、旅に出ます。

もちろん、自分で旅をしようなどという「健康的」な発想を修治が持つわけがありません。甲州御坂峠の天下茶屋に滞在中の井伏鱒二から、誘われたからでございます。

実は井伏さん、ただ修治を呼ぶだけでなく、甲府にひとつ、縁談を用意してありました。

東京女高師時代の石原美知子（左端）

その女、石原美知子。都留高女に勤めていたごく普通の女性です。
「このたび石原氏と約婚するに当り、一札申し上げます。私は、私自身を、家庭的の男と思つてゐます。よい意味でも悪い意味でも、私は放浪に堪へられません。……家庭は、努力であると思ひます。浮いた気持は、ございません。貧しくとも、一生大事に努めます」
これ、おもしろいでしょう。修治が井伏さんに宛てた、石原美知子との婚約後の手紙です。
自分はまじめにやるから、結婚させてくださいという一種の誓約書です。わずか、二十九歳で人生のレースから脱落したと思われるのが嫌だったんでございましょう。修治は、もう一度、レースをやりなおすために、いままで着ていたすべてを新調し、シューズの紐をしっかりと結びなおしたかったのだと思います。

これまでの過去を葬りさるには、最高の妻だったかもしれません。真面目で、堅実で、ごく普通の妻として、修治を尊敬し、修治に尽くした美知子。この彼女とともに、もう一度、彼は走りはじめたのです。

その結果、次々とすばらしい作品が生まれました。

御坂峠天下茶屋。２階の記念館には、太宰が滞在したときに使用した机、火鉢などが残っている

証言による太宰治⑤〈天下茶屋時代〉

津島修治は僕です

――外川八重子

「富嶽百景」に出てくる娘さんというのは、私の妹でね。当時は主人が応召中で、私と妹と子供たちで暮らしながら天下茶屋をやっていたんです。太宰さんのことは、あまり口をきかないで黙っている人だなあ、と思いましたね。

井伏鱒二先生から「太宰は体が弱っているからできるだけ栄養のあるものをつくってくれ」といわれましたけど、田舎料理でねえ。家で食べるのと同じものを太宰さんも食べるくらいで……。太宰さんは好き嫌いがなくて何でも食べましたよ。夜は

毎日、ほうとう鍋。この「ほうとう鍋」のことを、太宰さんは、「放蕩とは、人をバカにした言葉だ。自分の在所では、僕の悪口だ」といってました。

夜はいつも書きものをしていました。お酒もたくさんなんか飲まなかった。

（とがわ・やえこ）明治41年11月3日、山梨県生まれ。太宰治が昭和13年に御坂峠天下茶屋に滞在した当時のおかみさん。「富嶽百景」ではおかみさんとして登場する。現在は天下茶屋の仕事を三男夫婦に任せ、河口湖畔に住む

った。太宰さんが二階、私たちは一階。書きものを終えて何時に寝るのかはわからなかったけど、起きるのは十一時頃。それから朝食です。

太宰さんの部屋の火鉢には、煙草の吸いがらが一杯。一日にバットを十箱も吸いましたものね。火をつけてちょっと吸っては捨ててある。天下茶屋を河口湖の方に下って三ツ峠がみえる曲がり角に煙草を売る店があったから、煙草はいくらでも買えました。

私たちには、本読むところも、書きものをしているところもみせなかったね。妹には、原稿の書き損じは全部たきつけにして燃やすようにと厳しかったようです。

うちの子供は、太宰さんのことを「お客さん」といえず「オカク」といってはなついてました。うちの子にこのへんの言葉をしゃべらせては「青森と違う」と笑ってました。

太宰さんのお見合いのことはわからないでいてね。奥さんになる方が訪ねてきたときには、

「津島修治さん、いらっしゃいますか」

「そんな人いません」

と押し問答しているのを二階できいていた太宰さんが、

「津島修治は僕です」

と降りてきて、初めて本名がわかったんです。私たちは太宰さんと呼んでいました。

お客様も来ましたね。そうすると、家の中にある檜でできた丸い風呂を表に出しては、山から斎木（さいき）という草をとってきて薬湯にして入る。井伏

先生に、たしか檀一雄さんも来ましたね。太宰さんは、

「あの風呂に入ると熱くて寝つけない」

「どうして寝つけないんですか」

「股が熱くて」

って……。薬湯はとても体が温かくなりますから。

ここには、電話もあったし、電気もあった。水の便もいいし、バスは八往復もする。不便なようですが、そうでもなかったんですよ。

（平成元年十一月）

天下茶屋近くにある文学碑。
「富士には　月見草が　よく似合ふ　太宰治」とある

三鷹

昭和十四年、九月、東京府下三鷹村の借家に移転

原稿注文も増えた作品を続々と発表

「富嶽百景」「女生徒」「駈込み訴へ」そして、長女誕生

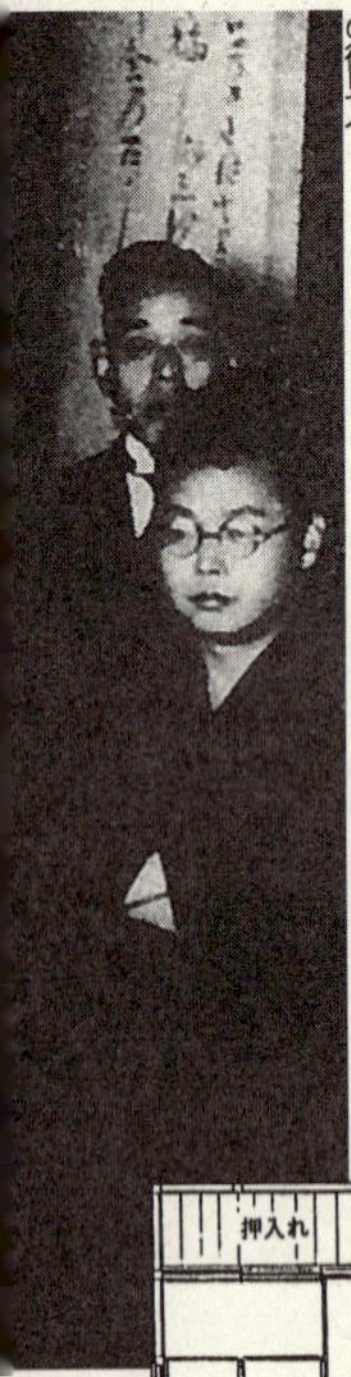

昭和14年1月、杉並の井伏邸での結婚式。前列右から、井伏、太宰、妻美知子、井伏夫人。後列中央、中畑慶吉、右端、北芳四郎、2人とも東京での太宰の後見人

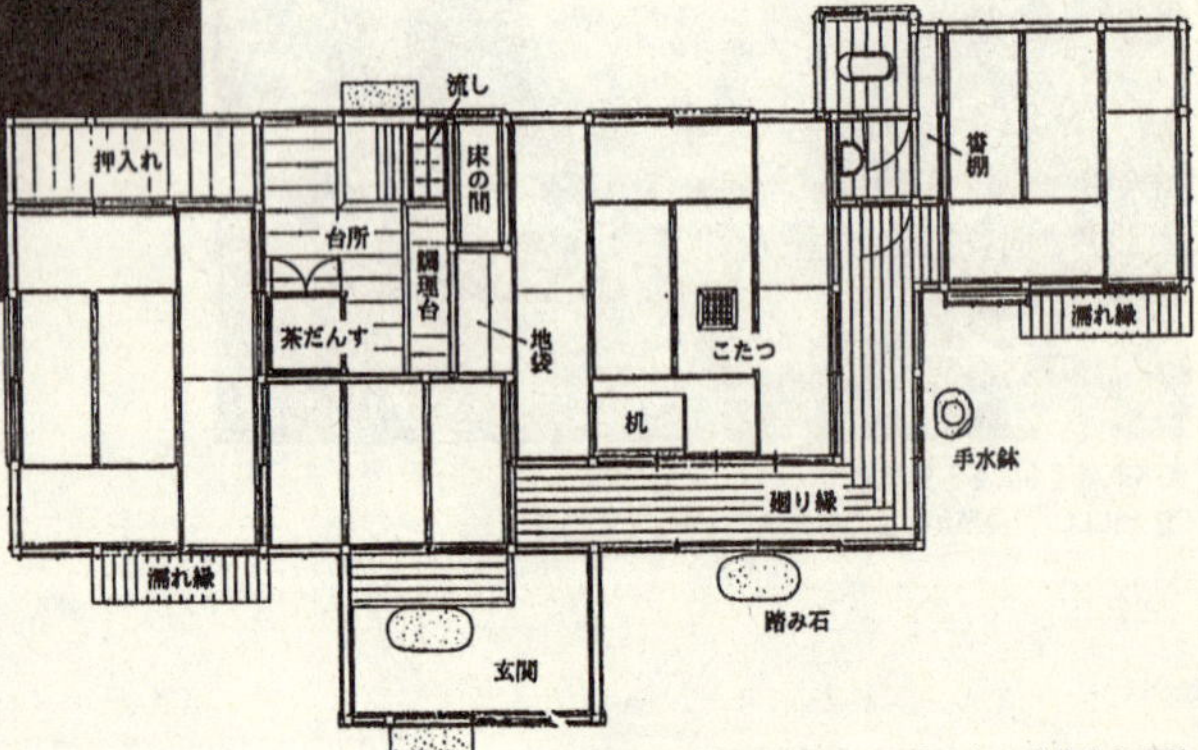

井伏鱒二旧宅復元平面図。昭和2年、井伏自ら原稿用紙の裏に設計した旧宅の復元平面図。（杉並区立郷土博物館提供）

●そうなんですね。人間、真面目な人、真摯な態度の人、健気な人、心根の優しい人、そんな人に出会うと、ガラッと変わってしまいます。あれだけ修治が悩みに悩んでも書けなかった小説なのに、ごく当たり前の生活のなかから、次々といい作品が育まれていく。

もしかしたら、人生ってそういうものかもしれません。

ほしい、ほしい、ほしいと思っている時はできなくて、そうでない時にはあっさりとできてしまう。そう、赤ちゃんの話です。修治も十六年六月、ついにお父さんになります。

こうした安定した生活のなかから傑作が生まれます。すると、

太宰夫妻。昭和16年には長女園子が誕生した。結婚後、三鷹の下連雀に移る。いわゆる太宰文学の中期と呼ばれる時期である。明るく安定した作風の作品を次々に発表。小説の依頼も増えて執筆に専念する日が多くなった

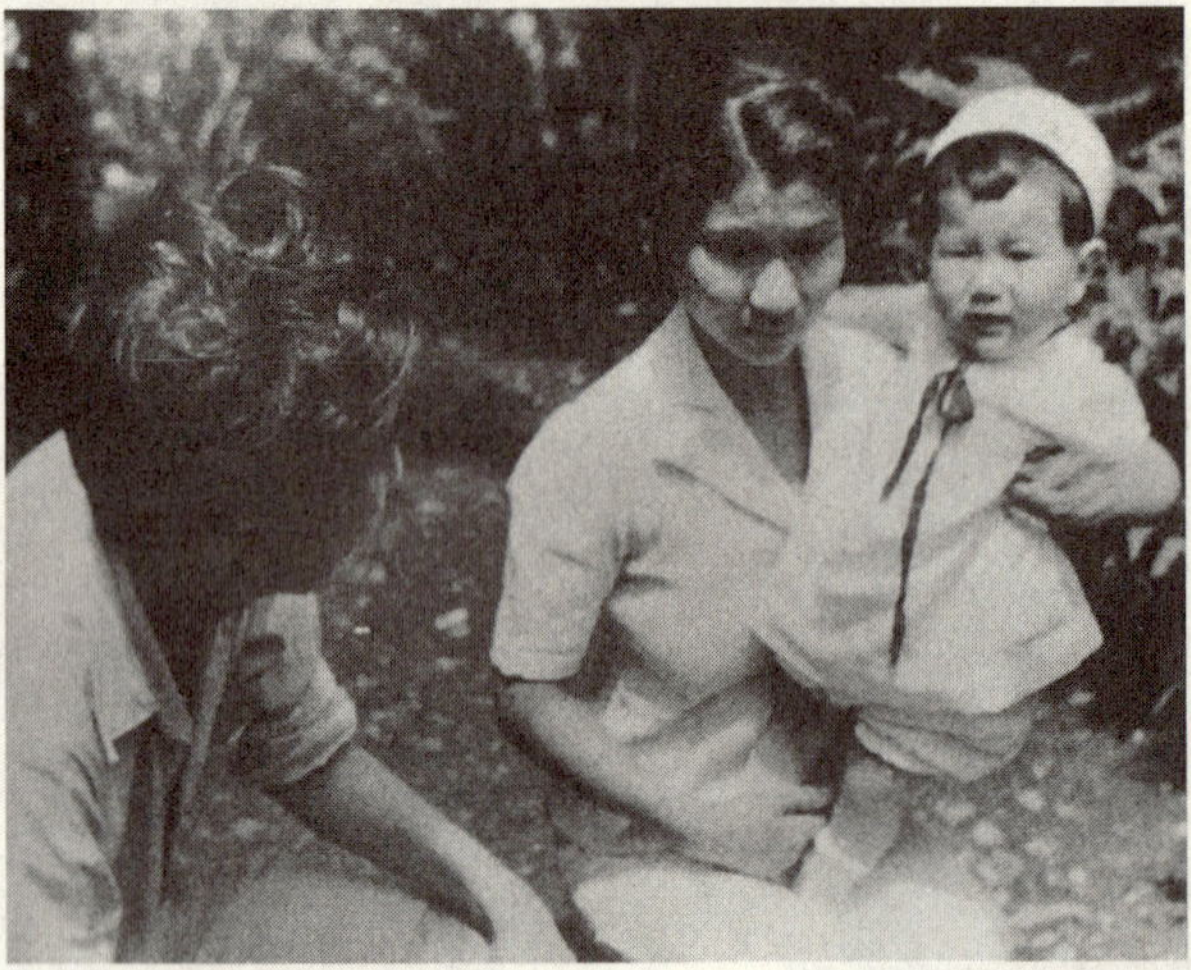

注文が殺到します。そして、とうとう最後には、注文がさばききれないほどの流行作家になっていったのでした。

もう実家の世話になることもありません。実家を呪うことも、恨むこともありません。自分の育った故郷が、彼にとっては、実りの多い大切な小説の畑になりました。

反省のあるところに、進歩があります。修治は人の親になってはじめて、自分の肉親の情を知ることになります。

大人になったんでしょうね。

この年、生母たねを見舞うために十年ぶりで帰郷しました。心が洗われるような素晴らしい故郷。やっぱり彼にとって、捨てるに捨てられない「故郷」だったのです。

三鷹の家の玄関に立つ出版社の編集者もふえた。ノートは原稿依頼控帳。題名、枚数、締切などが記されている

証言による太宰治⑥〈新進作家時代〉

「友情」について講演――伊狩章

太宰治の講演は印象に残っているね。ハッキリ覚えている。「畜犬談」とか「皮膚と心」とかを発表した後でした。読んで面白かった。才能あったねえ。他の作家とは違いました。光ってるんだ。現役の、しかも新進作家というのは、僕ら、当時の高校文芸部員の憧れだったんだね。

このときのことは、ほとんど「みみづく通信」に書いてある通りです。

講演会場は学生ホール。木綿の紺絣を着て袴をはいていましたよ。「みみづく通信」では剣道の先生に間違われたとあるでしょう。ほんとに剣道の先生の姿でしたね。

背が高く、白皙長身、さわやかな、いい感じでした。講演前に、校長室に入り、文芸部部長の羽鳥先生と話しあいました。羽鳥先生は中学が芥川龍之介の後輩にあたり、以前に芥川が講演にきたときの話をしました。

太宰さんは講演するのは初めてとか言っていたようにも憶えていますが、はっきりしません。

演壇に立って、まず懐から本を二冊出しました。最初あっけにとられたんです。自作の朗読だったから。「思ひ出」を一ページから読んだんです。マイクなんかなし、すきとおったいい声でした。堂々としていた。本五分の一くらい読んでからかな。本を置いてね。思いついたように、

「これは私小説だけども、自分では全部書けたとは思わない」

それから告白の限度だとかいうようなことを言った。あとは忘れちゃったな。

次に「走れメロス」を読んだね。最近書いた小説だということで……。時計をみましてね。そして、その本を置いて、

「今度は、友情について話します」

自分の身近な例を二、三あげながら、何かの詩の一節も引用して「友情が大事だ」というようなことを話しましたね。

弁論部の演説や学校の先生の話し方とは違います。小説家の講演ですからね。原稿やメモもなし。考え考え話したところもありました。はっきりした標準語で、真面目でね。ふざけたりでたらめなところは一つもない。内容はよかったよ。ほんとに。感動したよ。

校長室で文芸部顧問の先生が、講演料を渡すところに同席しました。

（いかり・あきら）大正11年3月31日生まれ。新潟高校文芸部員として太宰治を講演に招く。東京大学文学部卒。弘前大学勤務を経て現在は新潟大学名誉教授。著書『後期硯友社文学の研究』『硯友社と自然主義研究』『鷗外・漱石と近代の文苑——附・整・譲・八一の回想など——』

愛用した羽織と袴

七十円だったかな、八十円だったかな。当時のサラリーマンの給料一ト月分だね。それを使ったかどうかはわかりませんが、翌日、佐渡へ行きました。

太宰さんは滞在中、終始後輩の高

校生に温かく接する、という態度でした。

新潟高校の文芸部では、毎年秋に文芸講演会を開いていたんです。それまでにも芥川龍之介、川端康成、宇野浩二、高見順、武田麟太郎など一流の作家が来ているんです。太宰さんには、先輩の野本秀雄さん、宇尾野宏さんたちの働きで、たしか、東大の図書館にいた渋川驍さんの仲介で新潟高校に講演に来てもらったように記憶しています。

ただ、太宰さんを呼ぶことを疑問視した先生もいたようです。当時の僕らは知らなかったけど、いわゆる素行上の太宰の過去を知っていたのかもしれません。その文学もホンモノかどうか価値が定まっていなかったのですね。

昭和15年11月、新潟高校での講演。イタリア軒での記念写真

「太宰なんて正統派じゃない」
という意見もあった。戦争中のことですから。

僕はそれから大学に入って、学徒動員で戦争にいった。帰ってきたときには、太宰さんは時代の寵児で、もう手の届かないところにいましたよ。仲間と三鷹の家を訪ねたこともあります。不在でした。

作家じゃ生活していけない。僕は研究者に転向したのです。そして弘前大学に勤めました。太宰の母校です。僕の生徒として、現在の太宰治研究家の第一人者である相馬正一氏が入ってきた。優秀でした。

「近代の国文学をやる」

「そりゃあ、太宰治をやれ」

といいました。不思議な縁を感じますね。

昭和15年、東京商大（現・一橋大学）で「近代の病」と題して講演する太宰治

津軽

戦争が始まる
肺浸潤で徴用免除
母の見舞いで妻子とともに帰郷
二カ月後に単身帰郷、母の死を看取る
昭和十九年
津軽地方を旅して
名作「津軽」を執筆

●えっ、戦争ですか。そうですね、たくさんの人たちが戦争に行きました。修治にも当然、兵隊検査の時がまいりました。子どもが生まれて五カ月後の年の昭和十六年十一月、文士徴用令書が届きますけれど、胸部疾患の理由で徴用免除になります。

　戦争に行かなくてよくなったわけですね。ですから、執筆に専念できたわけです。「ろまん燈籠」「東京八景」「新ハムレット」などを次々と発表しました。

　翌十七年十月、母たねが重病のため妻子を伴って再び帰郷しました。

太宰が描いた「リンゴ花」

やがて母が亡くなります。

自分の子供のなかで、一番の放蕩息子が、立派な作家になって戻ってきた……。そして、縁の薄かった母の最期を看取る……。

このあたり、人間ドラマをみるようで、感動的ではございませんか。

これで、それまでのわだかまりもなくなります。実家の方でも、修治を歓迎してくれます。いわば、母の死によって、修治は晴れて故郷に錦を飾れたということでございました。

ここで名作「津軽」が生まれます。校庭でタケと運動会を見るシーン、感動的じゃございませんか。

故郷がある方っていうのは、いいですね。最後に帰れる所があるのですから。反発し、逆らって、逃げるように出てきても、必ずどこかで温

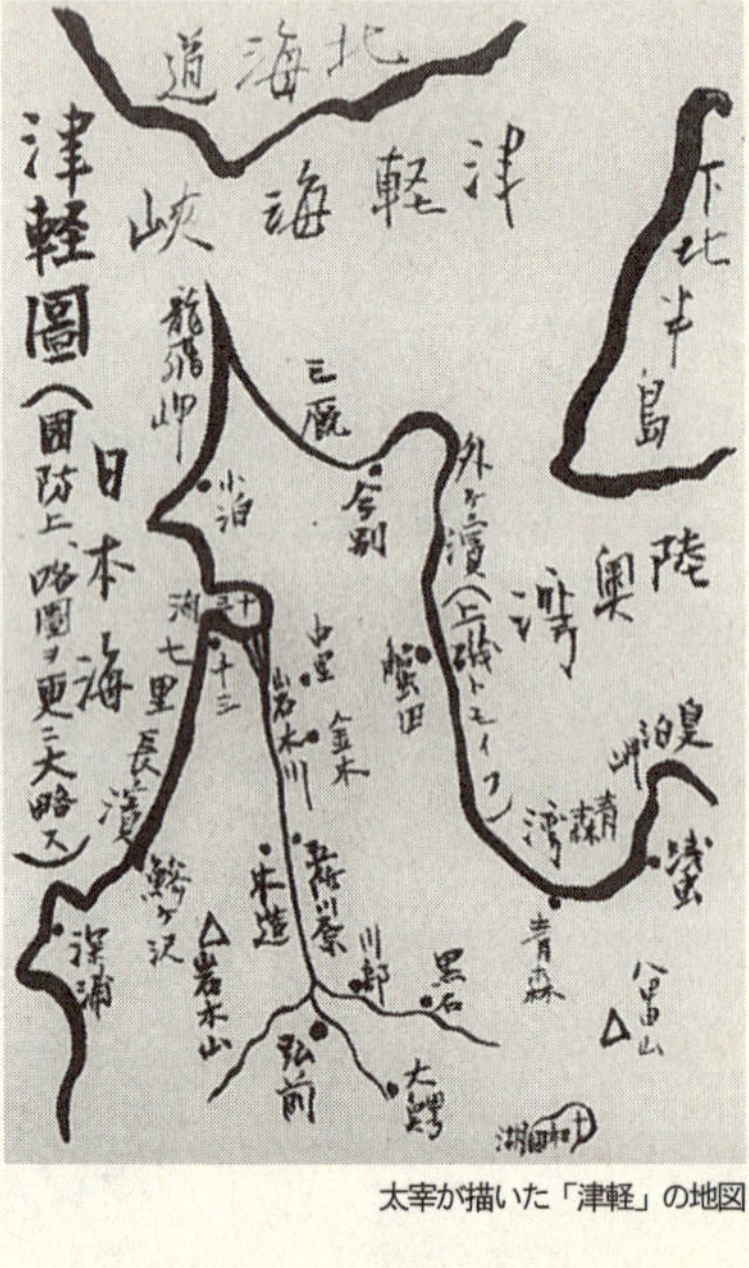

太宰が描いた「津軽」の地図

幼少期の太宰の子守をした越野タケ
小泊小学校校庭で（昭和48年11月）

かく迎えてくれる故郷。作家太宰治にとって、津軽はもうひとりの母だったのかもしれません。

昭和二十年七月にも、甲府の妻の実家が空襲にあったので、津軽に疎開し、生家で草むしりなどをしながら、読書や執筆を繰り返します。

いいですね。修治が昔の素直な少年時代に戻って、毎日、まじめに暮らし、そのために作品まで安定する。

ここで、終わっていれば、「そして日本を代表する大作家になったそうな」で終わる、日本昔文豪物語として、子供たちにも話せる英雄伝になったのですが、そうはいきません。

それでは、そのあとどうなったのか、次にお話しいたしましょう。

太宰が描いた津軽富士（岩木山）と
たけの顔（下）

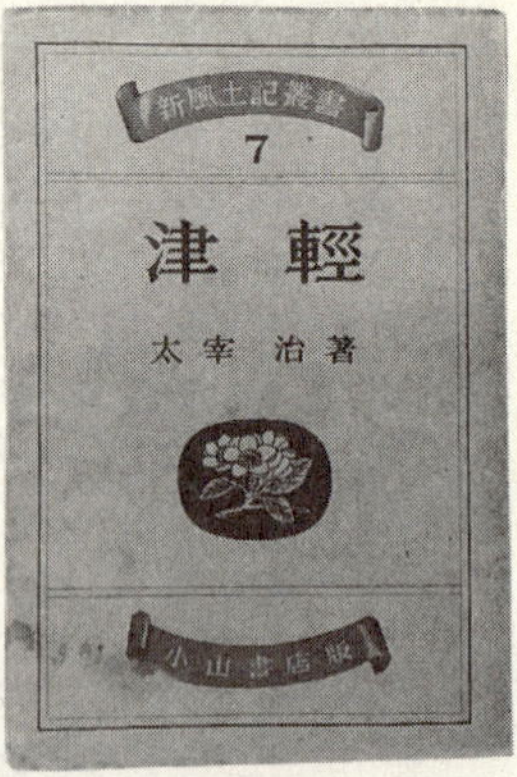

小説「津軽」の像（製作・設計・田村進）は、小説「津軽」の像記念館（〒037－0511　青森県北津軽郡小泊村砂山1080-1　電話・ＦＡＸ 0173-64-3588）の再会公園にある

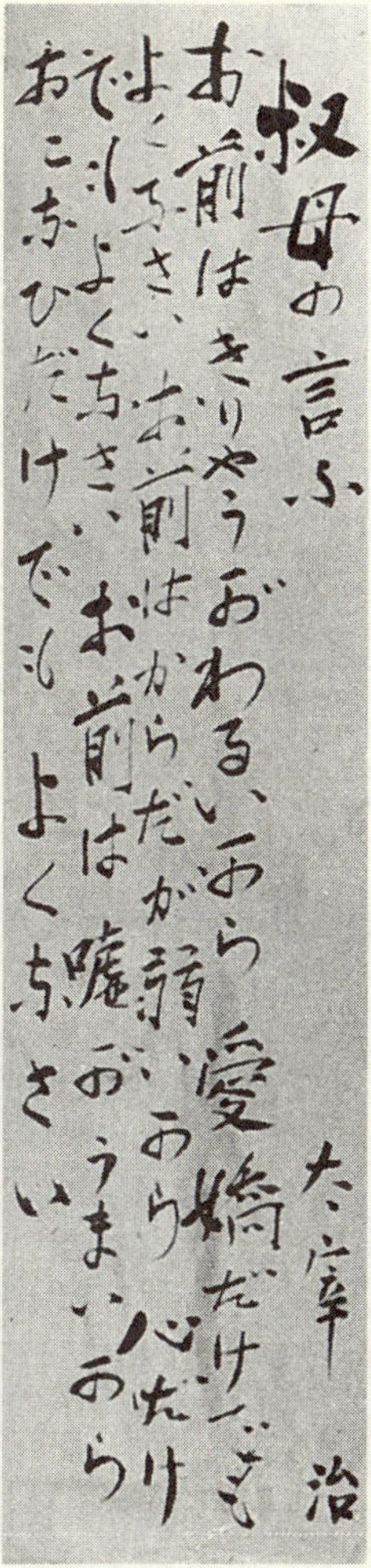
叔母の言ふ
お前はきりやうがわるいから愛嬌だけでも
よくしなさい、お前はからだが弱いから心だけ
でもよくしなさい、お前は嘘がうまいから
おこなひだけでもよくしなさい
太宰治

疎開中の書

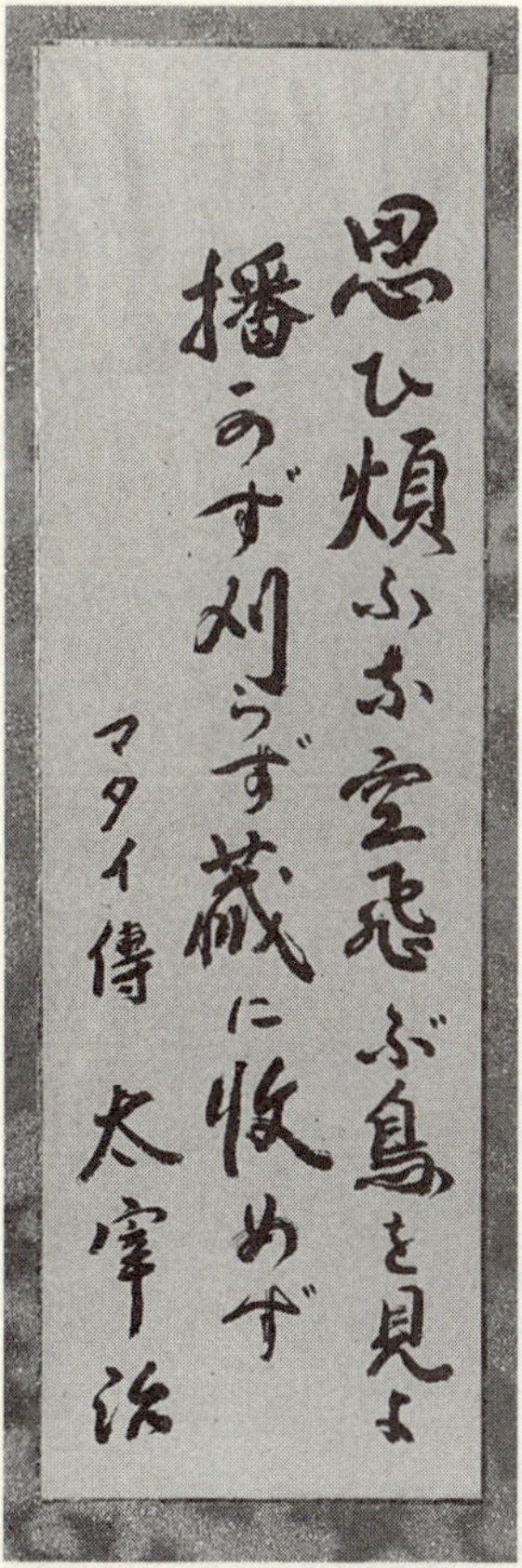
思ひ煩ふな空飛ぶ鳥を見よ
播かず刈らず蔵に収めず
マタイ傳　太宰治

「惜別」

魯迅の仙台時代を取材
小説「惜別」を書き下ろす

内閣情報局と日本文学報国会の依嘱で
「大東亜共同宣言五原則」を小説化
テーマは、「独立親和」

22歳の時、江南督練公所から官費留学生として、日本に派遣された魯迅は、2年間、東京・牛込の弘文学院で学び、卒業すると、仙台医専に入学した。
上は1903年（明36）、弘文学院時代の魯迅

魯迅の下宿跡

魯迅

●学徒動員がはじまり、国民の食料統制が厳しくなった昭和十八年、修治にも戦争がせまっていました。

国家が文化人たちを使って、国民の戦争に対する士気を高めるための活動を強いたからです。

修治もご多分にもれず、昭和十八年十一月に行われた大東亜会議の五大宣言の小説化のために、内閣情報局と文学報国会の依嘱を受け、いわゆる「国策小説」を書かざるを得なくなりました。

修治は、その題材に「魯迅」を選びました。プーシキンやチェーホフが好きだった修治は、中国の先駆的文学者である魯迅に知識人の孤独を感じたのです。

そして、特に、そのなかでも魯迅の仙台留学時代を中心に取り上

1904年（明37)、魯迅は仙台医専に入学する。その前に祖父が病死したが、魯迅は帰国しなかった。当時、彼は仙台市内に下宿していた。が、在学中は休暇ごとに東京に出ていた。学校での成績は、142人中68番。及第であった。(下）仙台医専時代の魯迅。後列左端

げ、魯迅を教えた藤野厳九郎先生を中心に医学を学ぶ人間と人間同士のつながりを通して、日中平和を書こうと思ったのです。

修治は仙台に行きます。その時の取材の様子は、それまでのすさんだ修治ではなく、まさに生き生きとした修治であったといいます。

当時の記録を調べるため、新聞社を訪れた修治は、明治時代の綴じ込みを探しては、机の上に積み上げたかと思うと三日にわたって丹念にメモを取り、それが終わると、その記述に基づいて、仙台の町を取材に歩いたといいます。

その取材を手伝った地元の新聞記者は、修治に対して持っていた、酒が好きで頽廃的なイメージを、この時に完全に覆されたと書いて

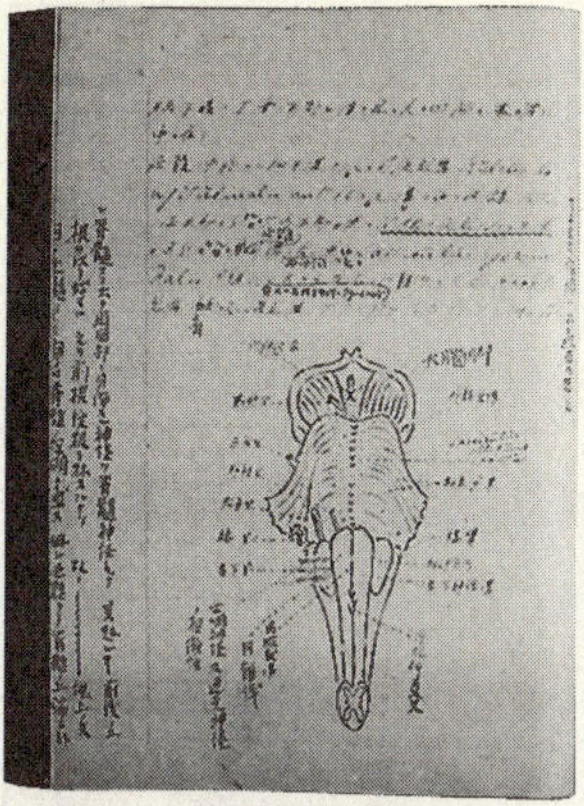

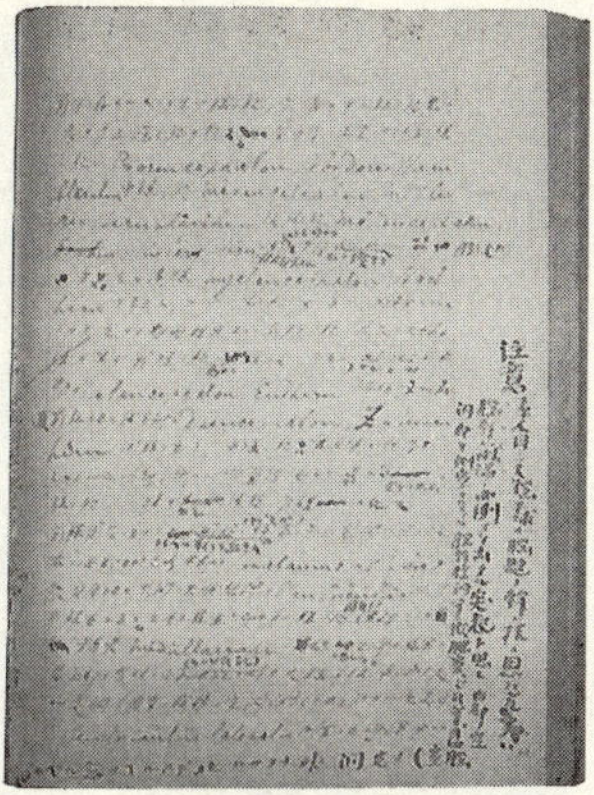

藤野先生が添削した魯迅の解剖学ノート

仙台医専時代、師と仰いだ教師・藤野厳九郎。魯迅は自分の作品「藤野先生」で、新しい医学が中国に伝わることを期待してくれた藤野の偉大な人格を絶讃している

います。

「これは日本の東北地方の某村に開業している一老医師の手記である」

これが、修治がこの時に書いた「惜別」の書き出しです。

作品群

『晩年』から『人間失格』まで

❶

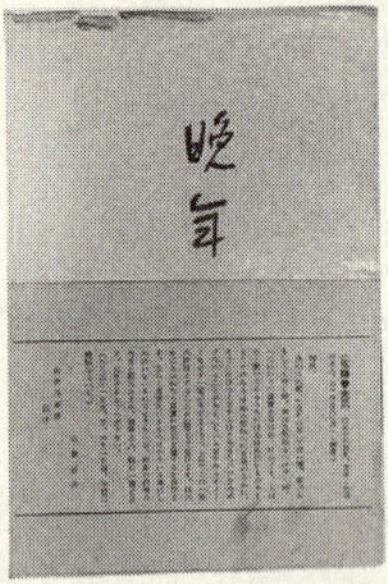

❺

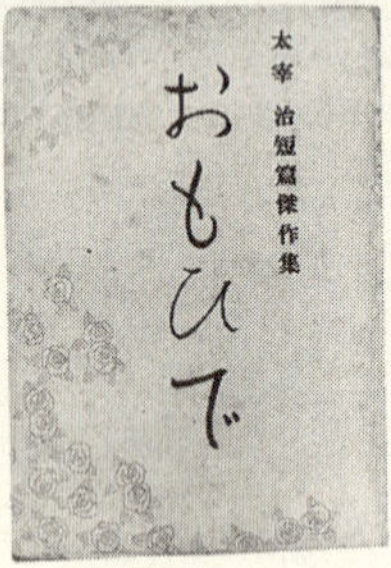

●昭和十六年、太平洋戦争が始まった。文学者は、戦意昂揚の作品を書くか、沈黙した。だが、太宰はこれらの時期、多くの佳作を書いている。『正義と微笑』『右大臣実朝』『新釈諸国噺』『津軽』『惜別』『お伽草紙』……。

昭和十七年、重病の母を見舞い、十二月には死を看取ったのち、小山書店の新風土記叢書の求めに応じて『津軽』を書き下ろして故郷と和解した。

——敗戦。連合国軍総司令部（GHQ）が農地改革を指令。「金木の殿様」と呼ばれた大地主・津島家も没落する運命にあった。

❷

❸

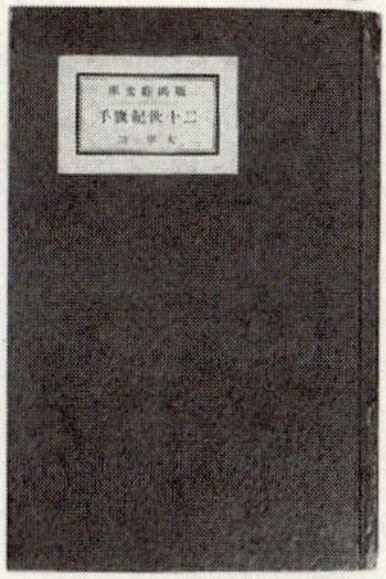

❹

❻

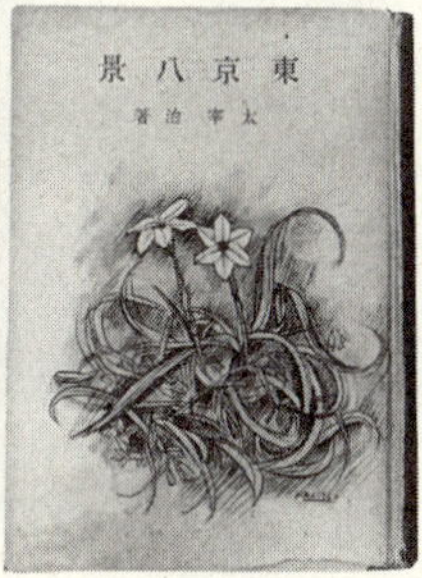

❼

❽

❶昭和11年6月、砂子屋書房刊（定価2円、初版は6百部）
❷昭和12年6月、新潮社刊（定価1円20銭）
❸昭和12年7月、版画荘刊（定価50銭）
❹昭和15年4月、竹村書房刊（定価1円80銭）
❺昭和15年6月、人文書院刊（装幀著者、定価1円80銭）
❻昭和16年5月、実業之日本社刊（定価1円80銭）
❼昭和17年1月、月曜荘私版（題簽著者、定価5円、限定3百部番号入り）
❽昭和17年6月、錦城出版社刊（定

⓫

❿

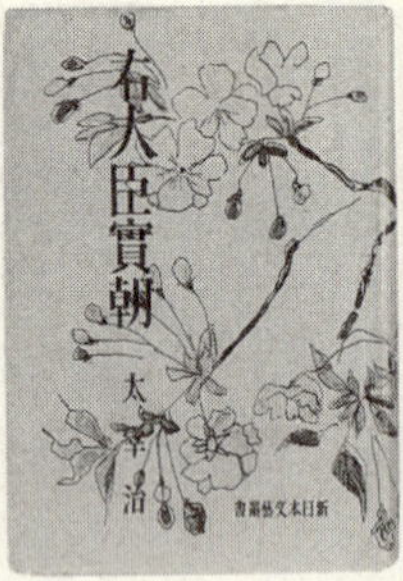

❾

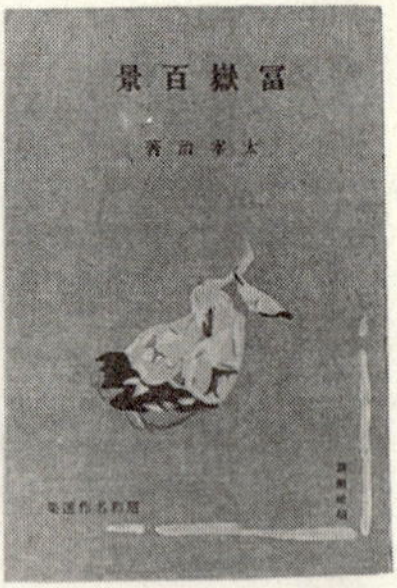

⓰

⓯

⓮

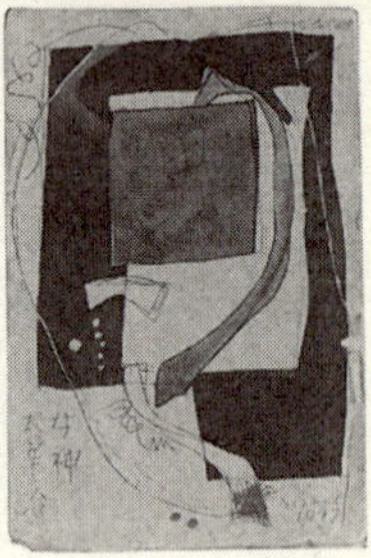

価1円50銭、初版1万部）
❾昭和18年1月、新潮社刊（定価1円、初版1万2千部）
❿昭和18年9月、錦城出版社刊（定価2円、初版1万5千部）
⓫昭和19年8月、肇書房刊（定価2円90銭、初版5千部）
⓬昭和20年1月、生活社刊（2円60銭、初版1万部）
⓭昭和20年9月、朝日新聞社刊（定価2円80銭、初版1万部）
⓮昭和22年10月、白文社刊（定価60円）
⓯昭和22年12月、新潮社刊（定価70円、初版1万部）
⓰昭和23年7月、実業之日本社刊（定価130円）
⓱太宰治全集。昭和23年4月〜24年12月、八雲書店刊。題簽は著者自身、表紙左下に津島家の「鶴丸」の定紋が金箔押しされている。この定紋は生家の暖簾、父源右衛門の馬車にも輝いていた。⓱の左は表紙カバー（第1巻「晩年」は23年9月刊。定価320円）

⑫

⑬

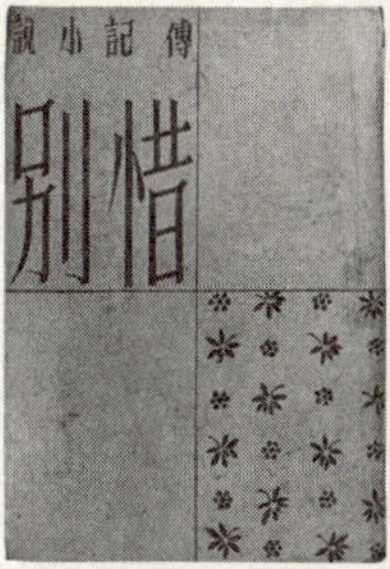

⑰

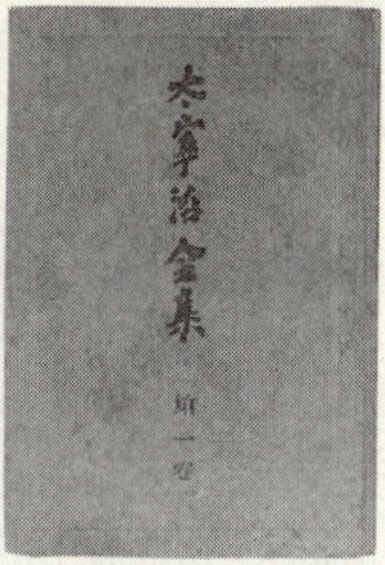

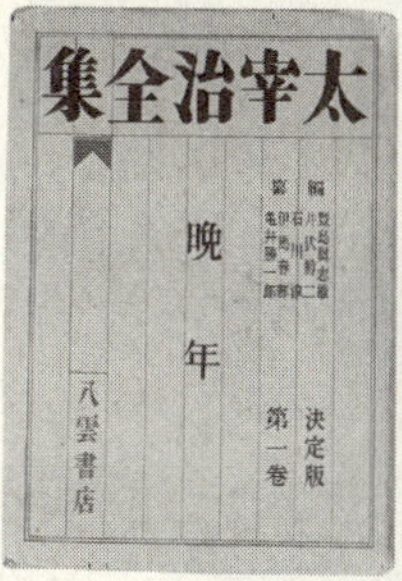

敗戦、そして三鷹へ

空襲で、家を焼かれて金木に疎開
敗戦の日に、太宰治は
「ばかばかしい」を連発した

昭和二十一年、帰京
三鷹の家に舞い戻った

●八月十五日の敗戦を津軽で迎えた修治は、九月から再び創作活動に入ります。戦後の第一作は、はじめての新聞連載小説「パンドラの匣」です。

作家太宰治がこうして立派に立ち直り、素晴らしい作品を次から次へと発表するようになったのとまったく反比例するように、これまで彼を

昭和20年８月30日、マッカーサー元帥、厚木に第一歩を印す。これより７年間、日本は米軍占領下に置かれ、その後の日本の運命が決定づけられた

支えてくれた大地主の実家は、戦後の農地改革によって、没落していきます。

あれほどまでに、権力を持ち、土地の有力者として君臨していた家が、崩れ落ちていく様を目の当たりにした修治の気持ち、おわかりになりますか。

金木の私の生家など、いまは『桜の園』です。あはれ深い日常です。

（井伏鱒二への手紙）

これがやがて、帰京後の「斜陽」へとつながっていくのです。

さて、修治は東京に戻ってまいりました。いよいよ、人間津島修治のラストシーンでございます。

修治の帰京を知って、知人、編集

昭和22年冬に描いた自画像

者、若いファンなどが連日のように作家大宰治の家におしかけます。

　さすがの修治もこれには閉口して「雲がくれ」と称して、近くに仕事部屋を借り、そこで執筆活動をするようになりました。

　修治に余裕が少し生まれはじめたのです。そうなると、また彼の心が落ち着きません。

　学生時代に義太夫を習い花街に出入りしていた「はぐれ者」の美学が、少しずつですが芽をふき出したのです。「はぐれ者」の美学――しかし、それは学生の頃とはまったくちがう、自信に裏打ちされた美学でした。今度は不安など何もありません。お金だって、実家を頼る必要もありません。

　いや、むしろ、実家の方が没落し

23年4月自宅で長女園子（左）、次女里子（津島佑子）と

ていったのです。

家に頼ることもなく、完全に自分の才能ひとつで、この世を生きることができる自信が、その美学を確固たるものにしたのです。

そして、修治は、夜な夜な飲み歩きます。

「無頼派」の作家として、自分の生きざまを美化すること。それが最後の彼の演技だったのかもしれません。

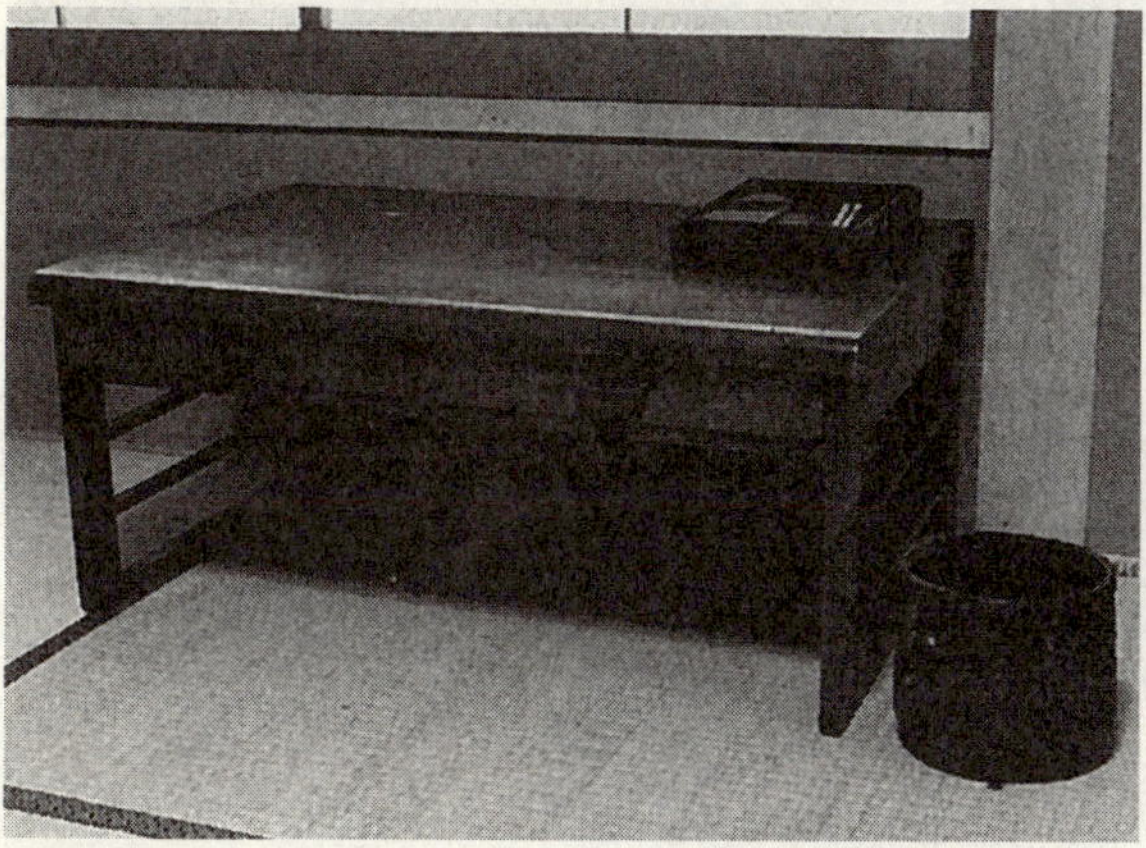

昭和21年11月には、妻子とともに、帰京。三鷹の家に戻る。戦争中、そして敗戦直後、佳作を次々と発表していた太宰治は一躍時代の寵児になっていた。「新潮」に「斜陽」の連載を決定。連日、編集者、ファンなどが押しかけ、自宅の近くに仕事部屋を借りて執筆するようになった。写真は愛用した机と筆箱

三鷹下連雀の太宰治家
(昭和29年6月長篠康一郎氏撮影)

証言による太宰治⑦〈三鷹時代〉

隣人の思い出

――玉川治郎

三鷹に三軒並びの家が建って、私たちが越してきたときに津島さんはもうお住まいになっていらしたんです。十二坪半ずつの一番奥が津島さん、真ン中が私の家でした。六畳、四畳半、三畳の間取りに玄関、縁側、風呂があり、それぞれ小さな庭がありました。井戸は共用でねえ、飲み水は汲み置きでした。

隣に住んでいたといっても、津島さんと特別に話し込んだことはなかったですねえ。私は都内の銀行勤めで、津島さんと顔を合わせるのはほとんどない。朝、会えば私が「おはようございます」というと「おはよう」という。

「暑いですね」「寒いですね」とか時候の挨拶をかわすくらいでねえ。

（たまがわ・じろう）明治41年10月15日宮城県生まれ。仙台商業高校を卒業、協和銀行に勤める。昭和14年、三鷹の太宰治宅の隣家に転居。取材時も同地に住む。平成五年没

どっかの大学に講演にいくときは、羽織、袴でね、家内は「立派だなあ」と感心してました。

私が一番思い出に残っているのは、空襲で警報のサイレンがなり、津島さんと一緒に私の家の防空壕に入ったときのことですね。

「津島さん、危ないから防空壕に入りましょう」

そんとき、津島さんは一升瓶を持ってきた。あの人、お酒が好きだからね。空の上をB29が飛んでいる中、その酒を飲みながら「困ったねぇー」と話すぐらいで、他にはたいしたこと話してないねえ。

三鷹は爆弾でずいぶんやられたんですよ。近くの小泉中将の家では坊ちゃんが亡くなったし、奥さんも重傷でした。

不発弾もあって、その処理で私たちもスコップで掘ったんですが、太宰さんはそういうことはしなかったねえ。

太宰さんが入水した後も大変でした。太宰さんの骨がかえって、井伏さんとか文士の方たちがいてね。一升瓶を棺の前において、太宰さんにいろいろ話しかけるんです。

奥さんは六畳の部屋におってね。新聞の人たちが奥さんの写真をとりたがって、

「ちょっと顔を出して下さい」

という。

「それだけはできません」

と、私、断りましたけどね。

（平成元年十一月）

「斜陽」

連合国軍総司令部（GHQ）が
農地解放を指令
大地主の津島家も没落
だが、敗戦前後も佳作を発表し続けた

太宰治は時代の寵児だった
「斜陽」の連載を開始

編集者やファンが押しかけた

「斜陽」のモデル太田静子と娘の治子。「新潮」に連載小説の依頼をうけた太宰は、生家の津島家の没落と静子に借りた日記を結びつけて構想を立てた

下曾我時代の太田静子（後列右より3人目）

●東京に戻って、幸せな生活を順調に送っていた修治、いや大流行作家、太宰治。

何も文句はない。マラソンでいえば堂々とトップでゴールインできたはずの毎日でございました。

こんな余裕の日々のなかに、あるひとりの女性と再会します。太田静子（30歳）。太宰文学のファンのひとりで、典型的な文学少女。

この彼女と修治、いや太宰先生が最初に会ったのは、昭和十六年の九月のことでした。

炉辺の幸福。どうして私には、それが出来ないのだろう。とても、いたたまらない気がするのである。炉辺が、こわくてならぬのである。（父）

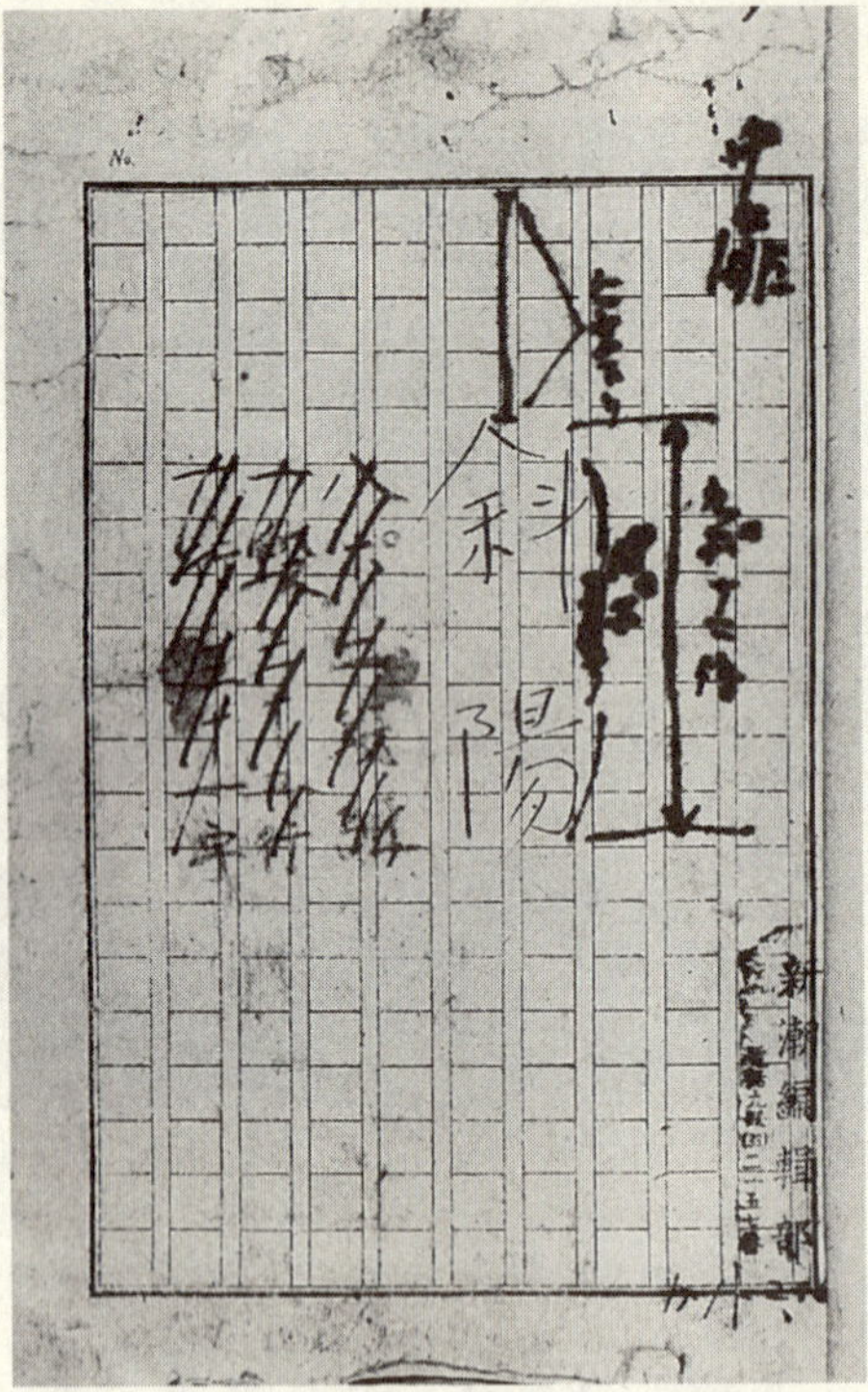

「斜陽」冒頭

太田静子の来訪をいつの間にか待つようになっていた修治。そのことに、少しずつ気がついて、心のなかで喜ぶ静子。表面上は作家とファンという関係でありながら、一歩一歩、その思い出の足跡がくっきりとしてきます。

あまりにも、平和で幸福な日々。これで自分はいいのだろうか。好きな人ができても、妻を愛さなければいけないのだろうか。そんなことはないはずだ。それこそ、偽善だ。

彼はそう考えたのかもしれません。常識では、

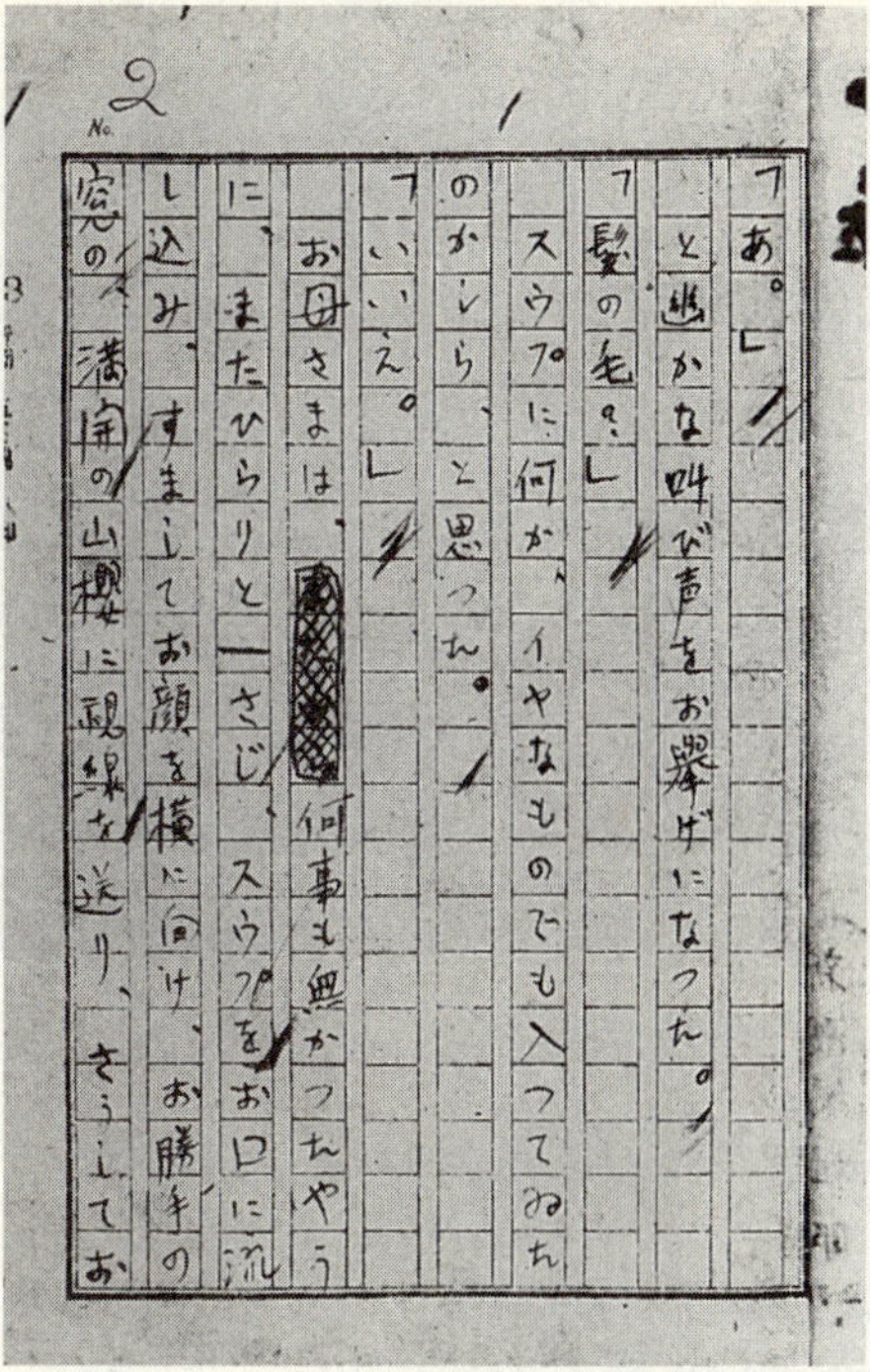
No. 2
「あ。」
と幽かな叫び声をお挙げになつた。
「髪の毛?」
スウプに何か、イヤなものでも入つてゐた
のかしら、と思つた。
「いいえ。」
お母さまは、何事も無かつたやう
に、またひらりと一さじ、スウプをお口に流
し込み、すまして、お顔を横に向け、お勝手の
窓の、満開の山櫻に視線を送り、さうしてお

妻以外を愛してはいけない。だから失格者だ。でも、これが本当の人間らしい生き方ではないのかと。

子供がいて、幸せ一杯の家庭人になろうとすれば、充分なれる修治。しかし、それで満足できないもうひとりの自分がいます。「幸せ」という名の現実の山なみと、「憧れ」という名の真実の大河。その間の花畑に、太田静子が住んでいたということになりましょうか。

静子の日記と彼の生家の没落をテーマにした「斜陽」の執筆にとりかかったのは、ふたりが出会っ

太田静子が住んでいた下曽我の雄山荘表門

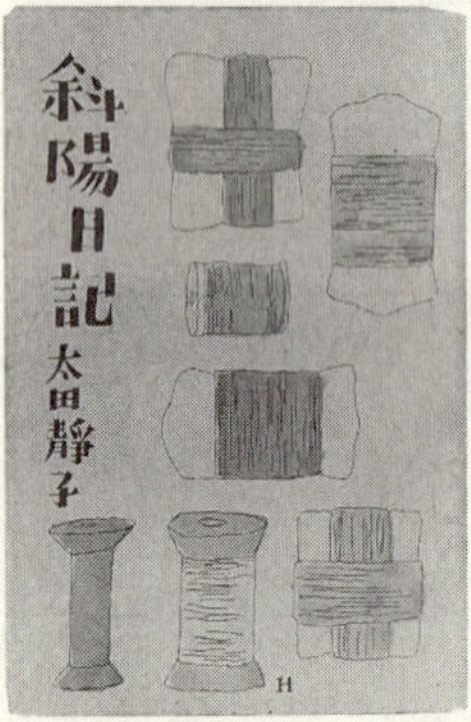

「斜陽」は太田静子の日記がもとになった。昭和24年に刊行された「斜陽日記」

てから六年目のことでございました。

　そして、静子は妊娠します。一方、幸せという山頂では妻の美知子が次女里子を産みます。

　まさに修治は、現実と真実の間で揺れ動きます。

証言による太宰治⑧〈文壇批判時代〉

見事な口述原稿

――野平健一

「如是我聞」は「新潮」編集部の注文で始まったものではありません。太宰先生の方からのお話でスタートしたんです。

当時の文壇の頂点にいた志賀直哉さんにくってかかるわけですから、大変な厳しさを感じていたでしょうね、おそらく。

一回、十五枚くらいずつ四回……。それは見事な口述でした。

内容は頭の中にできあがっていたんでしょうね。僕は先生のおっしゃる通り書くんです。マル、テン、行

（のひら・けんいち）大正12年2月2日生まれ。「新潮」編集部員として「斜陽」「如是我聞」などを担当。志賀直哉など大家にかみついた「如是我聞」は1年連載予定が4回で中断したが、すべて野平氏の口述筆記による。生前の太宰治に最後に会った編集担当者であり、玉川上水での捜索、遺体引き揚げにもあたった。「週刊新潮」の名編集長としても知られ、現在は新潮社顧問

がえ、カッコ……全部おっしゃいます。しかも、書きやすいようにゆっくり話してくださる。漢字の送りがなも指定があればおっしゃいました。こちらも、誤字、脱字をするようなことはなかったけれども、僕は手さえ動かしていればいい。

先生の二百字詰原稿用紙に、先生から拝借したGペンで書きました。僕が書くのを目の前でみていて次を口述する。思いつきでいっている感じはなかったですね。最後に見直して、それが完全原稿になっていました。

志賀直哉さんを批判しているところも、ほとんど朗読するように話してくださるんです。むしろ、他の作家の作品を朗読しているような感じでしたね。

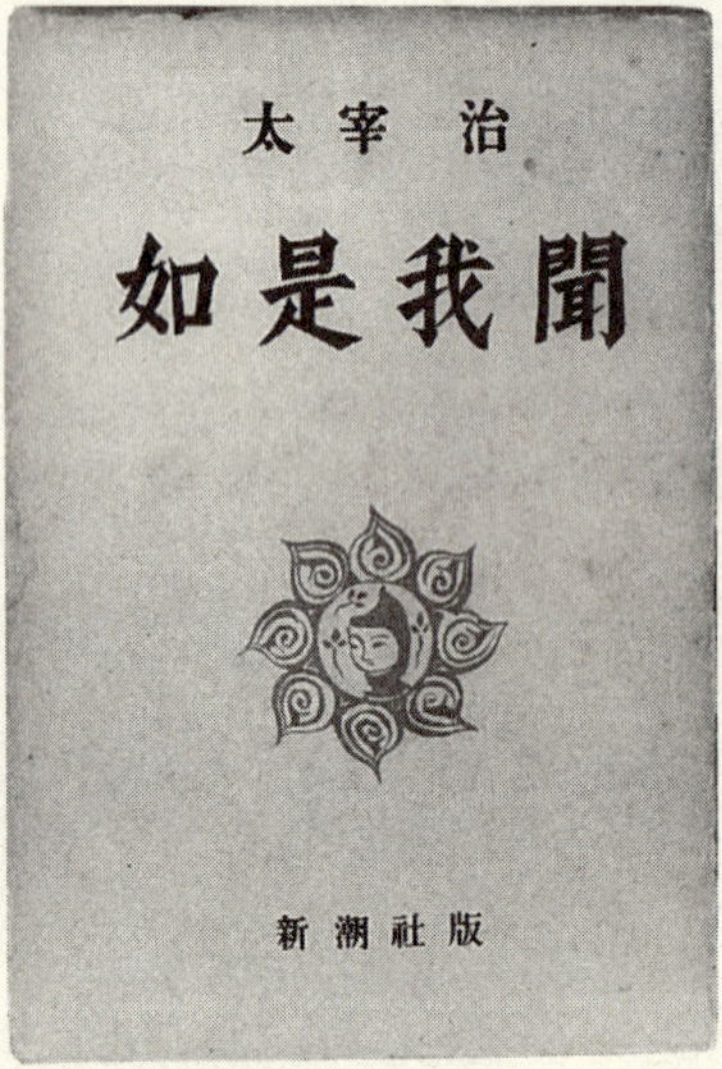

最後になった回は、亡くなる年の六月四日、電報で呼び出しを受けて出かけました。山崎富栄さんの部屋に寄って向いの「千草」に移ったんだと思います。行くとすぐ口述が始まりました。徹夜で一晩かかって、終わって原稿を持って社に戻り、その三日後に原稿料を届けに富栄さんの部屋に行ったのが、生前の太宰さんに会った最後でした。

　その年の三月ころ、山崎富栄さんのところで口述していると、

「青酸カリがこの部屋に隠してあるから探してくれ」

といわれる。鏡台とタンスくらい

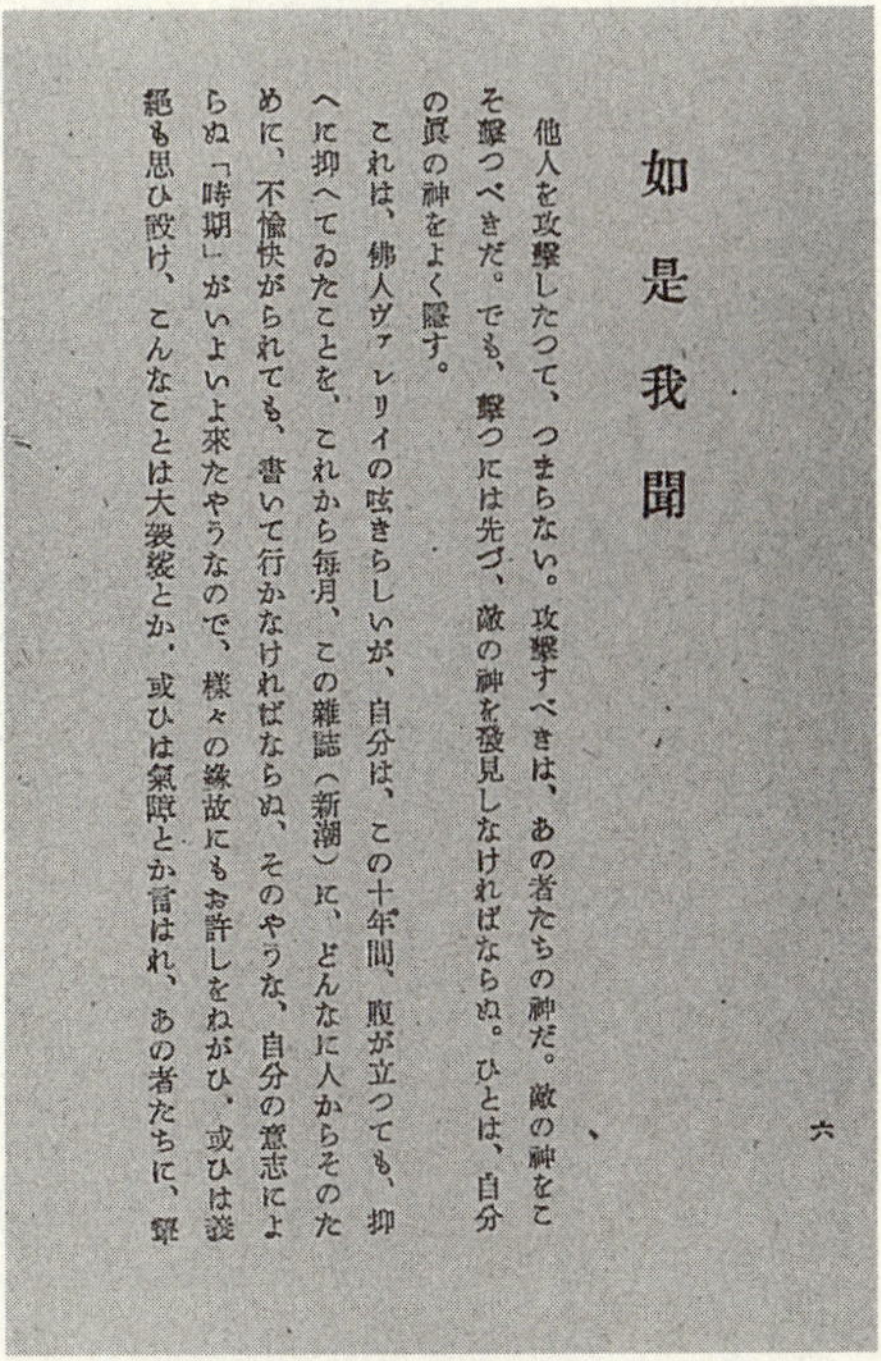

如是我聞

六

他人を攻撃したつて、つまらない。攻撃すべきは、あの者たちの神だ。敵の神をこそ撃つべきだ。でも、撃つには先づ、敵の神を發見しなければならぬ。ひとは、自分の眞の神をよく隱す。

　これは、佛人ヴァレリイの呟きらしいが、自分は、この十年間、腹が立つても、抑へに抑へてゐたことを、これから毎月、この雜誌（新潮）に、どんなに人からそのために、不愉快がられても、書いて行かなければならぬ、そのやうな、自分の意志によらぬ「時期」がいよいよ來たやうなので、様々の縁故にもお許しをねがひ、或ひは義絶も思ひ設け、こんなことは大袈裟とか、或ひは氣障とか言はれ、あの者たちに、撃

しかない部屋でした。山崎さんの留守の部屋を探しまわるわけにはいきませんでした。彼女が嚇かすから「その青酸カリをみつけて廃棄してくれ」といいながら、結局心中してしまったわけですから、二人の因果は今もってわかりません。

ある日、太宰さんは山崎さんの部屋で僕の前で山崎さんと接吻してみせたことがあります。

「おれたちはこういう関係だ」

とみせつけるようにです。

「如是我聞」では、志賀さんを乃木大将に例えて批判しました。これはアゴヒゲが似てたからでしょうが、太宰さんにも乃木大将みたいなところがあったといったら太宰さんは苦笑するでしょうか。乃木希典も軍人としては非常に欠陥のある人だったらしいけれども人に好かれる。文学的心情は同類項ではないでしょうか。

入水後、「玉川上水に遺体がある」との報で現場に駆けつける時には大声で泣きました。

あれだけ人生と表現を教えてくれた人はおりません。天才的な良き教師でした。

亡くなって五十年たつのに、作品が少しも古くなっていません。戦争前に書いたものだってかわらない。僕は芸術的に太宰治が最高の作家だと思っています。

(平成元年十一月)

晩年の戯曲上演

戦後の混乱と絶望の中で小説の名手が書き下ろした戯曲

「冬の花火」指導者への抗議

「春の枯葉」現実の憂鬱

「冬の花火」はＧＨＱの意向で上演中止
「春の枯葉」が俳優座で上演された

『冬の花火』『春の枯葉』も刊行された

●日本の「敗戦」。これが再び修治の心に暗い影を落としました。

他の日本人は、それこそ「リンゴの唄」に象徴されるように、戦時中の閉塞状況から一気に解放され、貧しいながらも民主主義を謳歌し、希望に満ち溢れていたのに、修治はその日本人たちを眺めながら、ため息をついていました。

「負けた、負けたと言ふけれども、あたしはさうじやないと思ふわ。ほろんだのよ。滅亡しちやつたのよ」

敗戦の翌年の春に修治が書いた戯曲「冬の花火」は、東京から疎開して実家に帰っている二十九歳の女主人公、数枝のこの台詞からはじまっています。

そうなんです。修治は戯曲も書

いていたのです。でも、いつも戯曲の主人公は自分でした。そして、テーマは決まって、「いったい人は何のために生きるのだろう……」でした。

また修治の心に、闇が訪れたようです。

チェーホフをよく読んでいた修治は、金木の生家を「桜の園」だといっていました。しばらくなりをひそめていた修治の虚無の心の劇場の緞帳がスルスルと上がっていくようでした。

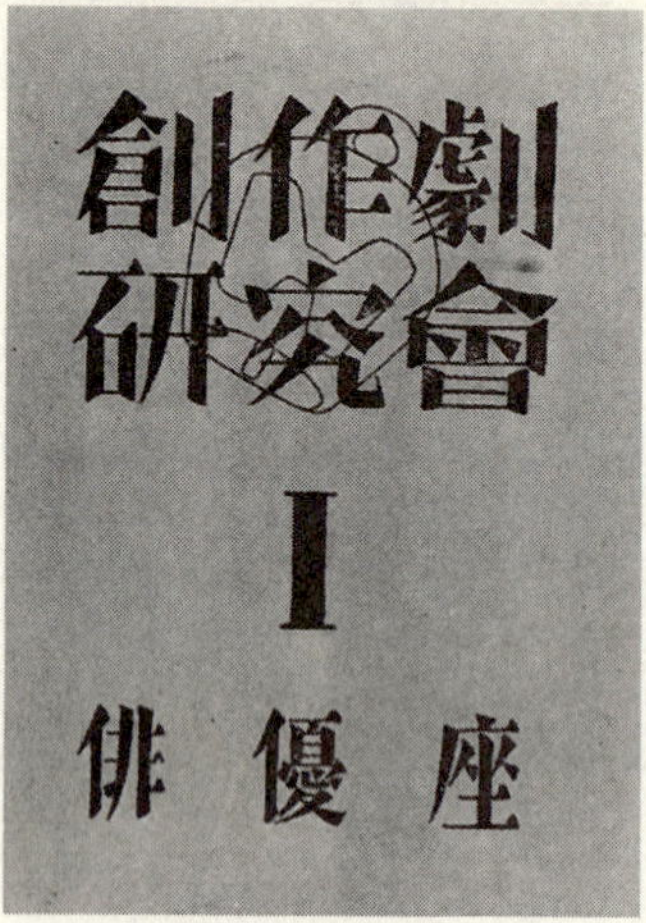

「春の枯葉」上演時のパンフレット

「冬の花火」は、新派の花柳章太郎、水谷八重子で上演される予定でしたが、結局、マッカーサー司令部の意向で、上演中止。当時は、占領軍の検閲があったのです。

しかし、修治はまた書きます。

俳優座が本公演のほかに「創作劇研究会」と銘打った小公演をはじめた昭和二十三年、その第一回公演として取り上げたのが、修治の「春の枯葉」でした。

これもまた、津軽半島、辺境の海岸の村で生きる家族の話でした。「真面目に生きること」と「自在に生きること」を主題に置き、結局は反逆するには堕落の道しか残っていないと訴えます。修治は舞台写真を見て、『桜の園』の貴婦人（ラネーフスカヤ夫人を演じた東山千栄子のこと）を、こんな津軽のおばあちゃんにさせて気の毒

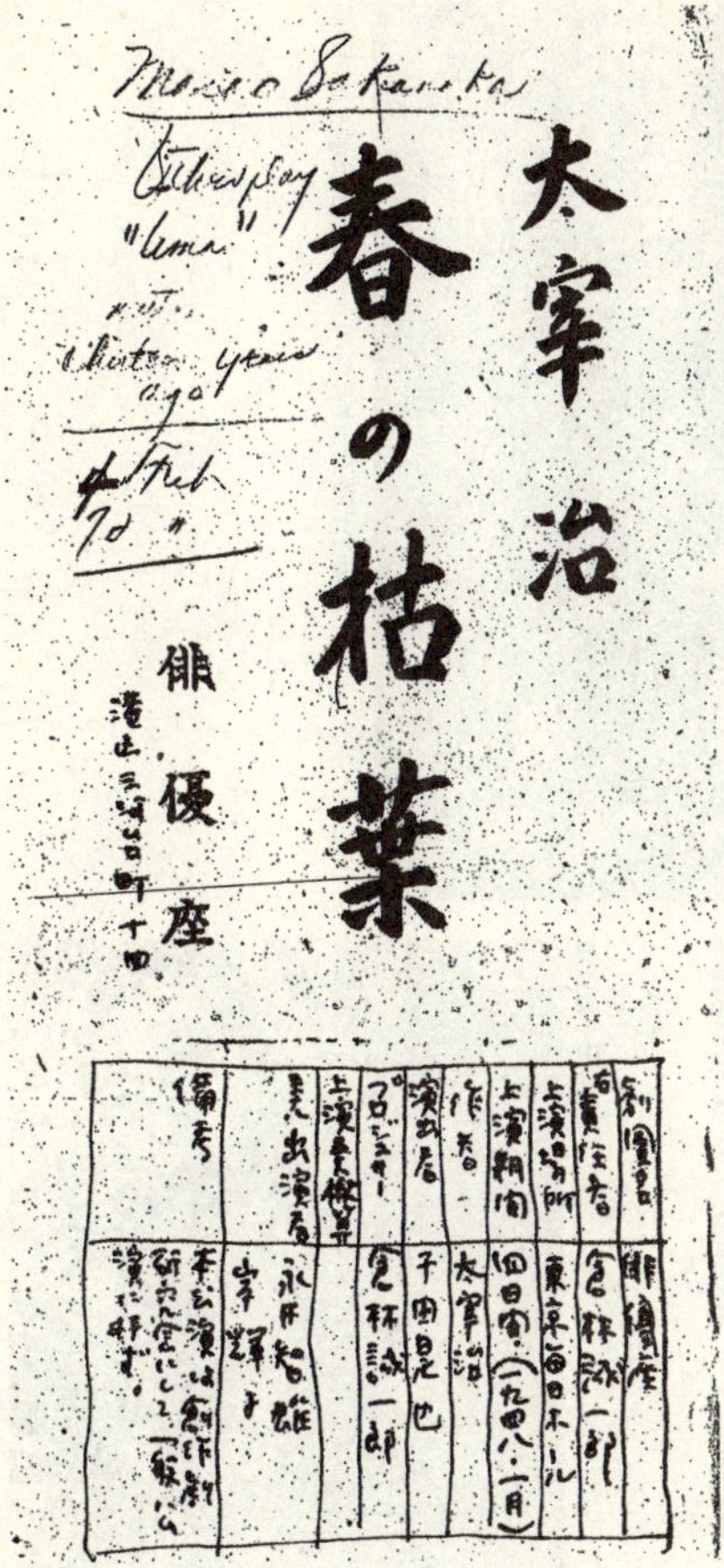

太宰治

春の枯葉

俳優座

劇団名	俳優座
責任者	倉林誠一郎
上演場所	東京毎日ホール
上演期間	四日間（一九四八・一月）
作者	太宰治
演出者	千田是也
プロジューサー	倉林誠一郎
上演者代表	
主な出演者	永井智雄 岸輝子
備考	本公演は創作劇研究会にして一般公演に非ず。

GHQが検閲した台本の表紙と書き込み（国立国会図書館所蔵。原資料は米国国立公文書館所蔵）

だったねえ」といったそうです。

「冬の花火」に「春の枯葉」――。

当時の修治の心に何が起こっていたかその題名を見ても想像がつくことと思います。

舞台写真「春の枯葉」。下の写真はその出演者と役名

演出の千田是也

永井智雄（野中弥一）

東山千栄子（しづ）

三戸部スエ（節子）

天野総治郎（奥田義雄）

中村美代子（菊代）

座談会【無頼派時代】——昭和21年11月25日

歡樂極まりて哀情多し

坂口安吾
太宰治
織田作之助

編輯部 偶然にも今度、織田さんが大阪から來られて、また太宰さんは疎開先から歸つて來られましたので、本當にいい機會ですから、今日の座談會は型破りといふところで、ご自由に充分お話していただきたいと思ひます。

小股のきれあがつた女とは——

坂口 自然に語るんだね。

太宰 座談會をやることはぼくたちの生命ではない。政治家とか評論家とか、これが座談會を喜んでやる、生命なんです。ぼくは安吾さんにも織田君にも會つて、飲むといふだけの気持で出て來たのだよ。……傑作意識はいかん。

坂口 四方山話をしよう。

太宰 もつと傾向がウンと違つた、仕様のない馬鹿がここにもう一人ゐると、また話が弾むことがあるかも知れない。

坂口 ぼくが最初に發言することにしよう。この間、織田君がちよつと言つたんで聞いたんだけれど、小股のきれあがつた女といふのは何ものであるか、そのきれあがつてゐるとは如何なることであるか具體的なことが判らぬのだよ。それはいつたい、小股のきれあがつてゐるといふのは抑も何んですか！
太宰　それは井伏さんの随筆にあつたね。ある人に聞いたら、そいつはこれだ、アキレス腱だ。（脚を敲いて）アキレス腱だ。それがきれあがつたんだね。
織田　だから走れないのだね。
坂口　ハイ・ヒールを穿いた……。
織田　ぼくは、背の低い女には小股といふものはない、背の高い女は小股といふものを有つてゐると思ふのだ。
坂口　しかし、小股といふのはどこにあるのだ？
太宰　アキレス腱さ。
坂口　どうも文士が小股を知らんといふのはちよつと恥しいな。われわれ三人が揃つてをつて……。
織田　小股がきれあがつたといふけれども、小股がきれあがつたといふのは名詞でないのだ。形容詞なんだ。
太宰　だけどね、まア普通に考へれば、小股といふのは、つまりぐつと脚が長くて……。
坂口　やはり、この間織田がさう言つたのだよ。さうすると、脚が長いとイヤなものですかね、女といふのは？　しかし、脚が長いだけでは……。
太宰　さういふものでもないのだよ。
坂口　和服との關係だね。脚が長ければ裾が割れてヒラヒラするね。歩き方と露出する部分との關係。さういふものではないかなア……。
織田　非常に中年的なものだ。だから中學生が小股のきれあがつた女に戀したといふのはあまりない。
坂口　だけど、まだ小股のきれあがつた女といふものは判らない、どんなものか？
織田　判らないけれども、知つてゐるんぢやないか。ぼくは眉毛が濃いといふことも一つの條件だとするね。
太宰　何かエロチックなものを感じさせるのに、大根脚といふものがあるでせう、こつちの足首まで同じ太さのがあるね、ああいふのが案外小股のきれあがつたのかも知れんよ……。
織田　しかし、それは小股のたれさがつたといふのだよ。あれが日本人の……。
坂口　脚が長いといふ感じが件はないといかんね。
太宰　安井曾太郎やなんかの裸體は、お湯へ入つて太く短くなつて見えるやうでせう。畫家が好んでああいふものを描くでせう。
織田　洋畫家は欣ぶね。
太宰　エロチシズムはやはり若いや

うな気がするね。風呂へ入つてバアツと擴がつた脚がボツサリしてゐて、それこそ内股の深く刳られてゐる感じの女は、裸にするとインワイではなくて、却つて淸潔な感じがする。

坂口　しかし、日本の昔の女にたいする感覺といふのは、非常に肉體的でインワイなものだね。だいたいにおいて、精神美といふものは何もないね。

太宰　ウン、藝者だとか娼婦だとかのいろいろな春畫なんか、まるでいかんね。

坂口　ウン、まるでイカンね（傍らの女將に）あなた方は、小股のきれあがつた女といふのは、どういふ風に考へる、どういふことですか？小股といふのはどこにあるの？

女將　どこを言ふんでございませうね、判りませんわ。

太宰　アキレス腱だといふ說があるのだが。

女將　ハツキリしたひとを言ふんぢやないんでせうか。

織田　ハツキリといふのはどういふことですか？

女將　グジヤついてゐない。

太宰　キツパリ。默阿彌のト書にあるキツパリ。さうすると今の○子なんぞ、だが、小股がきれあがつてるのかね。

女將　さうなんでせうね……。

太宰　今の女形で小股のきれあがつてゐるのは誰だらう……。

織田　花柳なんかではないでせうか。章太郎、――さうだらうね、あれはガラガラとした聲で……。ぼくはいつか花柳章太郎の樂屋へ行つたのだよ。「螢草」といふ鷗外さんの芝居で出を待つてゐる。腰巻を出して

寝床を敷いてるんでね。辟易したよ。僕はやはり小股のきれあがつた感じを受けたね。ガラガラした聲でね。

坂口　鐵火とも違ふね。もつと色つぽいところがあるやうだね。

太宰　鐵火は大股だよ。

女將　河合さんがやつた女形の方が小股のきれあがつた感じが出ますね。

織田　大股、小股といふ奴があるわけだね。

いなせな男

太宰　男にないかしら、小股のきれあがつた男といふのはないかね。

織田　結局苦み走つた、といふのだらう。

女將　いなせなところのある……。

織田　苦みといふのはどういふのかな。この男は苦いとか、甘いとかいふのは？

坂口　それは精神的なものだね。
織田　精神的だといふけれども、女のひとは精神的な男が好きなやうです。
坂口　やはり眉に來るな。額――、僕は額に來ると思ふな。昔の江戸前で、何か額の狭いといふことを言ふね。ああいふ感じだね。狭い。
太宰　額の狭いといふのは非常に魅力なんだよ。
坂口　江戸前の男を額の狭いといふ。あいつは苦み走つた、額が狭くて眉の太い……。
太宰　いい容貌。
織田　春畫を見ても額の廣い春畫は出て來ないね。
太宰　春畫が出ちや敵はねえ。
坂口　近ごろ皆額が廣くなつたからね、われわれ見當がつかなくなつた。
太宰　しかし、一時日本の美學で額が廣いのは色男だといふことがありましたね。ぼくの知つてゐる文學青年で剃つたんだね。剃つたら月代のやうになつて、そいつを月代といつて笑つたけれども……。
織田　額を廣くする術はあるけれど……。
坂口　しかし、額が狭いといふ江戸時代の日本的美學といふものは面白いね。
太宰　いいね。額があがつちや敵はねえよ。「婦系圖」の主税なんかでも、飽くまでも額が狭い。(額に手をかざして)ここから……。
坂口　職人の感じだね。左官とか、大工とか、さういふ……。
女將　め組の辰五郎とか。
織田　一番女にもてる人種だよ。
坂口　近頃はもてないよ。新圓でもてるかも知れないが。

どんな女がいいか

坂口　女の魅力は東京よりか大阪にあるやうな気がするね。女といふものは、本質的なものはないからな、やはり附燒刃の方が多いんぢやないかな。
織田　ぼくは大阪によらず、東京によらずだね……。
太宰　女は駄目だね。
坂口　ぼくは徹頭徹尾女ばかり好きなんだがなあ。
織田　ぼくはどんな女がいいか、――と訊かれたつて、明確に返答出來ないね。
坂口　君はいろいろなことを考へてゐるからな。形を考へたり……。着物を考へたり……。
織田　いやいや。その都度好きなんだよ。いま混亂期なんだ。前はやはり飽くまで背が高くて、痩せてロマンチックだとか、いろいろ考へてゐたけれども、今はもう何でもいい。

太宰 おれは乞食女と戀愛したい。

坂口 ウン。さういふのも考へられるね。

織田 もう何でもいいといふことになるね。

坂口 ぼくは近ごろ八つくらゐの女の兒がいいと思ふな。

太宰 さういふのは疲れ果てた好色の後の感じで、源氏物語の八つくらゐの女の兒を育てるとか、裏長屋のおかみとか、さういふのは疲れ果てた好色の後だな。

坂口 インワイでないね。源氏物語は……。

太宰 可哀相ですよ、あの光源氏といふのは……。

坂口 インワイといふ感じがない。

太宰 何もする氣がないのだよ。ただ子供にさはつてみたり、あるひは繼母の……。

坂口 醜女としてみたり……。

織田 自分の母親に似た女にほれるとか、自分の好みは、前の死んだ女房に似てゐるとか……。

太宰 却つてあいふのはインランだね。したいんだけれど、ただこじつけて死んだ女房に似てゐるといふ、あれはあはれだな、ああいふのは……。

坂口 それはね、調子とか、何か肉體的な健康といふものはあるのだよ。それはちよつとわれわれ三人は駄目だと思ふな。落第生だよ。

織田 しかし、われわれはあはれでないよ。お女郎屋へ行つて、知つてゐる限りの唄を歌つたり……。

太宰 ウン、唄を歌つてね……。

織田 しかし、ああいふのはやはりいぢらしいよ。

太宰 歌ふのは、酒を二杯飲めばもう歌つてゐる。歌ひたくて仕様がない。二杯飲めば……。

歡樂極まりて哀情多し

坂口 「歡樂極まりて哀情多し」といふのは藝術家でないとないね。凡人にはちよつとないね。

太宰 歌が出るのは健康だね。

織田 新婚の悲哀。

坂口 哀情は出るね、ああいふやつは必ずあはれだよ。

太宰 料理屋から出てくるでせう。それから暗い路へ出て、「今日は愉快だつたね」といふだろう。ぼくはあれを見ると、實は情けないのだ。「今日は愉快だつたね」つていふのが……。

織田　何か、「おい頑張れ」なんかともいふだらう、あれはいつたい、何を頑張るんだよ。

太宰　それをやつたよ。

坂口　まだ頑張れの方がいい。哀情といふのがなほいかんね。

太宰　ああいふ人達は寂しいのだね。それだから、「今日は愉快だつたね」といふんだらうね。

織田　寂しいのだよ。

太宰　温泉やなんかへ行くだらう。すぐ宿のハガキを取寄せて書いてゐるのだ。

坂口　あれが實に名文なんだよ。宿屋のハガキで書くのが、ぼくらなんかよりずつと文章が巧いよ。さういふ文章の巧さでいつたら、ぼくら悪文だよ。

織田　大悪文だ!

太宰　殊にぼくなんか。

坂口　女房や子供を説得する力といふものはぼくらの領分ではないよ。

織田　文章だけでなしに、何につけても……。「ここがよかつたら、もう一度來い」なんていはれて、また想ひ出して行くなんといふのは、實際あはれだね(笑聲)。

太宰　繪はがきの裏に、「ここへまた來ました」なんて……。

織田　歸りに宿屋を立ち出る時に、女中の名前を訊いて、「また來るよ、來年必ず來る。覺えておいてくれ」とかいつて……。

太宰　身の上話をしてね。

織田　名刺を出して……。

坂口　あれもなかなかいいところがあるものです。

太宰　ぼくは身の上話といふのはイヤだね。

坂口　あれはいいものだよ。

織田　いいものといつても一種の技巧だよ。身の上話を聽いてやる男は、必ず成功するね。

振られて歸る果報者

坂口　ところが、太宰さんは關西を何も知らない。靜岡までしか行かないからね。ぼくは關西好きだな。

織田　關西か——。

坂口　しかし、實際ぼくはね、關西へ行つた感じでいふと、祇園に誰かが言つた可愛いい女の子といふのはゐなかつた。三十何人か會つたうち、二十七人ぐらゐは見た。しかし、一人もいい子はゐなかつたよ、あの時はね。

織田　ポント町の方が居ります。

坂口　さう……。

太宰　氣品といふものは却つてある。

坂口　二流に氣品をもつてゐますね。

織田　木屋町なんかにはゐますね。一番雇女にゐますね。まア不見轉（みずてん）藝者みたいなものだけれども……。

坂口　月極めといふ制度があるの？

織田　月極めはない。雇女はその都度。それは藝者だよ。

坂口　雇女は月極めで來るんぢやないか。

織田　あれはその都度。藝者が月極めなんですよ。東京の人はそれを知らないから……。

坂口　だからぼくは勘違ひしてをつた。

織田　祇園なんかへ行くでせう。お茶屋の女將が、「泊りなさい」とかいつて、それから歌麿のやうな女が寝室へ案内に出て、何か紅い行燈の灯が入つてるところで、長襦袢なんかパアパアさせて、そのまますぐ「サイナラ」といつて歸つて行く、あれはちよつと残酷な響だよ。

坂口　怖い響だね、「サイナラ」といふ響はね……。

織田　その時は薄情に聞える。

太宰　女郎は「お大事に」といふね。

織田　「サイナラ」でも、惚れてゐる男に言ふのと惚れてゐない男に言ふのと大分違ふね。その都度違ふね。蛇蝎のやうに女に嫌はれてゐると……。

太宰　嫌はれた方がいいな。

織田　嫌はれる方が一番いいんぢやない。

太宰　振られて歸る果報者か……。

坂口　もてようといふ考へをもつては駄目だよ。ところで、これが人間のあさましさだな、やはりもてない方がいい。ところが、京都へ行くと、さういふことを感じなくなるね。ああいふところへ行くとおれみたいな馬鹿なやつでも、もてようとか、えらくならうとか、といふ感じを持てなくなつてしまつて、なんかかう流水のやうな、自然にどうにでもなりやがれ、といふ感じになつてしまふ。

織田　いま、一錢銅貨といふものはないけれども、ああいふものをチヤラチヤラずぼんに入れておいて、お女郎がそれを疊むときに、バラバラとこぼれたりするだらう、さうするともてる。

太宰　どうするの？

織田　こいつは祕訣だよ。

太宰　一錢銅貨を撒くの？

織田　ポケットに入れておいて、お女郎がそれを疊まうとすると、バラバラこぼれるだらう。それがもてるんですよ。

太宰　ウソ教へてゐる。

織田　百圓札なんか何枚もあるとい

ふことを見せたら、絶對にもてないね。

太宰 ウソ教へてゐる。

坂口 さういふ氣質はあるかも知れない。京都でびつくりしたのは、一皮剝くといふやつがある。例へば祇園の女の子なんか一皮剝かないと美人になれないといふ。七ツ八ツのやつを十七八までに一皮むくんだね。ほんとにむけるさうだよ。むけるものだ。濫皮がむけるといふのは、きつとそれだと思ふ。しかし、こすつてるさうだよ。検番の板場の杉本老人といふのに聞いたんだが、ほんたうにこすつてゐるさうだよ。姉さん藝者が子供を垢摩りでゴシゴシこすつてるさうだよ。しかしね。かういふ話は現實的な傳說が多いので、割合にぼくは信用出來ないと思ふけれどね。ヒイヒイ泣いてるさうだよ。痛がつてね……。さういふことを言つてゐたのだよ。

女を口說くにはどんな手が……

織田 何かぼくら關西の話で、さういふ傳說的なあれを聞くけれども、實際に見ないのだね。關西の言葉でも、「かういふ言葉があるか」と訊かれたつて、ぼくは聞かないのだね。京都辯より大阪辯の方が奥行きがあるのですよ。誰が書いても京都辯は同じだけれども、大阪辯は誰が書いても違ふ。同じなのは、「サイナラ」だけだと思ひますね。

坂口 ぼくが君たちに訊きたいと思ふことはね、日本の小說を讀むと、女の方が男を口說いてゐる。これはどういふ意味かな。たいがいの小說はね。昔から男の方が決して女を口說いてをらぬのだね。

織田 あれは作者の憧れだね。現實では……。

坂口 どうも一理あるな、憧れがあるといふのは……。

太宰 でも、近松秋江がずゐぶん追駈けてゐるね。荷車に乗つたりなんかしてね……。

坂口 現代小說の場合でもたいがいさうだよ。女が男を口說いてゐる。かういふ小說のタイプといふものは變なものだね。

織田 さう。健康ぢやないね。

太宰 兼好法師にあるね。女の方から、あな美しの男と間違うて變な子供を生んでしまつた。

坂口 すべての事を考へ、ぼくたちの現實を考へて、男の方が女を口說かなかつたら駄目だらう。

織田 ぼくらがやはり失敗したのはね、女の前で喋りすぎだ。

太宰　ちよつと横顔を見せたりなんかして、口唇をひきつけて……。

坂口　日本のやうな口説き方の幼稚な國ではね、ちよつと口説き方に自信のあるらしいやうなポーズがあれば、必ず成功するね。ぼくはさう思ふね。日本の女なんといふのは、口説かれ方をなんにも知らんのだからね……。

太宰　だから口説かれるんぢやないの……。

坂口　口説く手のモデルがない。男の方がなにももつてゐない。

織田　ぼくは友達にいつたのだけれど、ここでひとつ教へてやらう。「オイ」といへばいいんだ……。「オイ」といへばね。

太宰　言つてみよう。それで失敗したら織田の責任だぞ。「オイ」なんて反對に毆られたりしちやつて……。

素人と玄人と

坂口　ところで、祇園あたりはあれかい、舞妓といふのにも旦那様があるのかい？

織田　ない。舞妓の旦那になるといふことはね。舞妓の水揚げをするといふのだよ。舞妓自身は、……一本になるとか、衿替とかね。それは判るんだよ。あの兒はもう三月もすれば衿替をするとか言つてね。

坂口　さういふ生活費はどうなるの、あとはお前は誰に惚れてもいい、といふことになるの？

織田　ならない。

坂口　やはり旦那様が？

織田　さう。素人のよさが出てゐると思ふね。

太宰　素人も何もちつとも面白くないぢやねえか。

坂口　やはり素人のよさがあるのだよ。あれは大變なものだ。

太宰　筋が？

坂口　君は玄人過ぎるんだよ。さういふ點でね……。ぼくは半玄人だけれど、君は一番玄人だ。

太宰　井伏さんといふのは玄人でせう。「お前は羽織を脱げ、羽織を脱がないからいけない」羽織を脱げ、藝人のやうに羽織を脱げ脱げといふのだよ。

坂口　もつと素人だよ。もつと純粋の素人だけれど……。

織田　ぼくは人知れず死んで仰向けになつて寢てゐるといふのは好きなんだよ。

坂口　物語といふのは作れないのだね、日本人といふものは……。

太宰　さうなんですね。

坂口　太宰君なんか、君みたいな才人でも、物語といふものは話に捉はれてしまふ。飛躍が出來ない。物語といふものは飛躍が大切なんだ。

太宰　こんどやらうと思つてゐるのですがね。四十になつたら……。

坂口　飛躍しないと……。

太宰　ぼくはね、今までひとの事を書けなかつたんですよ。この頃すこうしね、他人を書けるやうになつたんですよ。ぼくと同じ位に慈しんで——慈しんでといふのは口幅つたい。一生懸命やつて書けるやうになつて、とても嬉しいんですよ。何か枠がすこうしね、また大きくなつたなアなんと思つて、すこうし他人を書けるやうになつたのですよ。

坂口　それはいいことだね。何か溫たかくなればいいのですよ。

織田　ぼくはいつぺんね、もう吹き出したくなるやうな小說を書きたい。ぼくは將棋だつて、必ず一手、相手が吹き出すやうな將棋を差す。

坂口　一番大切なことは戲作者といふことだね。面倒臭いことでなしに、戲作者といふことが大切だ。これがむづかしいのだ。ひとより偉くない氣持ち……。

女が解らぬ、文學が解らぬ——

織田　ぼくは欽陷があつて、畫が解らない。

太宰　文學が解らぬ。女が解らぬ。

坂口　何もわからぬ。ぼくは今のインチキ繪師のものだけは解る。

太宰　三人はみなお人好しぢやないかと思ふのだ。

織田　ウン、さうだ。

坂口　すべてひどい目にあつて、——ひどい目にあひますよ。

織田　やがて都落ちだよ。一座を組んで……。

坂口　そんなことはないよ。おれが頑張つたら……。このおれが……。

太宰　あなた（坂口氏に）が一番お人好しだよ。好人物だ。

織田　今、東京で芝居してゐるけれども、やがてどつかの田舍町の……。

坂口　さうぢやないよ。太宰が一番馬鹿だよ。

織田　今に旅廻りをする。どつか千葉縣か埼玉縣の田舍の部落會で、芝居をしてみせる。色男になるよ。一生懸命に白粉を塗つてね。

編輯部　大變お話しが面白くなつてきましたが、今日はこのへんで、どうも。

（昭和二十四年一月「讀物春秋」）

——「太宰治全集第10」（筑摩書房）より

熱海
愛人の山崎富栄を同伴
「人間失格」を執筆
外部との交渉を断つ

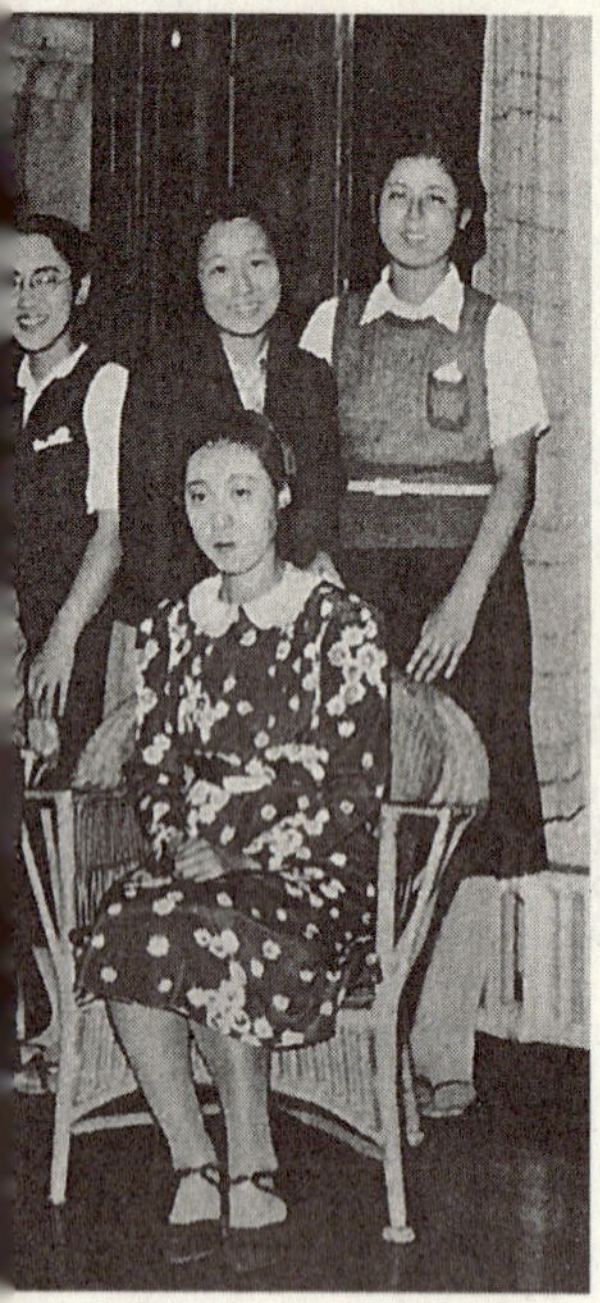

Y・W・C・A時代の山崎富栄（3列目右から5人目）

●そんな時、行きつけの屋台で、彼はもうひとりの女性と知り合います。彼女の名前は山崎富栄。彼女の亡くなった兄が修治と同じ弘前高校だということで話は盛り上がります。

若い戦争未亡人の彼女は実にしっかり者でした。いままで修治のまわりにいないタイプの女性。自分の悩みを何でも相談できる相手だったのです。

太田静子は次第に出産が近くなり、ますます修治を頼りにします。それはそうでしょう。たったひとりで人生を渡っていかなければならない彼女にとっては、修治だけが命の綱でしたから。

どうしよう。現実の山に帰れば、かわいい長女と生まれたばかりの次女、そして、いつも堅実な妻が待っ

ています。花畑だと思った静子の家も、いまや「憧れ」の河からほど遠く、現実になりそうになっています。

頼るは、富栄の部屋。彼にとって、ここが「真実」の河に一番近い場所でした。自分に正直に生きていきたい。彼はここで、太田静子の子供を認知する文章をしたためます。

やはり、現実と真実の間を行ったり来たりはできないものなんですね。作家太宰治は、このあたりから、被害妄想になっていきます。喀血もします。めちゃめちゃな生活が続きます。それができるのも、そばに山崎富栄という女性がいたからなのです。

彼はどこかで安心していたでしょう。

彼女は献身的でした。看護婦もやりました。秘書も愛人もやり、そし

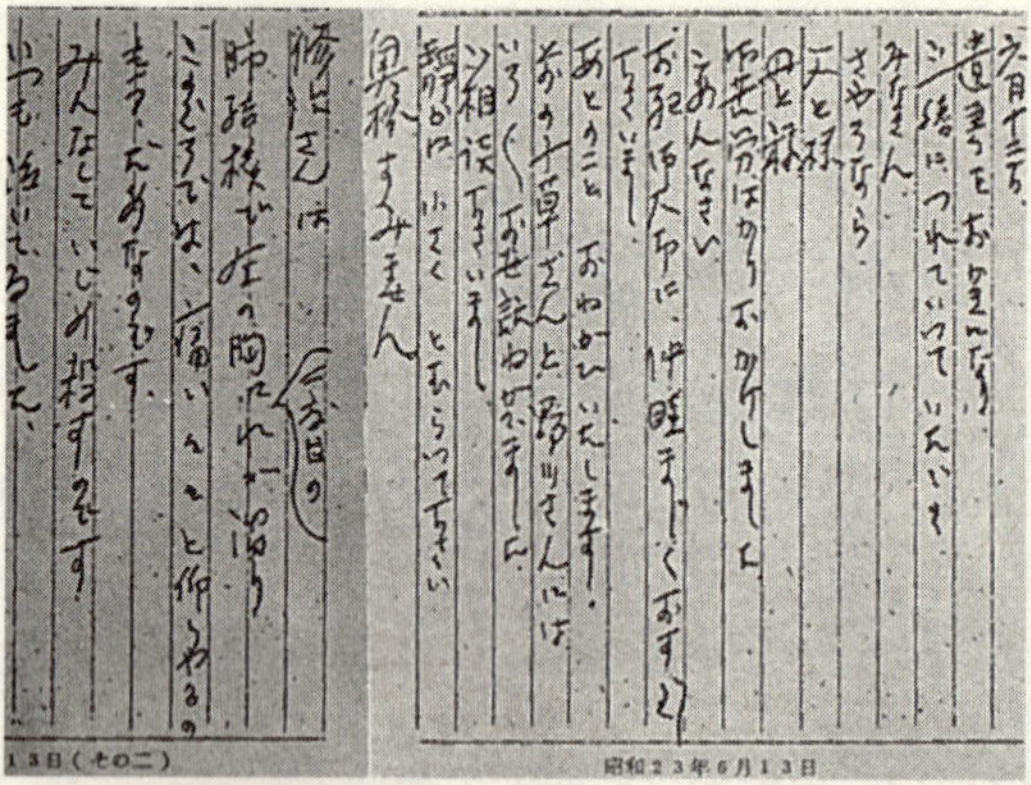

六月十三日
遺書をお書きになり
御一緒につれていっていただく
みなさん
さようなら。
父上様
母上様
御世話ばかりおかけしました
ごめんなさい
お躰御大切に、仲睦まじくおすごし下さいまし
あとのこと おねがいいたします。
武士の子草ちゃんと露ちゃんには
いろいろ お世話かけました。
御相談下さいまし
静かに 小さく とむらって下さい
奥様 すみません

昭和23年6月13日

修治さんは
肺結核で左の胸に二度目の水が溜り
このごろでは、痛い痛いと仰言るの
もう、だめなのです。
みんなしていじめ殺すのです。
いつも泣いていました、

13日（その二）

山崎富栄の写真と昭和23年６月13日、
入水当日の日記の一部

て乳母の役目までしたのです。

太宰のためになら死ねる。そう覚悟を決めていた彼女を、修治はいったいどう思ったのでしょうか。

ビタミン剤のおびただしい注射をうちながら、修治は「憧れ」という名の真実に向かって、「人間失格」を書きあげ、朝日新聞連載の「グッド・バイ」を書き出しました。

現実のまま、自分の心をだまして生きるのか、それとも希望を持って正直に生きるのか……。

いつ死んでも悔いはないと思っている富栄の前で、彼はどんな目をしていたのでしょうか。

昭和23年３月、熱海市咲見町林ヶ久保にあった起雲閣別館にこもり「人間失格」の執筆に専念した。ここには、愛人であり秘書と看護婦役もかねていた山崎富栄を同伴。「第一の手記」を脱稿して一旦帰京、再び戻って「第二の手記」を書き上げた。（上、下右）熱海の海が見渡せる高台に建っていた起雲閣別館と太宰が「人間失格」を執筆した「雲井の間」（下左）「雲井の間」からは熱海湾が見渡せた。背後は山並み

証言による太宰治⑨〈三鷹時代〉

メタボリン百錠百円

――星野司郎

私は太宰治さんという人は全然知らんでね。入水して死なれて、新聞をみて、

「あれっ、このひと、毎日のように来ていた津島修治さんじゃないか」

とびっくりしたんです。

うちの店で買っていたのは、武田製薬のメタボリン（ビタミンB剤）。一瓶十円がどんどん値上がりして百円になってました。疲労回復剤として使っていたんじゃないでしょうか。

津島さんは、いつも鉄無地、ブルーがかった黒の着流しに角帯しめてね。下駄ばきでした。たいてい午前中でしたね。スッと入ってきてはメタボリンの置いてある棚の前にいきメタボリンを取って、百円をぽんと置いて出ていく。ほとんど口を開いたことはないですね。いつも一人で店にきました。

一瓶に百錠入ってました。嚙んでも味の悪い薬じゃないんです。メタボリンがないときに三共のオリザニン錠をすすめたときに、

「入るんだろ、どうせ。じゃ今日はいいや」

それと新潟の漢方薬でアカメガシワの胃腸薬。この薬は今はないですけどね。あの時分の屋台、この店のまわりにもずいぶん並んでましたけど飲むのはドブロク。密造酒みたいなもので胃には相当こたえてたと思います。

あれだけの薬のんで、酒を飲めばぐっすり眠れたんでしょうね。

ヒロポンはうちでは買ってません。山崎富栄さんのことは全くわかりませんね。

青酸カリ？　扱ってましたけど我々のところでは小分けはしないですもの。このへんのメッキ屋さんが使ってました。売るときは、五百グラム一本です。メッキ屋さん以外の人が買いに来たら、「何に使うんですか」と聞きますから覚えているはずです。今、あんな薬ののみ方をする人は、ええ、ないですねぇ。

（平成元年十一月）

（ほしの・しろう）明治39年、東京都生まれ。薬問屋勤務を経て、昭和14年1月に三鷹薬局を開業。取材時は、三鷹薬局店主

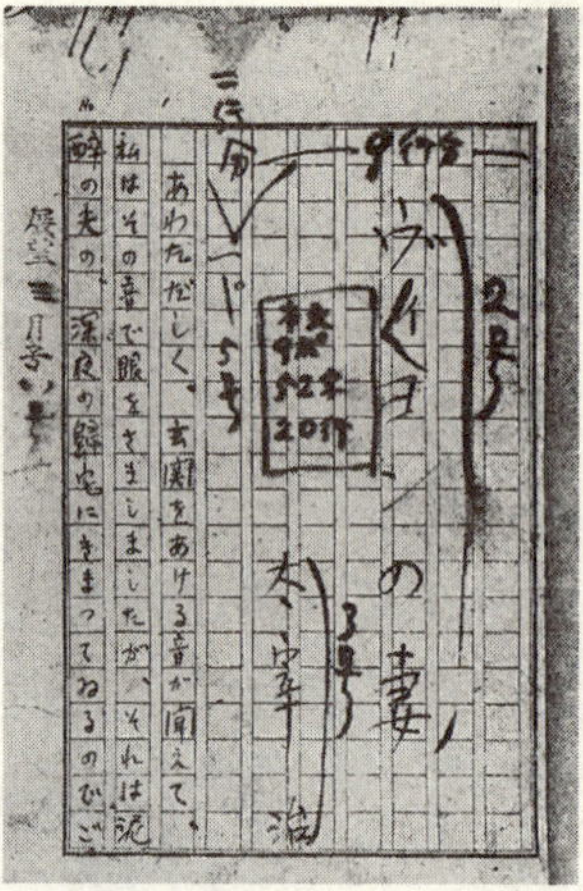
ヴィヨンの妻
太宰治
あわただしく、玄関をあける音が聞えて、私はその音で眼をさましましたが、それは泥酔の夫の、深夜の帰宅にきまつてゐるのでご

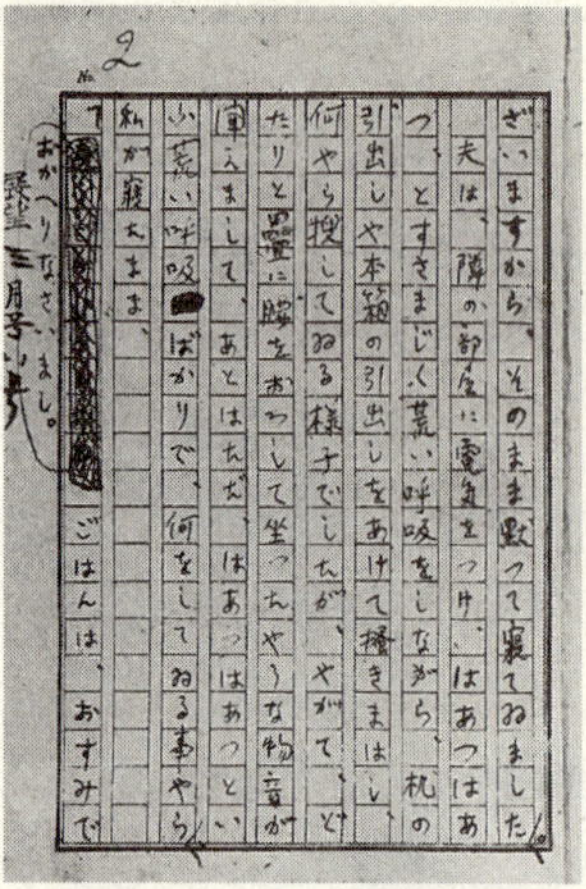
ざいますから、そのまま黙つて寝てゐました。
夫は、隣の部屋に電気をつけ、はあつはあつ、とすさまじく荒い呼吸をしながら、机の引出しや本箱の引出しをあけて掻きまはして、何やら捜してゐる様子でしたが、やがて、どたりと畳に腰をおろして坐つたやうな物音が聞えまして、あとはただ、はあつはあつといふ荒い呼吸ばかりで、何をしてゐる事やら、私が寝たまま、
ごはんは、おすみで

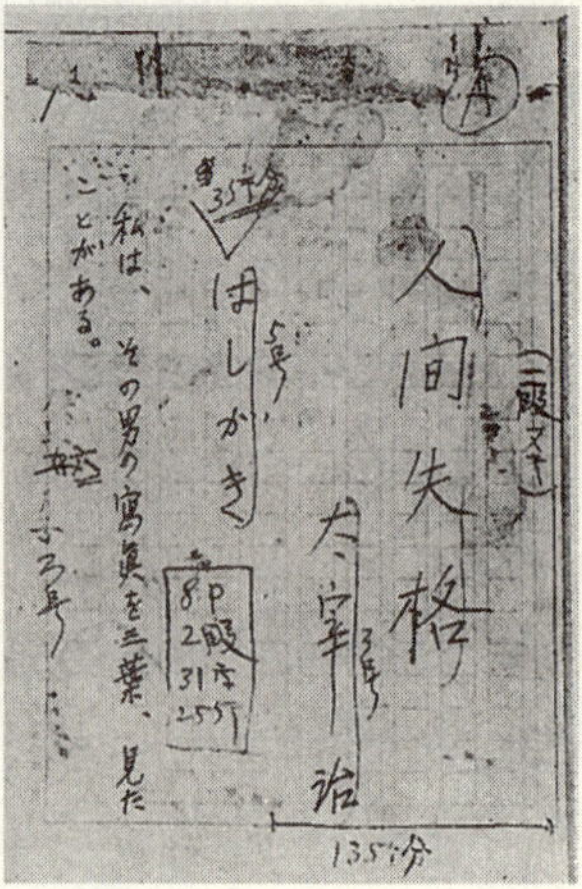
人間失格
太宰治
はしがき
私は、その男の写真を三葉、見たことがある。

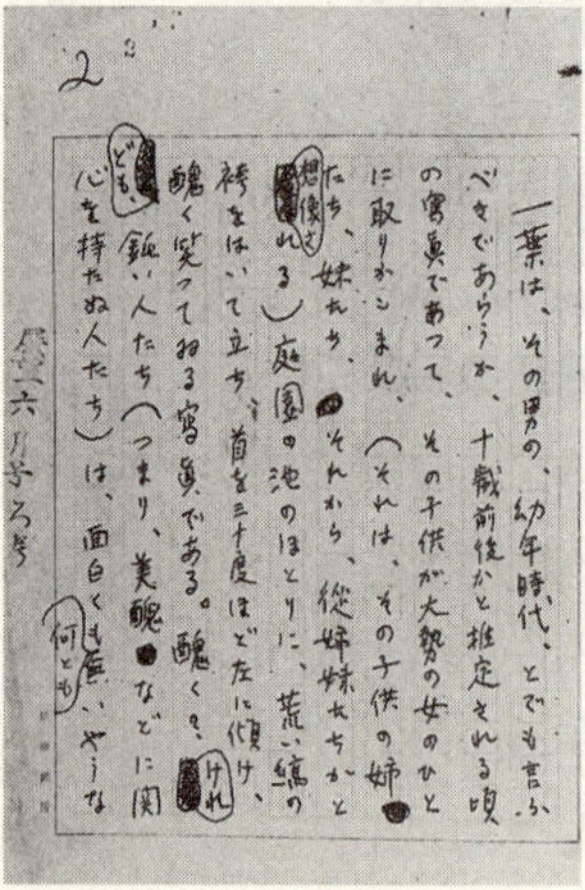
一葉は、その男の、幼年時代、とでも言ふべきであらうか、十歳前後かと推定される頃の写真であつて、その子供が大勢の女のひとに取りかこまれ、（それは、その子供の姉たち、妹たち、それから、従姉妹たちかと想像される）庭園の池のほとりに、荒い縞の袴をはいて立ち、首を三十度ほど左に傾け、醜く笑つてゐる写真である。醜く？けれども、鈍い人たち（つまり、美醜などに関心を持たぬ人たち）は、面白くも何とも無い、やうな

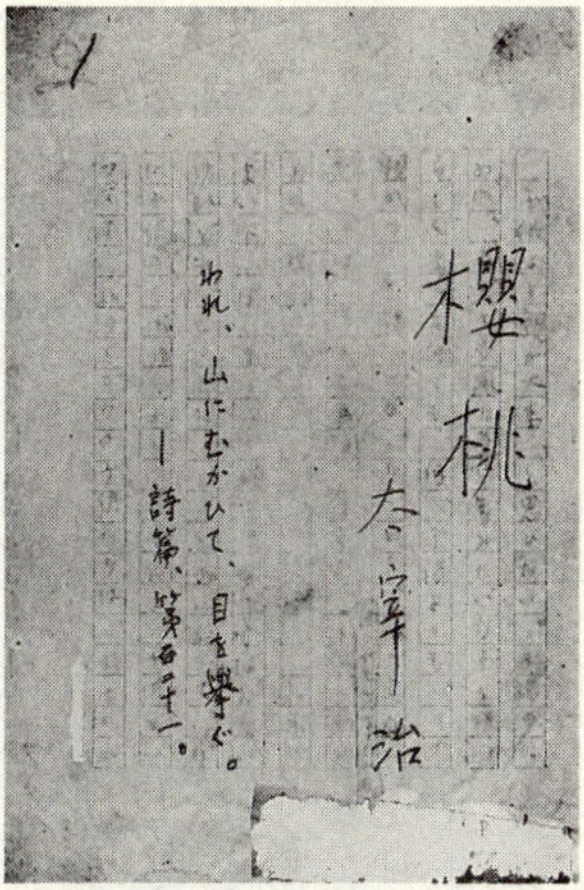
1
櫻桃
太宰治
われ、山にむかひて、目を擧ぐ。
―詩篇、第百二十一。

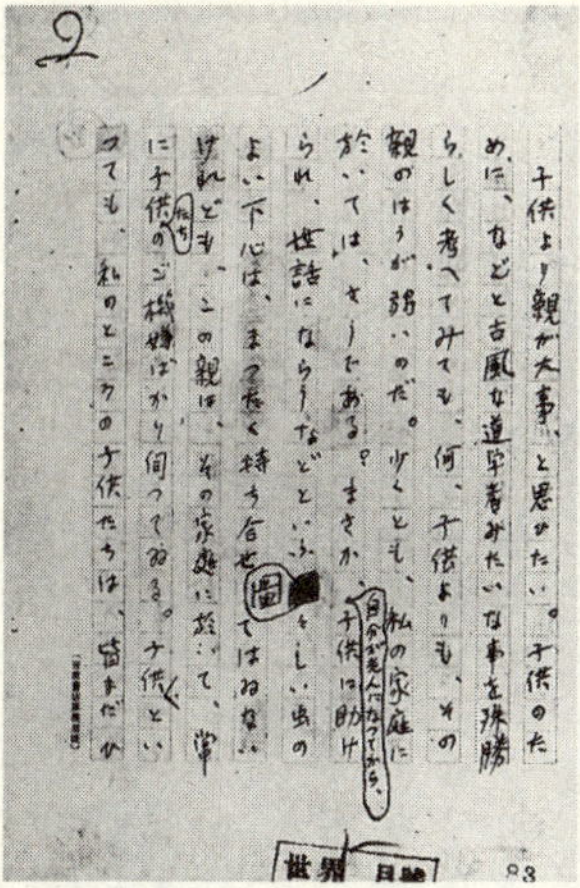
2
子供より親が大事、と思ひたい。子供のために、などと古風な道学者みたいな事を殊勝らしく考へてみても、何、子供よりも、その親のはうが弱いのだ。少くとも、私の家庭に於いては、さうである。まさか、自分が老人になつてから、子供に助けられ、世話にならうなどといふ図々しい虫のよい下心は、まつたく持ち合せてはゐないけれども、この親は、その家庭に於いて、常に子供たちのご機嫌ばかり伺つてゐる。子供、といつても、私のところの子供たちは、皆まだひ
83

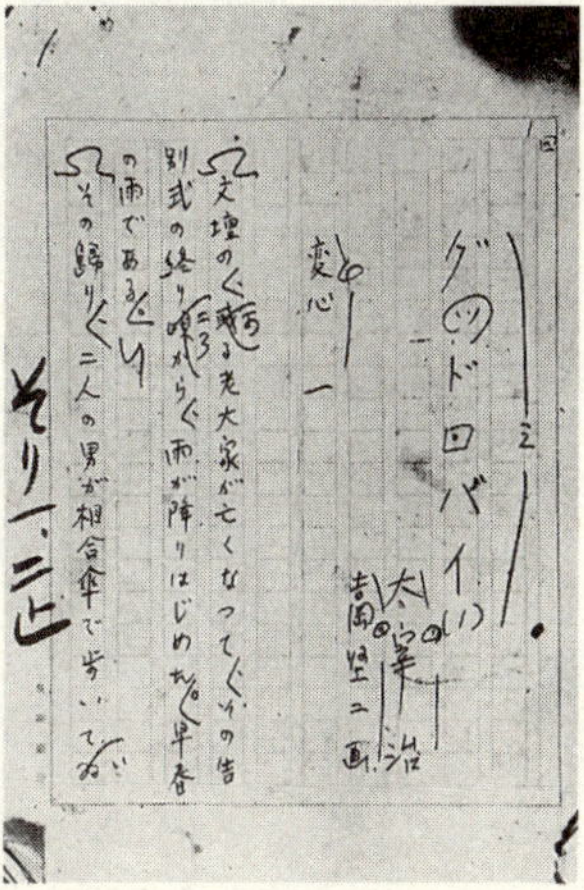
1
グッド・バイ（1）
太宰治
吉岡堅二画
変心（一）
文壇の、或る老大家が亡くなつて、その告別式の終り頃から、雨が降りはじめた。早春の雨である。
その帰り、二人の男が相合傘で歩いてゐる。

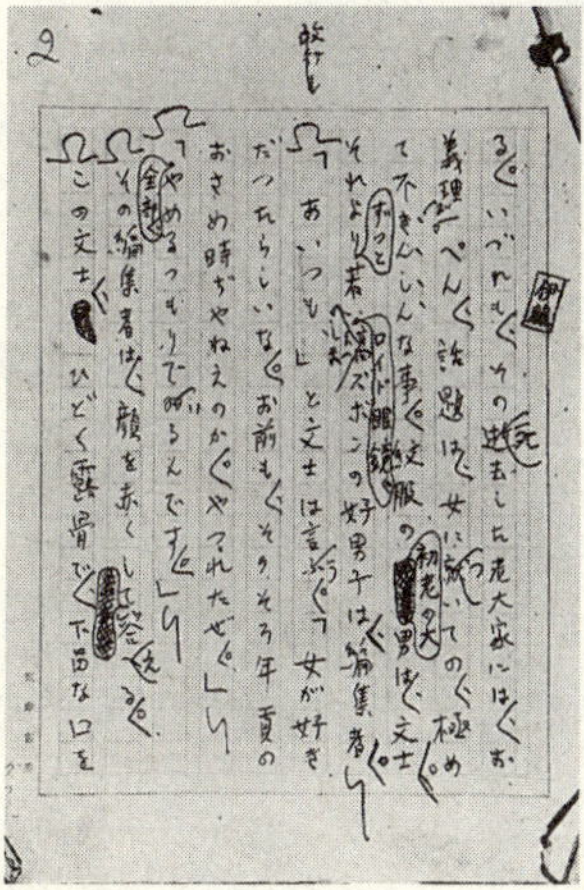
2
いづれも、その逝去した老大家には、お義理一ぺんの、話題は、女に就いての、極めて不きんしんな事。紋服の初老の大男は、文士。それよりずつと若いロイド眼鏡、縞ズボンの好男子は、編集者。

「あいつも」と文士は言ふ。「女が好きだつたらしいな。お前も、そろそろ年貢のおさめ時ぢやねえのか。やつれたぜ。」

「全部、やめるつもりでゐるんです。」

その編集者は、顔を赤くして答へる。

この文士、ひどく露骨で、下品な口を

証言による太宰治⑩〈晩年〉

僕はけっして死なない

――林聖子

「メリイクリスマス」は、戦争末期の空白を経て、久し振りに太宰さんにお会いした時のことが、描かれています。私はその中ではシヅエ子と云う名前で登場します。

時は昭和二十一年十一月初めの日曜日。場所は三鷹駅前の「三鷹書店」。実際には太宰さんはお弟子さんの小山清さんとご一緒でしたが、そのことはこの作品には書かれていません。私はその後、家の近くのおでん屋のようなところでご馳走になりました。

その半月後、わが家にこられた太宰さんは、「これ、僕のクリスマスプレゼント」と言って懐から中央公論の新年号を出しました。それに掲載されていたのが「メリイクリスマス」です。そこにはあの日のことが美しいメルヘンとして描かれていました。母と私は、額を寄せ合ってその小説を読みました。会ってから半月後に活字になったことも驚きでした。

「洒落たプレゼントだったなあ」

と、私はこの小説を読むたびに四

十三年前の自分と優しかった太宰さんの顔を思い出します。

私が太宰さんという存在を初めて知ったのは、母が描いたスケッチからです。

「太宰さんってこういう顔の人よ」

その似顔絵は、鼻と目に特徴があって強く印象に残っていたので、当時住んでいた高円寺の家の近くで下駄ばきでつんのめるような格好で歩いていた太宰さんとすれ違った時に、初対面にもかかわらず、すぐ「この人が太宰さんだ」とわかりました。

昭和十六年頃のことです。当時、母は新宿、武蔵野館近くのカフェー「タイガー」に勤めていて、その店の常連が太宰さんや萩原朔太郎、室生犀生、亀井勝一郎といった方々でした。母は、岡山県津山の旧家の生まれで、画家になろうと勘当同然に家を飛び出した人でした。太宰さんとはお互いに旧家のはぐれもの同士という共感があったのかもしれません。

(はやし・せいこ) 大正の初めから戦前にかけて活躍、透明感のある風景画や大杉栄を描いた「出獄の日のO氏像」等で知られる洋画家、林倭衛の長女。母富子は、倭衛と別れた後、新宿のカフェーに勤めた。彼女のファンには詩人、小説家が多く、太宰治の短篇「水仙」のモデルも彼女といわれる。聖子さん自身も太宰が昭和21年に書いた短篇「メリイクリスマス」のモデルになった。現在は、新宿「風紋」のママ。母娘二代にわたる太宰治との交流は「風紋」に集う作家、編集者、聖子さんのエッセイ等を集めた『風紋二十五年』に詳しい

太宰さんは時どき高円寺の家に顔をみせ、母の手料理でお酒を召しあがっていました。女所帯とはいえ、配給のお酒はあったんです。十三歳の私は「太宰さんのおじさん」と呼んでいました。

とても話が上手な方で、私がそれまで知っていた大人の人たちとはまるで違うのです。話のつなぎ方、間のとり方……。私達親子が思わず吹き出してしまうあのうまさは本当に類がありませんでした。お酒を飲みながら語ったことが、そのまま小説になっていることもありました。

手のすごくきれいな人でした。関節の一つひとつが長いんです。その指で煙草を口に運ぶ仕草が素敵でしたね。食べ物はあまり召しあがらなかった。お箸を使うよりその長い指でつまんで食べるのを見て、「ずいぶん気どった人だな」と思ったこともあります。

それから戦争、疎開を経てふたたびお会いしたのが「メリイクリスマス」です。昭和二十二年の中頃から、母は太宰さんの死を案ずるようになりました。例の〝スタコラさっちゃん〟こと山崎富栄さんと太宰さんとの関係にただならぬものを感じたのでしょう。

母は結核での療養生活が長く、その体験から自殺未遂者の死への憧れに対する嗅覚みたいなものをもっていました。太宰さんのお世話で新潮社に勤めていた私は母の危惧を早速、野平健一さんか野原一夫さんに話しました。それがまた太宰さんのお耳に入ったのでしょう。

　太宰さんと二人で、三鷹の駅から禅林寺の方へ歩いている時、ふと足をとめた太宰さんは、「聖子ちゃんは、僕が死ぬんじゃないかっていってるんだって」といわれたんです。私はいっぺんに血の気がひいたような思いでただ黙って震えていました。しかし太宰さんは、怒った様子もなくただ私を諭すように静かな口調で「僕はけっして死なない。息子を置いて行くわけにはいかないんだ。お母さんにもそういっておきなさい」といわれました。

　そのあと私はどうしたかよく覚えていないのですが、「僕はけっして死なない」という言葉だけは今も耳に残っています。

　その翌年、太宰さんはとうとう入水されてしまいました。私も野平さん達と一緒に玉川上水の土手をなんべんも歩きました。六月十九日、私は発見された遺体の傍で傘をさしかけながら茫然と立っていました。蓆から出ていた手と足がまるで白塗りのようでした。

　その半年後、今度は母が亡くなり太宰さんと同じ堀之内火葬場で焼かれました。母の墓も、太宰さんと同じ三鷹の禅林寺にあります。（談）

（平成元年十一月）

玉川上水

昭和二十三年六月十三日深更、三鷹の家の近くの玉川上水に入水

六月十九日、二つの遺体発見

太宰治三十九歳、山崎富栄二十九歳

検視、火葬、白い骨になって太宰治は、三鷹の禅林寺に眠る

戒名　文綵院大猷治通居士

昭和23年、玉川上水のほとりにて（撮影・田村茂）

遺体が引き揚げられた直後の情況

●ある日、突然、彼の胸の奥に花火が鳴りました。その花火は、何発も大きく心の闇に打ちあがります。

　ふたりは、玉川上水に向かって歩きはじめます。そして、ふたりは入水します。まさに、「真実」という河のなかに、自らの体を沈めるように、作家太宰治、あの津島修治は消えていきました。

　青森の大地主の家から腕を振り、足をあげて走り出した修治の、それが彼のめざしたゴールだったのかもしれません。

　津島修治がこの世から消えた――。

　昭和二十三年六月十三日のことでございました。

山崎富栄の遺体を捜索する父山崎晴弘氏（70歳）

引き揚げられた山崎富栄の遺体。傘をさしかける父晴弘氏

玉川上水での遺体捜索

昭和23年6月16日付朝日新聞

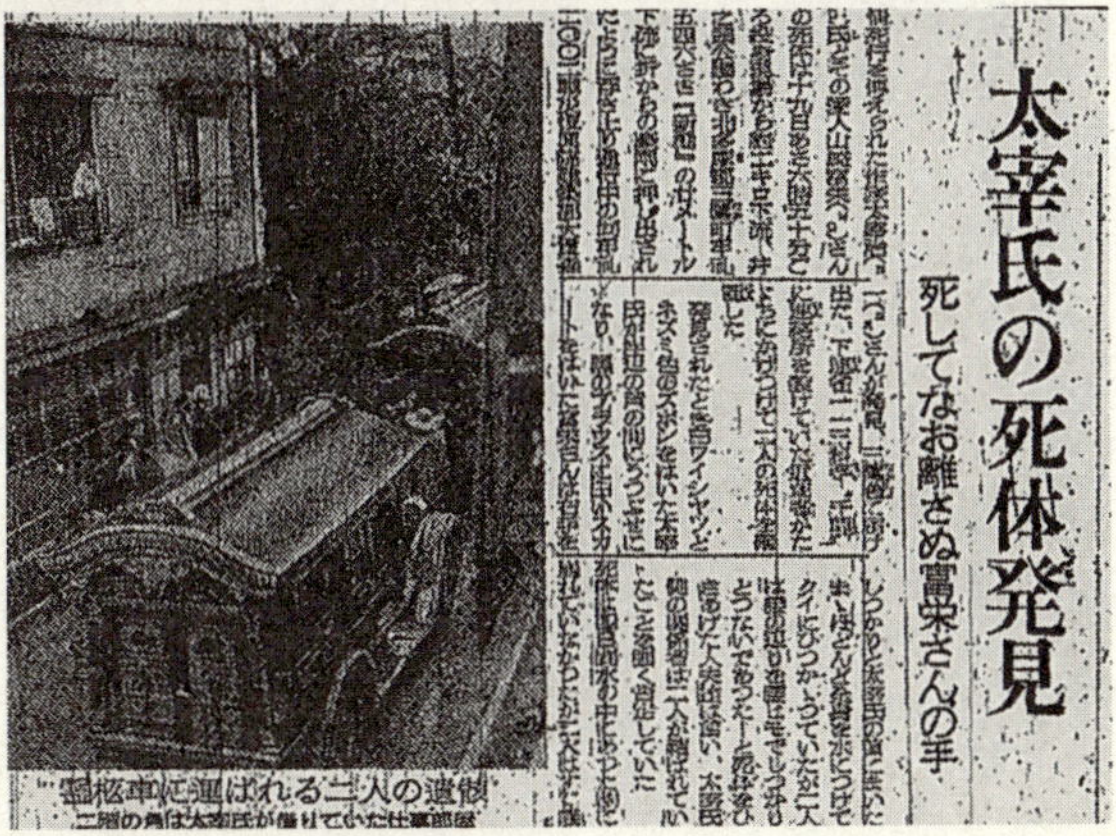

証言による太宰治⑪〈死〉

骨の帰宅

——野原一夫

人喰い川と呼ばれていた急流から引揚げられた二つの遺体は、腰のところで、赤い紐でしっかりと結ばれていました。その紐を誰が切ったのか正確な記憶はありません。土手の上にはみるみる人影が増えてきていました。霊柩車と寝棺が来るまでにはかなりの時間がかかりました。

多少の悶着があったのち、遺体を霊柩車に納めて、太宰さんが仕事場にしていた小料理屋「千草」の土間に運び込みました。検死を行なうためです。

葬儀委員長の豊島與志雄先生に命じられて検死に立ち会ったのですが、山崎富栄さんの死顔には、恐怖と苦悶の表情がありありと見えました。太宰の死顔は、じつにおだやかでした。深い安らかな眠りに入っているような、「やっと死ぬことができた」と語っているような、おだやかな死顔でした。

検死が終るとすぐ、遺体はまた霊柩車に納められ、太宰さんは杉並の堀之内焼場へ、富栄さんは田無の焼場へ運ばれました。

堀之内焼場へ行ったのは、おぼろげな記憶ですが、豊島葬儀委員長、井伏鱒二副委員長、友人の亀井勝一郎、伊馬春部、山岸外史、今官一……。檀一雄さんは東京にいたのですが、死んだ太宰には会いたくないといって来なかった。お弟子さんでは戸石泰一、菊田義孝、田中英光さんはさてどうだったかな。それと、太宰さんの親友だった筑摩書房社長古田晁ほか数名の出版関係の人たち。さらに多数の新聞記者とカメラマン。奥様は家にこもっておられて来なかった。骨になるまでは会いたくないと言っておられたそうです。生家の津島家からも、世間を憚ってでしょうか。御親族の方はひとりも見えませんでした。

焼かれて、太宰さんが白い骨になってね。太いんですよ、骨が。骨格がしっかりしていたんでしょうね。みんな口をそろえて言いましたね。「骨太だとは思っていたけど、これほどだとは思わなかった」と。

お骨は奥様が待っている御自宅に帰り、二十一日、葬儀が行われました。そして七月十八日、三鷹禅林寺において埋骨式が行われました。

（のはら・かずお）大正11年3月30日、東京生まれ。新潮社、角川書店、筑摩書房などの編集者を経て作家に。新潮社では『斜陽』、筑摩書房では『太宰治全集』他の出版を担当。太宰治入水後は遺体の捜索、検死にも立ち会う。著書『回想太宰治』『太宰治結婚と恋愛』『人間檀一雄』『太宰治と聖書』など。平成11年没

太宰治と山崎富栄は、遺書を残して玉川上水へ入水した。梅雨時でもあり増水、必死の捜索にもかかわらず二人は発見されなかった。遺体があがったのは、6日後の早朝。それは、偶然にも太宰39歳の誕生日であった。その日のうちに、検死、火葬。21日に葬儀。翌月18日に、三鷹の禅林寺に埋骨された。「人間失格」を書きあげたが、「グッド・バイ」は未完。だが、太宰の作品は日本国内はもちろん、英、仏、独、伊、チェコスロバキア、ヘブライ、ルーマニア、タイ、スペイン語……。各国語に翻訳されてじつに多くの人々に読み続けられている。上は、太宰治の墓。法名・文綵院大猷治通居士。6月19日、太宰を偲ぶ「桜桃忌」には、多くのファンがつめかける。平成9年には、美知子夫人が没

Ⅲ

太宰トカトントン

――仕掛けた罠に大いにはまる――

対談　**太宰治という人**

井伏鱒二／長部日出雄

太宰には「いい子」と「悪い子」の両面があった

長部　（井伏さんの部屋の壁に貼られているB全の大きなポスターを見て）この『黒い雨』の映画は、この間（一九八九年）カナダのモントリオール映画祭で上映されたのを拝見しましたけど、大変な反響でした。

井伏　ああ、そうですか。

長部　大きな劇場が満員になりましてね。よく笑うんですね、向こうの人は。終わってからの拍手がものすごくて、なかなか鳴りやまないんです。ブラボーっていう声もあがりました。大成功だったと思います。

井伏　（微笑んで）そうですか、それは……。

長部　今日は太宰さんのことをお伺いしたいと思ってやってきました。

井伏　はい。

長部　あの、突然なんですが、太宰さんていう方は、先生にお目にかかる時は、いつも正座だったんじゃないですか。

井伏　そうです。きちっと座ってました。

長部　膝を崩されたことは……まずない。

井伏　ええ、ないですね。

長部　ま、太宰治をよく研究していらっしゃる方は、今のお話だけでも、「太宰はそういう人だ」ということを知っているでしょうけど、一般の読者には、「井伏さんの前で膝を崩さない太宰」というのは、ちょっと意外な気がするかも知れませんね。僕には何だか太宰治という人には「いい子」のところと「悪い子」のところの両面があったような気がするんです。

井伏　ああ、そうか。

長部　ですから、先生の前では太宰さんは徹底的にいい子といいますか、行儀よくされていた。

井伏　（頷いて）ああ、そういうとこ、ありましたね（笑）。下宿に住んでいましたがね、寝床なんか万年床でしたから。そうねえ、そういわれると、見え透いていましたね。

長部　井伏さんと太宰さんの出会うきっかけは「細胞文藝」の原稿依頼でしたか。太

●（おさべ・ひでお）昭和九年、青森県弘前市生まれ。作家。「津軽世去れ節」「津軽じょんがら節」で第六十九回直木賞受賞。「鬼が来た」で第三十回芸術選奨を受賞。『津軽世去れ節』は津軽書房、『鬼が来た』上下巻は文藝春秋刊。他に『神話世界の太宰治』（平凡社）、『未完反語派』（福武書店）、『辻音楽師の唄　もう一つの太宰治伝』『桜桃とキリスト』（文藝春秋）などがある

宰さんが旧制弘前高校の時、同人誌を作っていて、それで先生のところへ原稿依頼の手紙が来て……。

井伏　そうです。原稿を書いてくれっていう手紙がきましたよ。

長部　太宰さんは中学生の時から、井伏さんのファンであったわけで。

井伏　あれは六月号でしたね。そう、最初は六月号。暑い頃でした。菊池寛さんと、えーともうひとり誰だったか。女の人に原稿依頼したようですね。誰だったか……吉屋信子さんです。それでね、太宰は五円送ったっていってるんですよ。

長部　先生の日記には三円となっているようですけど（笑）。自分で支払った金額を多めにするというのはどうなんですかね。相手が読めば、すぐにわかることですから

●（いぶせ・ますじ）明治三十一年、広島県深安郡生まれ。本名・満寿二。作家。芸術院会員。「ジョン萬次郎漂流記」で第六回直木賞、「本日休診」その他によって第一回読売文学賞、「黒い雨」で第二十三回野間文芸賞、「早稲田の森」で第二十三回読売文学賞随筆賞を受賞。『井伏鱒二全集』（筑摩書房）、『井伏鱒二自選選集』（新潮社）、太宰治についての随筆、解説等を精選集成した『太宰治』（筑摩書房）がある。平成五年没

（笑）。

井伏　どういうもんなのかな。少しホラ吹いたようだね。

長部　先生が、神田須田町（万世橋）作品社事務室で最初に太宰さんに会われた時、この若者は才能があって、いずれ何者かになるであろうという感じをお持ちになりましたか。

井伏　いやぁ、その時はああいうことになるとは思いませんでした。

長部　あまり才能があるとはお感じにならなかった……。

井伏　ええ、なかったと思うな（笑）。ただ、文章はうまかったですね。ええ、きわだってうまかった。

長部　文章は最初からうまかったんですか？

井伏　ええ。

長部　僕は「思ひ出」から突然、太宰さんの才能が開花したように思うんですが。その前に少し間があって。ですから、何か「きっかけ」のようなものがあるんじゃないのかと思っていましたが。

井伏　僕は気がつかなかったなぁ。

長部　太宰さんの作品を読むと、わりと最初の頃はストライキとか自分の家のこととか、かなりあざとい感じで書いていたのに、「思ひ出」になるとなんかこう、非常に素直で、筆ものびのびして。

井伏　そうねえ、あの頃、太宰君とよく付き合っていたのは、誰だったかな。早稲田の専門部に行ってた学生で、誰だったかな……。僕の家の玄関に入ってきて、上を向いて「今日は」っていいましてね。僕も

「今日は」といったら「小説を読んだけど、ろくな物はないな」とか平気でいうんです。そういう変わったところがある人だった。えーと、岩田九一。そう岩田九一。あの頃、太宰君と一緒に暮らしていた。その影響があったんじゃないでしょうか。

長部　「思ひ出」を書く一年数カ月前は、あんまり書いていない時期がありましたね。その間に例の銀座の女給さんと鎌倉の事件があったりしましたけど。まあ、そういった弁解しにくいことが随分とたくさんあって、それから突然小説がよくなったように感じたものですから。

加害者の立場なのに被害者だと思っている

長部　太宰治を僕は大好きなんで、かえって遠慮せずにいえる気がするんですが、だいたいにおいて、太宰という人は自分が加害者なのに、必ず自分を被害者の立場に持っていって、ですね（笑）。それで誰か他の人を加害者にするという、いつでもだいたいそういうやり方だと思うんですが。弘前高校時代からの愛人、小山初代さんとの場合は、最初から正式に結婚するつもりはあったのでしょうか。

井伏　あったみたいですよ。初代さんはいい人だったがね。初代さん、着物を一枚ずつ別のところに移してね、芸者屋ですからね。そして一枚もなくなるところまできたんで、出奔したんです。とにかく、太宰君は滅茶苦茶なことをやらせる。一番上のお兄さんの文治さんも弟の放埒さには驚いていましたから。

長部　で、津島家としては、生家からの分家除籍を条件に初代さんとの結婚を承諾しますね。それで一度初代さんは帰って落籍されることになる。そして、また上京しますね。

井伏　そう。あの時は二月でした。そうですよ。大変だった。太宰君は非合法組織の下で運動をしていたから……そんな時、上野に初代さんが着くっていうんで……。

長部　そんなふうに、太宰さんは、芸者を逃がしたり、助けたり、その境遇からもっと別のちゃんとした生活に導こうとしたり、いろいろアバンチュールをおもしろがっていたような気もしますね。でも、そうした放埒な行動の結果が、分家除籍ということになると、太宰さんという人は、そういう時、自分を反省するのではなく、生家とか、お兄さんたちを逆に恨むというところがあったんじゃないですか。

井伏　恨んでたね。恨んでたですね、あれは。

長部　それでまた、あてつけに自殺してみせるという……。

井伏　津島家に完全によりかかってましたから。

長部　完全によりかかっていたのが、つっかえ棒を取られたような気がしたんでしょうか。

井伏　それにしても、太宰君のおかげで、兄さんも十くらい会社をやめたりして。

長部　そうですね。津島家としては、どれほど修治さんに脅かされたか(笑)。

井伏　そうね。あれは新聞に出たでしょ。広島の女の人の時は。

長部 銀座の女給さんとの心中の時ですね。あの地元の新聞に大きく出た時のことをちょっと調べましたが、たしか、文治さんは県会議員で、議会の会期中かなんかのようでしたね。

井伏 そうですね。そうだ。

長部 非常に打撃が大きかったと思いますね。また、その、一番打撃が大きいだろうと思われる時に事件を起こしたような……。そこまで太宰さんが考えていたのかどうかわかりませんが……。

井伏 そうねぇ、打撃は大きかったでしょ。いろんな勤めをよしちゃったんですから。僕はその時は太宰君とは、そう付き合ってはいなかったんですよ。それを北（芳四郎）さんや中畑（慶吉）さんが太宰君を押しつけるようにして、来たんですよ。

長部 順送り。トランプのババ抜きみたいですね（笑）。

井伏 そして、いろんなことがあると津軽から林檎を送ってくるんですよ。それも何度も送ってくる。

長部 ちょっと林檎（りんご）じゃあわないですね（笑）。太宰さんが、パビナール中毒で東京・武蔵野病院に入院した時も、先生が結局みんなに頼まれて入院させる役をされたんですよね。本当ならあんまり厄介なことにかかわらない方が得なんでしょうけど。

井伏 その前に入った時の病院は佐藤春夫さんの知り合いの病院でした。

長部 たしか、先生が太宰さんを武蔵野病院に入院させた時に、佐藤さんにご報告の手紙を書いていらして。ということは、佐藤さんも含めて、皆さん、太宰さんのことを心配して入院させたのに……。太宰さんは自分は被害者だと思っている。皆で自分を苛めていると……。

井伏　よく覚えていませんが、太宰君はその時、難しいことを書きましたよ。北さんなんかのことをひどく恨んでいた。

長部　そこまでくると、自分がどれだけまわりの人たちに迷惑をかけているか、あんまり気がついてなかったんでしょうかね。

井伏　いや、気がつかないはずはないんだがね（笑）。とにかく「めちゃ」でした。

太宰君が好きだったから腹が立ったことがない

長部　太宰治っていう人はものすごく嘘をつくのがうまいと思うんですが、やっぱり小説家というのはあれぐらい嘘つきじゃないと偉くなれませんかね（笑）。

井伏　いやぁ、それは。いろいろ工夫したんだろう（笑）。そう思いますがね。そうねぇ、嘘をいうのはうまかったなぁ。特に寂しそうにするのはうまかったです。

長部　僕は太宰さんは天性の嘘つき、天性の俳優だったと思っています。

井伏　はっはっ。そうねぇ。はっはっ。

長部　きっと先生の前でも、寂しそうな顔とか、哀しい素振りとか随分演技をなさったんじゃないですか、太宰さんは。

井伏　演技したでしょう。

長部　最初にお伺いした「膝を崩さない太宰」の姿というのは、演技じゃなくて、文学に対して、非常に真摯な態度であったと思うんですけど。文学に対してだけは、そうした姿勢でやっていきたいという、太宰さんの意志があって。芝居じゃなく、先生の前で膝を崩さなかった……。

井伏 どういうもんだろ、ああいうのは。

長部 でも、太宰さんの生き方をみてくると、非常に自己中心的で、エゴイストで、世界は全部、自分中心で回っていると思っている。自分のまわりにいる誰もが、自分のために苦労してくれるのが当たり前という考え方。大芸術家にはそういう人が多いですね。日本にかぎらず、外国でも。

井伏 ええ。

長部 エゴイズムっていうのは、やっぱり芸術家にとっては大事なもんなんでしょうか。

井伏 うーん。

長部 パビナール中毒の時もそうですが、そのあと、熱海で金を使い果たし、大変な借金をした時も……。

井伏 あれはいけなかったなぁ。芸者を総揚げにしたりして……。

長部 途中から檀一雄さんが一緒で。あの時も、井伏さんはいろいろお金の工面をされたりして。「恩を仇で返す」という言葉がありますけど、太宰さんの場合、それに近いことがしばしばあった。先生はそれで太宰さんを破門するとか、もう来ないでいい、というようなお気持ちになられたことはありませんでしたか。

井伏 いやぁ、僕は太宰君が好きだったから。そう、怒ってしまうことはできなかったんだよ。

長部 いたずらっ子みたいで憎めないんですね。

井伏 そうですね。いたずらっ子だなぁ。

先の熱海の借金だって、檀君を人質にしておいて、先に帰ってきて平気で僕と将棋をうっている。その時、檀君がすごい剣幕で怒鳴りこんできた。「どういうつもりだ」って。でも、ぬけぬけ嘘をいっている。あげくに「待たせている方の身が、待っている方の身より辛いんだ」なんていうことをいってたな。

長部　つまり、絶体絶命の瞬間にもなかなかうまいことをいう人なんですね（笑）。

井伏　だから、そうねぇ、太宰君に腹が立ったということはないですよ。

長部　太宰さんは恥ずかしがり屋という部分はあったんでしょうか。

井伏　非常に気どっていたからねぇ。気どってはいたなぁ。

長部　命かけての誠実などと書きますね。大袈裟なことを実に平気で書ける人だったんですね。最近になってみると、その点も凄いという気がします。

井伏　（ジョニー・ウオーカーを手にとって）さあ、もう少し飲みましょう。

長部　先生はこの頃はウイスキーが多いんですか。

井伏　そうなんですよ。どうも眠れなくって。昨日も一人で飲んでいましたけど。

長部　ブランデーの時期もおありになったんじゃないですか。

井伏　ブランデーはそう飲まなかったですね。

長部　太宰さんは先生とよく飲みに行かれた時はどんな話をされたんですか。文学とか小説の話ですか。

井伏　覚えてないけれども……とにかく闊

達に話をしてましたよ。その場の雰囲気を盛り上げてましたから。

長部 太宰さんは女性にもてなかったんですかね。

井伏 「水仙」に取り上げている女性がいるけど、あの人が本当に好きだったんじゃないかって思っているんですよ、僕は。

長部 でも、太宰さんという人は、女の人を好きになるより、自分自身が一番好きだったと思いますよ。それを女性は見抜いてしまうんじゃないでしょうかね。

井伏 それはあるでしょうね。じゃ、もう一杯。

長部 いえ、もうおいとまいたしますから。本当に僕も中学の時から井伏さんの小説が大好きで、その尊敬している先生にお目にかかれて、こうしてお酒をいただいて、大変幸せでした。ありがとうございました。せっかく注いでいただいたんで、このお酒をいただいて……。何だか「恩賜のお酒」みたいですね（笑）。

講演 太宰治と私

井上ひさし

大ベストセラーの秘密

太宰治は、たいへんな才能をもった作家です。有名な作品では「斜陽」と「人間失格」などがあります。新潮文庫本では現在(一九八九年)にいたるまで十七冊発行されており、一、五〇〇万部売れております。まち出版社に問いあわせた数字ですから、まちがいはありません。つまり、いまだに現役の作家ということです。

亡くなったのは、昭和二十三年の六月十三日の夜と思われます。ご存じのように、玉川上水に山崎富栄さんという女性と入水して、二人の遺体のあがったのは六月十九日の早朝。通行人が発見しました。ですから、亡くなってから、四十一年もたっている。しかし、その作品はいまだに延々と売れつづけている。全集も七回ぐらい出ている。

そういうことを考えますと、夏目漱石、宮澤賢治、太宰治の三人は作家としていまだに現役です。ほとんどの日本人が読んでいる。では、いったいなぜ太宰治がわれわれの心を、そんなにしっかりととらえているのだろうか。読者の方は、つぎつぎと新しくなり、若い人がどんどん本を読む。この若い人たちの気持ちをなぜこの三人の書き手はしっかりつかまえることができるのか。

これはたいへん興味深い問題です。私個人としても、その秘密をさぐってせめて死後半年ぐらいは売れる作家になりたい（笑）。

私はいま、十二月に上演する「人間合格」という芝居の題材に太宰治を選んでいます。樋口一葉とか、宮澤賢治とか、そういう文学者の一生を芝居にするのがとても好きです。小林一茶も、芭蕉もやりました。それぞれ出来不出来はありますが、こんなふうに自分の好きな作家を調べつくして、私の考える芭蕉はこうだ、宮澤賢治はこうだという芝居を書くことが好きなんです。

ですから、いまはもう〝太宰漬け〟になっております。ここ一カ月ぐらい、太宰の作品以外は何も読んでいない。世の中がどうなろうと、日本シリーズで近鉄と巨人の勝敗の行方がどうなろうとかまわない。……じつはしっかり観戦していたのですが（笑）。それぐらい、太宰に漬かっているところです。

しかし、実生活は調べれば調べるほどわからなくなってくる人ですね。読者はまず、作品から入っていく。太宰はいかにも自分の生活をありのまま書いたというかたちで作品を発表しているわけですが、それに寄っかかると、とんでもないことになる。太宰の嘘にまんまと乗せられてしまいます。逆に、作品をぜんぜん読まずに実生活だけを調べていく方法をとってもよくわからない。というふうで、いままで太宰について書かれた小説や芝居は、評論は別にしまして、全部失敗しています。いい評論はたくさんある。しかし、小説や芝居にすると、かならず失敗する。私はその常識に挑戦してみようと思って、いま太宰にかかっているわけですが、やはり常識は尊重すべきだったという気がしないではありません。

「太宰病身説」はウソ

それで、太宰治とはどんな人物か——事実だけをあげていきますと、たとえばいろんな人の証言がある。それも一人の人ではなくて、三人以上の人が言っている特徴を列挙してみます。身長一七四センチ、当時としては非常に背の高い人なんですね。それから歯が悪くて、よく湯豆腐を食べていた。なかでも大好物は味の素をふりかけた筋子(すじこ)だったそうです。酒は非常に強くて、いわゆる一升酒。乱れずにぐんぐん酒を飲む。そして大きなくしゃみをすると、それがもう完全にだめだという危険信号です。くしゃみを連発したとたんに、どこでもかまわず寝てしまう。

それから、近眼でした。映画館に行くとかならず前のほうに坐る。しかし町なかでは、決してめがねをかけたくない人です。ふだんはめがねをはずしている。晩年になって、山崎富栄さんという愛人兼看護婦兼秘書兼お母さんみたいな人と近所にある玉川上水の土手なんかを散歩していて、奥さんの美知子さんとすれちがっても気がつかない。山崎富栄さんも近眼で、残されている写真にはめがねをかけている写真とかけていない写真がありますけども、二人ともめがねをはずして歩いていたので気がつかない。

太宰は、歩くのが好きな人でした。昔の小説家はよく歩きました。駒下駄をはいて、浅草から本郷、神田、新宿、それから銀座へ。そのへんは全部歩いていた。もちろん円タクというのがありまして、どこへ行っても一円だから、それに乗る場合もあります。たとえば玉の井という売春街がありまして、気持ちが急いでいるときは新宿あたりから円タクに乗ったりします（笑）。

これは太宰だけの話ではないですけれど、当時の作家はお昼ちょっと前に起きて、新聞を読む。ごはんを食べてから机にちょっと向かってみます。けれども、すぐペンを放り出して歩き出す。近所にはいろんな友だちがゴロゴロしていますから、さそいあわせて銀座あたりまで歩いて、戻ってきて晩ごはんを食べる。家で食べるか近所で食べるかわかりませんが、それでまた出かけて行く。というように、しょっちゅう出歩いてました。太宰は、とくに歩くのが好きでした。

太宰病身説というのがあります。病身でとても体が弱かったといいますが、これは嘘です。そんなに歩ける人が病気であるはずがない。ただ、結核であったことはたしかです。結核で何度も喀血しています。喀血というのは胸の血で、おなかの血を吐くのが吐血です。それを、わりあいごちゃまぜにしていますけども、私は療養所にいましたのでよく知ってるんです。

つまり結核菌が肺を食い散らかして空洞ができる。空洞のなかに動脈がぶら下がるわけです。乱暴にいうと、洞窟のなかに木の根っこが下がっているようなもので、動脈がぶら下がっている。お酒を飲んだり無理をしますと、心臓の圧力が高くなり、血管もひろがりますから、たれ下がっている動脈から血が吹き出す。それが肺にたまるのを吐き出す。それが喀血です。

太宰は肺結核でしたが、一時おさまっていた。戦後、流行作家となって、無理したり、薬を飲んだり酒を飲んだりしているうちに、結核がぶり返します。山崎富栄さんの日記を見ますと、バケツ一杯に血を吐いたというふうに書いてあります。バケツ一杯に血を吐くというのは、あり得ない。そんなに吐いたら死んでしまいます。空気と一緒に出てくるのでビールの泡のようなものですね。血と一緒に空気を吐き出すので、一見、バケツ一杯に血を吐いたように見える。

それから太宰さんはネコ背です。ネコ背で、前へつんのめるように歩いていた。また、坐るときには立て膝をする。両腕で膝をだきかかえて人の話を聞く。だんだん得意になってしゃべり出すと、反対のほうを向き出す。それはこれから何か嘘をいうぞというサインだった(笑)。ものを書くときでも机の前で片膝を立てていた。原稿用紙は二百字詰、それにGペンでカリカリと音をさせて書く。晩年は、奥さんの万年筆を取り上げ、それで書いていました。ただし吸入装置がこわれていたので、いちいちインク壺にペン先をつけて書いていたようです。

外出するときには、どんなときでも新しい白いハンカチを、たもとやふところに入れていた。だいたい着物の人でした。洋服を着た時期ももちろんありますけど、作家になってから死ぬ間際ぐらいまで、ほとんど洋服は着なかった。「津軽」という名作がありますが、あれを書くために取材に青森に行ったときはジャンパーを着ていました。ジャンパー姿が非常に珍しいというふうに、一時三鷹の近所で評判になったというぐらい、着物を着ていた人です。

眉毛が非常に濃い人で、泳ぎができない人で、それから薬が大好きです。新しい薬が出ると買って効能書を一生懸命読む。織田作之助もそうらしくて、あの頃の人のくせでしょうか。私も、薬好きです。リゲインとか何とかやたらに飲んでおります(笑)。日本人というのは薬好きで有名ですけども、太宰治は薬好きで、なおかつ自殺好きという、非常に矛盾している人です。

話が上手だったという人と、本当に下手だったという人と、これは一致しておりません。これはそうでしょう。たとえば作家になりたての頃、あまり話は上手ではなかったと思います。私は太宰の友人だった人に、ふだんの話しぶりに津軽なまりは出ていましたかと聞いてみました。井伏鱒二さんにもうかがいました。なかったよという話でした。しかし、あったという人もいます。

心理的などんでん返し

太宰治というペンネーム、これはどうしてついたか。本名は津島修治です。これは東北人には発音のむずかしい音なんです。ツスマ・スウズになっちゃう（笑）。おしゃれで、テレやで、気取る人ですから、なまるのはイヤだ。ぼくはツスマ・スウズですというのがイヤだから、なるべくなまらない太宰治にした、というのが井伏鱒二さんの説ですね。

ほかにもいろんな説があります。ドイツ語のダー・ザイン、「現存在」という意味です。自分はいま生きている存在であるということですね。そう唱える学者もおります。また、弘前高校時代の友だちに太宰という人物がいてその人の名をとったとか、いろんな説があります。これも、太宰自身はあまり発言していないので、ほんとうかどうかはわかりません。

戦後、関千恵子という女優さんが太宰治の家を訪問して、インタビューをした記録が残っています。そのときはじめて太宰は、自分は白い梅が好きで、梅となると九州太宰府だから、と語っています。しかし太宰が自分でいってることぐらいあてにならないことはありませんので、これもあやしい。ただし「治」については、「修もおさめる、治もおさめる、おさめるは二つもいらないから、治と一つにした」といっています。

指がとても細くて、長くて、きゃしゃだったといいます。太宰は、作品の中で自分は醜男(ぶおとこ)で、兄弟で一番醜い。いつも恥ずかしい思いをしていたなんて書いてますが、大嘘です。写真を見ればわかりますが、本当にこれが作家だという顔してますよね。

あれでまずかったら、私などどうなるんだろう。そういうふうに自分を卑下しながら自慢するのが卑下慢(ひげまん)(笑)。これは江戸時代からある言葉なんです。日本人がするやり方なんです。「おたくの坊ちゃん、今度大学にお入りになったそうですね」「いやあ、あの馬鹿、東大なんかに入っちゃい

ましてね……」（笑）

いったん卑下するわけなんですね。だめですよ、といってみせる。そうすると相手が、いやそんなことありません、といってくれる。一種の自慢なんですが、これは日本人の特徴なんですね。

こんな経験はありませんか。外国へ行って、食事の席で本当はもっと食べたいんだけれど、「もうちょっといかがですか」といわれる。「いやあ、もうたくさんです」と一応、遠慮する。向うは率直ですから「ああ、そうですか」と納得して、お代わりなんか全然くれない（笑）。向うはガンガン食べているのに、こちらはまだ食べたいのに食べられず、だんだん悲しくなってくる……（笑）。だれもに経験のあることだと思います。一種の日本人の引っ込み思案ですね。これは卑下慢と似た心理です。自分の持ち物を徹底的に悪くいうと、相手はそうじゃありません、と救いあげてくれる。太宰はこの卑下慢の天才でした。太宰が読まれる理由の一つは、そんなところにあるのかもしれません。

つまり、徹底的に自分を否定する。しかもそれをすばらしい文章で否定していくわけです。読者は、ああ太宰という人は自分たちと同じ人なんだなというふうに物語の中に誘いこまれていく。ところが実際は絶対にそうはならない、というふうにどんでん返しが待っている。だめでもいいじゃないか、それが人間じゃないか。静かな心理的などんでん返しが待ってるわけです。太宰はそういう人なんですね。

「自殺未遂」か「偽装」か

　太宰治が自殺を試みたのは、だいたい五回といわれています。昭和四年十一月、弘前高校三年生のこと。小説を書き、高校内のいろんな左翼運動に多少関係していました。また、弘前から青森へ通って芸者をあげて遊んでいた、とかいろんなことがあって、試験の前日、カルモチンという催眠薬を飲んで、次の日、学校に行かずにずっと寝ていた。太宰の親戚の人が起こしに行ったら、ぐっすり眠っていて起きてこない。枕元にカルモチンのびんがあったので、あわてて家に電報を打った。兄さんが午後四時ごろにかけつけて来たときには起きあがっていた。つまり明日、試験日なんだけれども、いい点数がとれそうもないので、じゃあここでというようなことだったと思います。追試験を受ける口実だったかもしれない。これは後年になって、一回目の自殺未遂というふうにいわれます。

　二回目は、昭和五年十一月二十八日の女給さんとの不完全心中です。この昭和五年は、太宰にとってたいへんな年でした。弘前高校の新聞雑誌部に入って、自分の家をテーマにしていろんな小説を書いている。

　太宰の家というのはご存知のように、当時青森県で第四番目の金持ちということになっています。大地主で、田んぼが二五〇町歩、小作人が八カ町村に三〇〇戸。つまり大地主で、お父さんは貴族院議員で、金木の殿様とよばれていた。昔は税金をたくさん納めると貴族院議員になれました。貴族院議員になって、四カ月目に東京で亡くなりますが、とにかくたいへんな家だった。いま「斜陽館」とよばれて残っている家の敷地が六〇〇坪、建坪二五四坪です。部屋数が全部で二十いくつ。宅地の裏の畑の一隅に鶏小屋があって、アメリカ直輸入の鶏が二五〇羽もいて、専任の鶏舎係が住み込んでいたといいます。その金持ちの家の六男坊です。

高校時代にはマルキシズムが燎原の火のごとく広がっていてプロレタリア文学がさかんでした。太宰も、支配階級、資本家側の腐敗をつくという傾向の小説を書いていた。その舞台として自分の家を描くわけです。

昭和五年一月に、弘前高校の新聞雑誌部に警察の手が入る。みんなアカにかぶれているというので全員が逮捕されますが、太宰一人だけはつかまっていない。ここに、太宰の負い目みたいなものができたのだと思います。つまり、大金持ちの坊っちゃんであるうえ、お兄さんは県会議員になっていた。そういう関係もあって、太宰一人が免罪になる。そして、仲間の三人は卒業寸前に放校処分になってしまう。

昭和五年、太宰は東京へ出てきます。最初は本郷にいて、一カ月ほどして、早稲田の近く戸塚の学生下宿「常磐館」に移り住む。そこで小説を書くわけです。このときに、「東大新人会」との関係ができる。

東大新人会というのは吉野作造さんが作った、学生のマルキシズム研究会みたいなものです。これはアカの巣だということで前年に解散になっている。しかし、表向きは解散したけれども組織は残っていた。当時共産党は地下にもぐっていて、そこと連絡をとりながら活動をつづけていた。

当時の太宰への家からの仕送りは、月百円あるいは百二十円でした。東北に凶作があると、青森、山形、秋田、岩手の寒い地方では娘さんを身売りさせる。借金を返すために、遊郭や芸者置屋に売るわけですが、そのお金が百二十円です。小学校の先生の給料が三十五円か四十円。ですから学生なら五十円もあればいい下宿に入って、本も買えてときどきは酒も飲めるくらいの生活ができます。下宿代をきちっと払っても、かなり裕福に勉強できるんです。太宰はその二倍ちょっとのお金を仕送りしてもらっていた。

津島家というのは、これも定説になっていますが、明治維新以前はたいした家ではありませんでした。この地主がちょっとした地主にすぎません。ちょっとした地主が金貸しも始めては、凶作のたびに困った百姓たちに金を貸し土地をとりあげ、どんどん大きくなっていった。そういう新興大地主です。

こうした動きは、同じ東北の宮澤賢治の家にも起こっていました。賢治の家は、花巻でも一番か二番の質屋で、古着屋です。凶作の年に農民が、本当にわずかな金のために着物を売りにきたり、質に入れたりする。それに安く値をつけて、高く売るというのを賢治が見ていた。ああ、この家だけは継ぎたくない、と心に固く決めた。賢治は長男ですけども、家は継ぎたくないということで彼のすべてがはじまる。太宰にも、そういうところがあります。

突然、私事になりますが、私の親父（おやじ）もそうでした。私の父親は山形の小さな小さな地主の長男でした。ですから、津島家のように小作料だけではとても生活できない。それぐらい小さな地主なので、薬屋をやっていました。その父親がやはり東京に出てきて、薬の学校に入る。東京薬専といって、今の東京薬科大学に入る。ところが私の父なども東京で共産主義にかかわっていくわけです。つまり、自分がこうやって東京へ出てきて好きな勉強ができるのは、郷里で必死になって働き、小作料をぎりぎりまきあげられている農民がいるおかげだ。申し訳ない、この世の中はどうもおかしい、と考える。この世の中に平等が理想だとすると、それは地主を倒さなければいけない。地主というのは自分の親父になるわけですね。

うちの親父の場合でいいますと、気の弱い人なので家へ帰ってきて、店を継ぐわけですが、こっそり農民運動をやってるわけです。謄写版をバラバラにして田んぼに隠し、夜組み立てて、地主はくたばれみたいなことを印刷したビラを町中に配る。一枚、自分の家へ持ってきて、自分の親父の前へ置いておく。そういう農民運動をやっているうちに牢屋に入ったりして、体をいためて死んでしまいます。これは当時の日本、とくに東北でたくさん起こっていたことでした。

泉鏡花的世界への甘い幻想

太宰治の場合もそうです。自分は滅びる階級である。滅ぼされる運命にある。では、その支配体制を打ち壊すために自分は何の働きができるだろうか、と考えている時期です。やがて新人会のメンバーが接触してきます。ただし、プロの活動家たちは太宰を見て、党員にもしなければ、重要な役にもつけていない。何となく言ってることが調子よすぎる。噂によると嘘をよくつく。芝居が好きで、自分でも義太夫をうなったりする。弘前高校時代は芸者とつき合いがあったとかいう情報が入ってきている。おまえは金を出すだけでいい、カンパするだけでいい、ということで、太宰は月十円ずつ出すことになるわけです。

そういうことをやっていると、お兄さんが困る。お兄さんはアカは大嫌い。防共を政策の第一に掲げている政友会の国会議員をめざしているわけです。お兄さんが打った手は、分家という手段です。つまり、太宰が妙なことをしでかしても、自分に責任がこないように、所帯を持たせて分家除籍にした。世間的には、兄貴といえども独立し妻帯までしている弟を監督できませんよ、というふうに計算します。それで誓約書を書かせられる。これは太宰にとってたいへんなショックだった。そんなにきびしく兄貴が出てくるとは思っていなかったはずです。

いったいに太宰治という人は、都合の悪いことは絶対書かない人なんです。津島修治という東大の学生が左翼運動にどのていど加担したかも、いっさい謎です。いろいろ皆さん調べてますけども、彼は書かないのです。兄さんのことも書きません。書くときは、すごく兄さんによく書く。兄さんが読んでも怒らないように書いています。

ですから、このへんが太宰を解く第一の鍵ではないかと思うのです。つまり家に反抗のポーズはとりますが、その実、家が大好きな人なんです。

太宰には、弘前時代になじんだ青森の芸者、小山初代さんという人がいます。太宰はいつも「ハチヨ」とよび、初代さんは「父ちゃん」とか、「オドチャ」と呼んでいたらしいのですが、この人を救おうと思っていた、という説があります。太宰という人は女には非常に醒めた人でした。というより、女を好きになる暇があったら、自分自身を好きになったほうがいいという人です。ですからこんなシナリオを描いていた。つまり兄さんが、芸者となんか一緒になったってだめだよ、おまえは津島家の子どもなんだからちゃんと東京大学を出て、えらい役人になれ。おれは政治、おまえは役人になり、二人でがんばろうじゃないかというにちがいないから、太宰としては、家の犠牲のために泣く泣く愛しく思っている芸者と別れる。これは、ほとんど泉鏡花の世界ですが、太宰はそんなふうに考えていたのではないか（笑）。

太宰は泉鏡花が大好きでした。高校時代に彼の部屋に行くと、江戸文人趣味でみんな閉口したという話も残っています。まあ、芸者との結婚は家が許すはずがない。そこで自分は悲劇的な別れをして、手切れ金を払って彼女を泥沼から救い出す。彼女はどこかで自由な身になって、結婚していいお母さんになればいい、というつもりでいたのではないでしょうか。

ところが兄さんは、太宰が考えていたの

とは違った。初代さんと結婚するんだったら月百二十円、東大を卒業するまで仕送りをしよう、という申し出だった。思いもよらぬ兄の怒りをかった。分家されたことへの悲しみ。おそろしくて悲しい。はっきりいうと、これは義絶です。もっというと勘当です。二回目は心中でしたが、これが原因だと思います。実際、そういう説も多いんです。

長篠康一郎さんという太宰研究家がおられます。これからぼくは長篠さんの説をそっくり申し上げるわけですが、その説では太宰は作品の中で投身しただけだ、というんです。心中事件の相手は広島の女性で田辺あつみという人です。十七歳。小柄な人で、すごい美人です。夫と一緒に東京へ駆け落ちするんですが、相手は画家志望だったといわれています。あつみさんは生活を立てるために「ホリウッド」というカフェで女給をしていた。そこへ太宰が遊びに行ったんですね。

そして、その店に飾ってあった絵を観て、「あれは本物かね」とか、きいた。ほかの女給は「何むずかしいことといってんのよ。さあ飲みましょう」というようなことをいうんですが、無名とはいえ画家の奥さんですから、「あれはだれそれの絵で、複製です」と教えてくれた。太宰はこれにぐっと来てしまう。一週間ぐらいの間に芝居を二回、映画を一回、『西部戦線異状なし』を観まして、それから新築地劇団の『ゴー・ストップ』（市村座）と『不在地主』（同じく市村座）と、新劇を二つ観て、また意気投合する。

浅草へ遊びに行き、何か飲んだときに太宰が払おうとしたら、そのお金がなかった。そのときその女給さんがお金を払ってくれた。太宰にとっては、そういうことはとても恥ずかしいことなんです。

この部分は、太宰が書いている文章からお話しします。全部嘘だと思いますけど（笑）。

おれはもう、こういう飲み物の代金も払えなくなったんだ。死のうと思った（笑）。

女給さんがそれを聞いて、「私も死にたい」、「じゃあ死のうか」ということになって、突然なぜか帝国ホテルへ行くんですね。帝国ホテルに二日泊まるんです。飲み物の代金も払えない人が（笑）。そのへんがよくわからない。

とにかく帝国ホテルに二人きりで閉じこもって、ボーイにチップをやったなどという話もあります。いつまでこうしていてもしようがないから、十一月二十八日に二人は鎌倉へ行く。夜の八時ごろにカルモチンを飲みます。七里ケ浜の小動崎（こゆるぎがさき）の畳岩で薬を飲む。田辺あつみさんは、「この帯は友だちから借りたもので汚すといけない」といって、うしろの松の木にかける。十一月末は寒い季節です。「ぜんぜん効かないね」などと二人でいったり、遠くの汽船の灯りを見ているうちに、しみじみしてきて非常にいい気分になってきた瞬間に、女性のほうが突然苦しみ出す。吐く。吐いたのを残して死ぬのはみっともないと思って、マントのすそでふいたりする。このへんが太宰らしいんですね。そのうち自分も効いてきて、岩の上に吐いたものにすべって二人で海に落ちる。そのとき太宰は、すがりつい てくる女を足でけとばした（笑）、しかも 女は自分の名前ではなくてほかの男の名前 をよんだ――これが太宰の作品からずっと つなぎ合わせたストーリーです（笑）。長 篠さんによれば、これが嘘なんです。

長篠さんの調査が正しいと思います。ま ずそのときの薬の量を全部、計算する。カ ルモチンというのは体重一キロに対して一 グラムが致死量なんです。錠剤一個につい ては、〇・二グラムしか入っていない。そ のへんの計算は推理小説のようにおもしろ い。

長篠さんの説によれば、太宰が飲んだカ ルモチンの量は致死量の三分の一であった といいます。太宰の体重はだいたい十五貫 から十五貫五百（五八キロ）ぐらい。ちょ っとやせてる人ですけど、身長は五尺八寸 （一七四センチ）。片一方はものすごい小柄 で、四尺九寸（一四八センチ）ぐらい。少 女みたいな、美人でした。ですから太宰に とっては三分の一でも、女給さんにとって は致死量の半分ぐらいだったかもしれない。 それから田辺あつみさんはその前の二日間 は、ほとんど何も食べていない。太宰はカ ルモチン常用者です。薬に対して非常に慣 れている。田辺あつみさんはカルモチンは はじめてです。それで女性は死に太宰は生 き残った。しかも二人は絶対に投身なんか はしていない、というんです。

兄への反逆

太宰の場合、自殺の方法というのはこう いう微妙な点がはっきりわからないことが多いんですね。われわれとしては自殺未遂にすればおもしろいものですから、そういうふうに解釈してしまう。研究者の方がいろんな資料から太宰の自殺の方法にさぐりを入れていくわけですね。そうしますと世間でいわれているように、高校時代の自殺未遂という話はただのカルモチンの飲みすぎではないかと推測される。やがて太宰はパビナール中毒になりますね。これも初代さんの話で、一日に四、五十本の注射をしたとあります。こんなに打てばたいてい死んでしまう。第一そんなに打てやしないという研究もあります。太宰は病院生活一カ月ぐらいでパビナール中毒から抜け出します。わりと簡単に抜け出せたのは、そんなに打っていなかったからではないかという説があります。自殺に関しては、正確なことがわかっておりません。ですから、太宰は五回も自殺未遂したとか、女を殺したとか、結局、最後の女に殺されたとか、そういうふうに考えさせてしまいます。この微妙な自殺術。太宰自身も書いています、自殺はぼくの処世術である、と。これも嘘だとしたら困るんですけど（笑）、わかるような気もします。太宰のやり方というのは、ある意味でヤクザと同じなんですね。

一度、二度とそういうことがありますと、兄さんとしてはこわくてしようがない。何かあったら、あいつはほんとうに死ぬぞ、と逆に兄さんをおどかしているようなものです。それで中畑慶吉さんという兄さんの代理人が急をきいて、大枚三千円を持って上京します。まずこのへんも謎なんですけど……太宰が書いてるだけのことなんですが——太宰の下宿に寄って左翼関係の資料を全部焼き、それから鎌倉へ行って田辺あつみさんの旦那さんに香典百円を出す。それから鎌倉の警察関係諸方面にお金をばらまきます。結局最後は横浜の検事局で不起訴で終わってしまうんですが、いろんなところへお金をまいて、残ったのが二百円だったといいます。この処理がまた太宰の小説に、いろんな影を落としてくるわけです。

長篠さんは太宰の自殺を徹底的に研究している方です。鎌倉の事件だけで上中下巻と三巻の調査があるぐらいすごいんです。

そのあと太宰は同じ鎌倉の、八幡宮の裏山で首つりをする。兵隊靴の靴ひもを二本つないで首つりして、死ぬまでの人間の意識がどう変わるかというのを研究してみようというので、やってるうちに自分の顔が高校時代に柔道部の部員が先輩に首を絞められて落とされるのと同じ、そのときのものすごい顔と似ている、と思ったとたんにばからしくなってやめる（笑）。そして首のへんに跡をつけて帰ってくるという事件がありました。これも今まで自殺未遂というふうに数えられていますが、はたしてそれはほんとうなのかどうか。

それから小山初代さんと別れるときに、小山初代さんというのは太宰が精神病院に入っているときに、いままでいう不倫をしでかす。そのときの太宰に名せりふがあります。妻を理屈としては許せる。だけど感覚がたまらない……。これは、経験者でないとわからない（笑）。

つまり、理屈ではいくらでも許せる。人間だからまちがいがあるだろう。しかしあいつは他の男とあの体位で、あの声でと、感覚でいうとたまらない、というんですね。しかし一方で、太宰は、毎晩のように玉の井の売春宿に行っているわけですから、よくわからない(笑)。太宰はいったいに非常に女の人に、冷たい人ですね。冷たいというか、残酷な人です。ですから、ときたまそういう仕返しをされてもいいんじゃないかなと、多少思いますけれども。

小山初代さんと別れるときには、水上へ行って、死ぬまねをするわけです。これもやっぱり果たせなかった、といわれていす。しかし長篠さんの調査では、その日の天気、雪の降りぐあいを全部計算すると、実行すれば絶対死ぬ。ですから死なないで帰ってきたというのは、やっていないということになる。しかし太宰の年譜なんか見ますと、いまだに鎌倉の海へ投身自殺なんていうふうに出ています。

だから、調べれば調べるほどわからなくなってくる人ですね。そこがまたおもしろい。そういう作家の書いた作品は、私小説なのか、それを通り越したホラ話なのかがよくわからない。そういうところがとてもおもしろい。このへんにも太宰人気の理由があるのかもしれません。ところで太宰の奥さん、津島美知子さんという人は、お茶の水女子高等師範学校、今のお茶の水女子大学を出て、都留高等女学校の先生、舎監をやっていた人です。しかも女子寮の舎監をしていましたからね。あんまりものに動じない、非常に理性的な人のようです。

奥さんの立場になって考えてみますと、昭和二十三年に太宰が山崎富栄さんと心中しますけど、それは、自分の家の近所なんですね。これは妻としてとてもたまらないことだと思います。よくいわれる話では、お客さんが来る。すると奥さんが仕度をしますね、お酒と何か。で「仕度ができました」と声をかけると、太宰が「じゃあ、出かけようか」といって、パッと郵便為替かなんかを引き出しから取って客と一緒に外に飲みに行く。これ、いまだったらたいへんですね。「あんた、何だと思ってるのよ」というふうに(笑)。奥さんは、最初から、「私は作家と結婚したんだから、たいていのことには腹を立てまい」と考えておられたそうです。そういう覚悟がないとつづきませんね。

太宰はよく「家庭は諸悪の本」といったり書いたりもしています。そういうカッコのいいことがいえるのも、家庭を奥さんがしっかり支えていたからです。

「女装文学」の特徴

私たちは文章を書くと、意味がきちっと通じるように、点を打ったり丸をつけたりしています。ところが、太宰の文章は、ご存知のように論理で句読点を打っていません。太宰の場合は読むときの呼吸の点なんです。ですから、太宰が口述筆記をすごく得意にしたというのもはっきりしている。自分の作品を朗読して人に聴かせるのが好きで好きでしょうがなかった。けなすと、すごい不機嫌な顔をするし、奥さんの思い出話によると、太宰の前でほかの作家の名前を出したら、ものすごい剣幕で怒る。自分は日本一で、天才だと思っている。それぐらいナルシストだったんです。私なんかは書いていて、おれはうまいなと思うのは一本の芝居、小説のなかで二、三カ所あるかないか。あってもすぐに反省、いや、きびしい読者がいると、自戒します（笑）。太宰は小説を書きあげると、友だちをよんで自分で読んで聴かせる。これは奥野健男さんがいい出した説で、いまや太宰論の柱の一本になっていますが、太宰の文章は読者への手紙である、という説です。つまり私なら私が読むと、太宰は私のために特別に書いてくれているというふうな文章のトリックがある。これは太宰が計算したわけじゃなくて、太宰が本来持っている才能だと思います。

漱石の「坊っちゃん」というのも、ほとんどしゃべり言葉に近い。漱石は落語がたいへん好きだった。そういう話し言葉を書き言葉へどう取り込むか、というのが実は作家の最大の勝負なんです。それに成功した人が夏目漱石であり、宮澤賢治の童話。宮澤賢治は話し言葉からたくさん栄養をとっている。また、彼は、日蓮上人の「お文」を朝から晩まで読んでいた。太宰の場合は義太夫とか、浪曲も好きですし、これはだれでもいいますけど、イタコ――津軽のイタコの影響もある。

これは世界の文学史を見ても全部同じです。このごろワープロができて、むずかしい漢字が簡単に出てくるものですから、若い人の文章に漢字が多い。これはまちがいです。小説というのは、人びとに読まれなければいけない。人びとがそれを楽しく読んだりしながら、なおかつ胸に残るものをいくつ残せるか。それが作家の勝負です。

それから、もう一ついえるのは太宰の小説は女装文学なんですね。太宰の作品には女の人がやたら主人公になってしゃべるのが多い。あの人は女装癖があったのではないかなと思います。つまり、女の人は観念的じゃない。だんだん女性が世の中に進出していくと、どうしても観念的にならざるを得ないですね。現在の社会党委員長の土井たか子さんなんかも、観念的なことをいわなければいけなくなる。ああいう政治の世界とかそういうところへいきますと、使う言葉が男と似てきます。

でも、女性一般では言葉が具体的です。逆にいうと、現実にベタッと張りついているといいますか、自分勝手といいますか。これは私の意見ではありません（笑）、世の中一般の意見です。太宰は女性の語り手を置くことによって、男性だと観念的になったり、かまえてしまったり、漢字を使いたがったりするのから離れて、女性の言葉でものを考えたり描写した。太宰に女性の語り手の作品が多いというのはそういうところにあるのではないでしょうか。

死に顔の静かさ

最後に、皆さんがいちばんご存知の玉川上水の心中についてつけ加えたい話があります。相手の山崎富栄さんという人は日記を残しています。この人の一生は、太宰と比べものにならないぐらいはっきりしています。彼女は日本で最初の美容学校、東京婦女美髪美容学校（お茶の水美容学校）の創立者、校長先生の娘です。それで、たいへんなインテリです。ＹＷＣＡへ行ったり、ロシア語を勉強したりしています。やがては美容学校を継ぐはずの人ですけど、戦争中ですから、軍部に接収されてしまう。代わりの土地をもらって木造の美容学校を建てるんですけれども、これも戦争で焼かれてしまう。いったん、お母さんの出身地、琵琶湖近くに疎開したりして、戦後にもう一度美容学校を興そうというので、富栄さんはひとり先乗りで鎌倉へ出てくる。親戚の人の美容室を手伝って、それから三鷹に移り、進駐軍のキャンプ内の美容室に通うようになるんです。

当時、山崎富栄さんの貯金通帳には二十万円あったそうです。たいへんなお金です。その直後ぐらいにおふくろが人に売ってしまった私の家は、田舎には珍しい木造三階建てで三十万円でした。二十万円でも家が買えたんじゃないでしょうか。太宰とつき合って、彼女が死んだときの貯金通帳の残高はゼロでしたね。

ですから、彼女の評価は学者、研究家によっても真っ二つに分かれますね。あの人は太宰にお金を貢いで、秘書から看護婦から愛人の役から何から何までやって、それで太宰の書いたシナリオを主演、演出してしまった、あの人のほうがかわいそうだという立場の人と、逆に太宰は山崎富栄さんに殺されてしまったんだという立場の人です。二つに分かれていることで、また太宰の人気を煽っております。

山崎富栄さんと太宰の死体があがったときのことです。玉川上水というのは三メートルぐらいの土手があり、その下をすごい勢いで水が流れている。中はえぐれていて、水面から底までは大人二人が入るくらい、三メートル半か四メートルぐらいの深さです。流れはものすごく速い。遺体があがって検視があり、警察が死骸をあらためる。場所は有名な料理屋の「千草」の土間です。山岸外史という、太宰の親友で、絶交したり、また友だちになったりしてる評論家が書いた記録があります。山崎富栄さんの顔はものすごくこわい顔で、舌がもつれている。つまり、入水して飲んでも飲んでも水がくる。それで息がつまって、苦しんで苦しんで死ぬんです。服装は下に半ズボンをはいていた。乱れてもみっともなくないように、との配慮です。水死体ですから、ものすごくふくれている。検視官が足の皮をちょっとつまんで引っぱったら、足袋のように足の皮がスッとむけた、と書いてあります。ところが、太宰は静かな顔をしていて、水をほとんど飲んでいなかったそうです。つまり太宰治は、玉川上水に入ったときにほとんど死んでいる状態だったわけですね。ですから水をそんなに飲みこまずに、苦しい顔をしていなかった。

太宰治という人は女の人をくどくときにかならず「死ぬ気で恋愛しないか」、と「死ぬ気で」という言葉を使うんですね。太田静子という女性がおられる。いわゆる「斜陽の人」ですね。この女性は太宰の言葉を聞くと、これは太宰治がいってるのであって、津島修治ではない。自分は単にモデルにされているにすぎないと気がついて、子どもを産んだあと離れていく。そういう頭のいい人もいますけども、山崎富栄さんというのはそれに気がつかない。だから、一途になっていく。

山崎富栄さんの日記は、原稿用紙に書いてあることが多いのですが、太宰治は山崎富栄さんの日記をもとに、また小説を書くつもりだったと思いますね。「斜陽日記」という太田静子さんが書いた日記があります。それをもとに太宰が「斜陽」を書くわけですけど、内容は日記とよく似ています。日記から小説への書き直し方はとてもうまい。日記がなくなったところから、突然あの小説はつまらなくなってしまう。作家太宰の言葉を、生身の津島修治の言葉として受けとめてしまった。太宰も相当疲れていたと思いますけれども。

山崎富栄さんにも、自分との関係をずっと日記につけさせているわけです。それを自分が見て、また小説にしようという計画だったらしい。ですから、太宰はあのとき絶対に死ぬはずがない。全集も出ているし、ご井伏鱒二さんの選集の解説も半分だし、ご長男に障害があってそれも心配だ。いろんな理由があって死ぬはずがない、という人が多いんですけども、太宰という人はすぐ死にたい、死にたいといっていた。酔っ払ったときに、疲れてもいるし、死にたい、殺してくれ、とか何とかいってる。山崎富栄日記によれば、太宰は富栄さんに「僕たち二人はいい恋人になろうね。死ぬときは、いっしょ、よ。連れて行くよ」(昭和二十二年十一月十六日)といっていたらしい。本気か嘘かわからないが、とにかくそんなことをいう。山崎富栄さんはどんどんあとがなくなってきています。彼女も喀血しています。先生も血を吐いているし、疲れているし、階段をふつうに降りられなくてうしろ向きにはって降りてきたというぐらいいろんなことが一ぺんにきて、じゃあ死にましょう、というような感じになったのではないでしょうか。もっとも真相は、だれにもわかりません。これから少しずつ、少しずつ新しい資料が出てくるだろうと思います。そのたびに、より少しずつ太宰治の実像がはっきりしてくるはずです。

（平成元年十一月）

白百合忌の女性たち

長篠康一郎

白百合忌は、太宰治と山崎富栄が入水した六月十三日に行われています。太宰治と彼を愛し慰め支えた女性たち、山崎富栄、田部あつみ、小山初代、太田静子の御供養と故人を偲ぶ集いです。会費はありません。参加者がそれぞれ一本の白百合を持ち寄り、故人たちに捧げています。

入水後、山崎富栄のことを太宰治を死にひきずり込んだ悪い女だという人が多かった。私もそう思っていたんです。でも、太宰さんを好きになった人なんだからご供養の墓まいりをしようとしたのが、私の研究の始まりです。ところが、山崎富栄の墓を知る人は誰もいない。滋賀県の八日市町にあると聞きましたが、そこにはありません。東京に戻って「山崎」という姓の家を一軒一軒訪ね歩きました。飛び込みです。田部あつみ、小山初代もそうでした。

私の太宰治研究は、墓まいりの歴史でもあったといえます。

昭和五年十一月二十八日の夜半。津島修治と神奈川県鎌倉郡腰越町小動崎突端の畳岩の上で心中をはかったのが田部あつみ(満十七歳・通称田辺あつみ)です。本名はシメ子。彼女は七番目の子でもあり、母親がもうおしまいにしたいとシメ子と名をつけたそうです。

彼女はこの名前を嫌い、自分からあつみと名乗っていました。広島の女学校を中退して高面（こうめん）という文学青年と上京しています。喫茶店に勤め、その後、今の西銀座にあったバー・ホリウッドに源氏名「あつみ」として出ていたんです。水商売に入ったばかりだからういういしかったことでしょう。

二人が飲んだ催眠薬はカルモチンです。約三百錠以下（一人約百五十錠以下）。修治の生命に別条はなかったわけです。田部あつみは、自らの吐瀉物が咽喉につまって窒息状態におちいって死亡しています。

事実を知った父親は、心中を隠して小動崎の裏海岸に誤って転落して死んだことにして届けています。当時は、自分の娘が心中したということは世間体もあっていえなかったわけです。彼女の骨は、広島の教専寺、田部家の墓にあります。

田部あつみとの心中事件の後に一緒に生活するのが小山初代です。彼女の父は、北海道室蘭で蒸発。彼女は、母きみと弟誠一と青森に住み、大正十四年から青森市浜町の芸者置屋「野沢家」の半玉になっています。母も裁縫師として共に住みこんでいます。この母は気性が激しかった。士族の娘でプライドも高い。「おおかみ」という仇名があったほどです。初代も母の性格はうけついでいたようです。

初代が「紅子」の源氏名で出ていた青森検番というのは、一札鑑札といって芸しか売らない。枕はかわしません。だから、上流階級の奥さんにもなれるんです。

青森市の浜町は立派な料亭街で百七十人くらいの芸妓がいた。野沢家の紅子は一番下ッ端だったはずです。当時は大漁でお大尽遊びをする人が多かった。弘高時代の津島修治が遊びにいったら紅子しか残っていないというのがホントのところだったのかもしれません。

上京して、太宰治と七年間生活していますが、籍は入っていません。これは津島家の処置で、太宰は何一つ知っていなかった。別れるときになって初めて知ったのです。太宰と別れた初代は、帰郷後、北海道に働きに出た後、中国の青島に渡って昭和十九年に死んでいます。その骨は、弘前の清安寺に眠っています。

山崎富栄は、太宰治と死を共にした女性です。大正八年、東京市本郷区に、全国最初の美容学校である東京婦人美髪美容学校を創立した山崎晴弘、信子夫妻の末娘として生まれました。小学校を優等で卒業後、京華高等女学校を経て錦秋実業高等女学校を卒業。ＹＷＣＡに入学。英会話を学び、聖書と演劇の研究にも励んでいます。昭和十九年に結婚。夫は召集、戦死することになり、この公報は太宰と知り合ってから受けとります。美容師をしていました。

太宰治と出会ったときに、「聖書ではどんな言葉を覚えていますか」と問われました。富栄は、「機にかなって語る言葉は、銀の彫刻に金の林檎を嵌めたるが如し」「吾子よ我ら言葉もて相愛することなく、行為と真実とを以てすべし」と答えています。

即座に挙げたこの二つの聖句は、当時の太宰の心境に期せずして合致したもっとも好まれそうな言葉だったろうと思います。

彼女の墓は、文京区関口の永泉寺にあります。住職は父である山崎晴弘に「娘が世間を騒がせて申し訳ない。墓所は公表しないでほしい」と依頼されています。墓探しに私が長い歳月を要したのには、こういう事情もあります。

また、「斜陽」のモデル、太田静子が亡くなったのは昭和五十七年。太田家の墓は京王井の頭線明大前駅の近くにあります。

白百合忌は、昨年まで、永泉寺で行われ、今年（平成元年）から、太宰治の旧宅があった三鷹市下連雀にある井心亭で行っています。

●（ながしの・こういちろう）一九二六年、東京生まれ。太宰文学研究会主宰。実証研究家。主著に『山崎富栄の生涯』（大光社）、『人間太宰治の研究I～III』（虎見書房）、『太宰治文学アルバム』『太宰治武蔵野心中』（広論社）。編者として『太宰治との愛と死のノート』（学陽書房）。

対談

「人間失格」と「人間合格」のあいだ

東郷克美／井上ひさし

井上芝居と作家の関係

東郷　今度の「人間合格」という芝居を拝見しておりますと、井上さんが太宰治全集をすみずみまで熟読しておられることが、はっきり分かりますし、太宰の伝記研究などにもちゃんと目を通しておられて、あれは井上さんのみごとな太宰治論といっていいものになっています。そこで、きょうは、私は聞き役として、井上さんにいろいろお伺いしたいと思います。題して〃「人間失格」と「人間合格」のあいだ〃（笑）。この「國文學」ではこれまで太宰治の特集をいろいろな角度から何度もやって来ておられるわけですが、今回の特集は、作品を中心に、今までの太宰の読みや解釈をもう一度見直すというか、新しい研究者や若い批評家の方々、あるいは太宰の専門家でない方にもお願いして、できるだけ新しい読みを出そうというような、企画のようです。

ところで井上さんの戯曲のお仕事、特に評伝もののシリーズを見ておりますと、このところずっと近代の作家をとりあげられています。最初は、宮澤賢治の「イーハトーボの劇列車」からですね。

井上　はい。

東郷　その後、漱石、一葉、啄木、そして今度は太宰というふうにやってこられた。

どういう理由でこういう人物を選ばれたのか、またなぜとくに作家なのかということを考えます。そういうことなどをまずお伺いしたいと思ってまいりました。今度読み返してみまして、やはりいずれも、どちらかというと作家としては神話化されたり伝説化されたような人物をとりあげていらっしゃる。そしてそういう作家の制度化されたイメージを、一遍ひっくり返してやろうという意図をお持ちのように感じられました。伝説化されていることがかえって井上さんの興味の対象になっているのでしょうし、材料としてもそのほうが面白いんだろうと思います。

そのような虚像になってしまった作家をもう一度解体してみようというお気持とともに、その作家の実像というものがあるかどうか分かりませんが、必ずしも実像を新しく探ろうというようなことをお考えになっているようでもなくて、むしろ既成のイメージを逆手に取って、井上的世界を作ろうとしていらっしゃるという感じがするんです。そのへん、井上さんの意図や方法についてのお考えはどうですか。

井上 太宰治の特集号に最初からこういう話をしてはいけないかもしれませんが、まず、その機会にその人の作品を断簡零墨(だんかんれいぼく)まで読んでみたいということが大きいと思います。太宰の作品をたいていは読んでいるはずなのに、例えば手紙は全部読んでいないとか、ああこの作品はまだだったとか、読み残しがある。よし、全部読んでやろうと思い、それを評伝劇に結びつけるのですね。別にいいますと、太宰を徹底的に読むために主人公に据える。勉強のために、自分の好きな作家、気になる作家を扱ってみようということが多いようです。

それから、なぜ小説ではなく戯曲にするのかといいますと、お客さんがその人物にたくさん予備知識を持っていてくれたほうがやりやすいからです。戯曲は上演の時間が限られています。たかだか三時間くらいですから、東郷さんのおっしゃった神話や伝説をなるべくたくさんお客さんが持っていてくださったほうが、こちらとしてはやりやすいんですね。いちいち説明しないでもある程度までいえば、そこからはお客さんがもとから持っていた情報のほうが活動を始める。日本人としてものごころついてからいろんな機会に太宰の名前や噂を聞いたり、自分で作品を読んだときの印象、それから心中した人らしいよ、いやあれは愛人に殺されたようなものだ、などといったあやしげな情報、そういうものを利用させてもらっています。柔道でいうと、立っている人を投げ飛ばすのはむずかしい。動いて、攻めてきてくれると、相手の力を利用して技をかけることができる。太宰の場合は特にみなさんがたくさん情報を持っていてくださる。ですから仕掛けがしやすいのです。

それから、どうしても父親との関係に興味があります。賢治もそうですし太宰もそうですけど、東北の地主や金持ちの子供たちがある時期きまったように父親に反抗を始める。父親たちが農民から搾り取った金で東京で遊学するということに、みんな疑問を持ち始めるわけです。

私の父親も小さな地主の長男ですけども、じつは同じでした。上京して父親のやり方に疑問を持つ。故郷に戻って、薬局をやりながら同時に田畑を解放してみたりする。あのころはそういう長男が多いんですね。地主の長男はなぜか病弱。父親に反抗して労農党びいきになる。一九二八年（昭和三）年の労農党強制解散でしょぼんとなって、やがて三十代で死ぬ。このパターンがじつに多い。賢治がそうでしたし、私の父親もそういうパターンで一生を終えました。あのころの日本の地主の長男は、なぜか社会主義とか社会正義というものに魅かれていくかたむきがあって、それが結局は家、あるいは父親との対決になっていく。むしろん太宰にもそれがある。そこで自分の父親の一生と重ね合わせて、太宰や賢治がいったいどういうふうにそれを越えたり、ぶつかったりしたんだろうということが知りたくて仕方がない。だから太宰や賢治を戯曲の主人公に据えたくなってくるわけです。

それから作家を主人公に据えるのは、作家というのはよく分からない、いったいどういう存在だろうと考えているからでしょうか。それぞれの生涯の軌跡を細かく追いながら、こういうときに傑作が出るとか、生活がこういうときは作品の質が落ちるとか、作家の私生活と作品の関係を、両方捉えて見ていくのが好きなんです。

ほかにもいろいろあるかもしれませんけれど、だいたい今申し上げたようなことで、評伝劇に興味を持っているのだと思います。

東郷 そうですか。今御自身のお父さんのお話が出ましたが、北方の富裕な家に育った息子たちの家や父親への反抗の根底にあるものがよく分かったような気がします。今度の太宰伝の戯曲「人間合格」でも、修治は「真剣に家の批判をやったつもりだ」と言っていますし、金木の楽屋の場では文治さん、実際にはお兄さんですけれど、代理の父親のような存在ですね、あの長兄に対しては、かなり手厳しい感じがしました。やはりそういう思い入れがあったのですね。

井上 彼等の父親たちは日本の文明化、近代化という新しいパラダイムを作った人たちです。その文明化、近代化に対して、息子の世代が異議を申し立てていく。それが常に行われていてこそ、人間は少しでも前へ進めるんじゃないか。ですから太宰たちに対して今度は、その次の世代がどういうふうに批判していくかが問われることになりますね。

東郷 今お話をうかがっていまして、やはり北方的なものへの興味、親和がおありのように思います。これまでにとりあげられた作家で漱石、一葉以外は、小林一茶をはじめ、啄木、賢治がそうですし、今度の太宰というように、もちろん井上さん御自身が北方系でいらっしゃいますが、やはり北方系の作家に魅かれるというところがおありなんじゃないですか。

今度井上さんの作品をまとめて拝見する機会があって感じましたのは、やはり何か北方の作家が共通して持っているものですね。太宰なんかの言語感覚、ことば遊びを含めた表現や笑いなどと非常に共通したところがある。井上さんはどこかで、よくできたことば遊びは、人を幸せにする、と言っておられましたが、たぶんそれは直接太宰の影響があるなどというのではなくて、やはり北方のことば使いたち、ことばの使い手たちの中に流れる血脈というのがあるんじゃないかということです。

井上 弥生時代に大陸から伝わって、西日本中心に作られていた米が農業技術の進歩や品質の改良によってじりじりと北限を目指して上っていきます。江戸時代には仙台米が下等米として江戸へ運ばれていたという記録もありますけれど、さらに北へ上って東北を覆ってしまう。東北では、もとから米が穫れる西日本とは違って、開墾しそれから新しい品種の稲を作る、ということを繰り返す。そういう意味で新興産業です。巨大な産業がおこると世の中の大きい枠組みも動きだす。

太宰の場合でいいますと、研究家の相馬正一さんがお調べになっていますが、太宰家は明治維新のときは藩内二八九人の地主の中で第一二三位の小地主にすぎなかった。それが凶作と戦争を奇貨として膨れ上がり、明治三七年には、県内長者番付第四位の大地主に成長してしまいます。新興地主たちの栄華、時流に乗りおくれた人びとの悲惨、そして常に貧窮にあえぐ農民たち、そういう関係が東北は、水田の歴史が西にくらべれば浅いので見えやすかったのではないか。そこで東北に集中的に太宰や賢治のような「長男」が出たのではないでしょうか。

北方という問題についてはよく分かりません。常識的に考えて、冬が長いものですから囲炉裏端に集まって世間話、隣の悪口や、それから近所の噂話、昔の話なんかをする。そういう囲炉裏端での話術が確かにあるのかもしれませんね。雪で閉ざされていますので、同じ話を何度も聞かされるのです。それでもやはりアドリブが入りまして、話がちょっと違ってきたりするのです。そういう世間話や無駄話、昔話や下がかった話が繰り返し語られる、そういう場が囲炉裏を囲んで北方には濃密にあった。そうやって磨かれた話術がないとはいえないでしょうが、しかし西でも「話をたのしむ場」や「ことばを練る場」はあったはずですから、どうもよく分からないのです。ま、北の方がより濃密だったとしておきましょうか。

東郷　北方の語りや表現に何か固有のものがあるというのはたしかだと思います。たとえば断章をいろはがるた風に集めて構成した太宰の「懶惰の歌留多」などもまさにそうですね。井上さんの手法に通うものがあります。井上さんならもっと巧みにやられたでしょうけど。ところで今のお話のお米のことですが、私は農民の末裔でありながらよく分からないので、井上さんにお教えいただきたいんですけど、明治時代の津軽の稲作、あの寒冷地での稲作の技術というのは、今から考えるとまだかなりおくれていて、不安定なものだったんでしょうね。

井上　それはもう大変に不安定だったと思います。

東郷　「津軽」の中に出てきますけど、ほとんど二、三年おきに凶作で収穫ゼロという年がやってくる。それが金貸しの津島家を猛烈な勢いで膨張させていくことになるんですね。

井上 それは賢治の場合も言えます。凶作で田地田畑を質に入れに来る自作農や小地主が多い。小作人は入れるものがなくて娘を質入れしたりする。ま、売りに出すわけですが。それこそ地主が大きくなるチャンスです。太宰や賢治たちの時代は凶作と平年作が代わりばんこに来るくらいほんとうにひどかったと思います。

東郷 太宰や賢治はそういうのを目のあたりに見て育ったでしょうからね。先ほどの囲炉裏端のことですが、太宰の生まれた家はおいでになったことはありますか。

井上 はい、あります。

東郷 あまり趣味のよくない家だと思いましたけれど。

井上 同感です。

東郷 ずいぶんお金をかけた家ですが、どうもセンスがないですね。

井上 そうですね。

東郷 塀なんかは英国風で、入り口は豪商の帳場のようで、ちょっと奥へ行きますと農家の囲炉裏端があって、それからロココまがいの階段をのぼって二階に行きますと何か鹿鳴館風の装飾のある応接間なんかがあって、その次は金屛風の純日本間（笑）。

井上 あのころはやったものを全部注ぎ込んだという感じですね。

東郷 それを何の統一した美意識もなしに、お金ばかりをかけて作ったという気がしますね。あれは津島という家の成り立ちを非常によく暗示している。

井上 まわりを、役場、郵便局、銀行、警察署、小学校、病院などでかためて、なにか露骨で品がありませんね。それから、太宰のお父さんですか、鶏を飼っていたというのは？

東郷　裏庭に立派な鶏舎を作って鶏も飼っていたようですね。

井上　結核を防ぐには生卵を飲むのがいいというので、アメリカあたりから直接輸入するんでしょう。そして、ちゃんと人を雇ってやらせているんですね。ですから東北の人というのは意外に新しがりやなんですよ。賢治もそうですけど、時には東京を抜かして直に外国と繋がる場合がありますね。賢治は花巻で初めてチューリップと花キャベツを作ったという人です。種をアメリカやイギリスやドイツから取り寄せています。東京から地方へ行くんじゃなくて、東京抜きで世界的な流行をぱっと捉まえてしまう。

東郷　そうですねえ。

井上　当時のバリ島ブームも、東京を通り越して花巻の賢治がいちはやく察知しています。農民が芸能者であり宗教者であるというバリ島の人びとの生き方が賢治の農民芸術論を生んだのかもしれません。太宰もハイカラ好き、新しいもの好きなところがありますね。「なんとか銀座」というのが日本に三百箇所くらいあるそうですけど、やはり早いのが東北地方なんです。

東郷　はあ、なるほど、面白いですね。

井上　岩手の釜石が日本で一番早いのだそうです（笑）。江戸時代、江戸をとばして、京都の古着を船で運んだりもしています。釜石や遠野の小間物屋が仙台を抜かして江戸に買い出しに行く。結構流行りは早いんです。

東郷　そうするとやはりいかがわしいもの

を持って来る商人なんかもいたでしょうね、きっと。

井上　そこで根付くかどうかは別にして、意外なほどいろんなものが持ち込まれてきますね。賢治は浮世絵の春画を集めていました。こういうものはさっそく持ち込まれてきますね。明治中期に野球がいきなり流行りはじめたり。東北の地主の息子たちの中には新しがりやが多かったみたいですね。

東郷　宮澤賢治も、ほんとうに新しがりやですからね。

太宰の方法で芝居作りをした

井上　そうですね。今度のこの「人間合格」は、自分では上出来の作だと思っているのですが、太宰ファンからは不評だったんです。

東郷　そうですかね。私は大変面白く拝見しました。

井上　太宰をかすめながら話がなかなか太宰の実生活の核心を衝こうとしない。いらいらしたとおっしゃる方が多いのですか（笑）。まあ、主題のとり方が違うのですから当然ですが。ぼくは太宰の年譜的なことにあまり興味がなかった。彼の小説の作り方を借りてお話を作ったらどうなるかというのが一番大きなテーマだったんです。

東郷　それはやはり見ていてはっきり感じました。あの芝居は基本的には三人の友情の物語ですね。

井上　そうです。

東郷　あの三人というのは太宰の作品でいえば「道化の華」に出てくるあの三人、大庭葉蔵と飛驒と小菅。あるいは、私は「ロマネスク」という作品が好きなんですが、あれに出てくる仙術太郎、喧嘩次郎兵衛、それから嘘の三郎の三人などをすぐ連想させますね。「ロマネスク」などは本当に井上さんの世界に近いような作品です。その作品の終わりですが、三人が最後に江戸の酒場で会うところがあります。「人間合格」でもちょうど仙台の国民酒場で津島修治、中北芳吉、山田定一の三人が偶然出会うところがありますが、ひょっとしたら井上さんはこういうところも意識なさっているかな、などと思いました。

井上　完全に意識していました。それから、みんなで一緒に嘘を作っていくところがありますね。

東郷　作っていく。佐藤浩蔵の身の上なんかをみんなで即興的に作っていく。

井上　あれは「ろまん燈籠」だったと思いますが。

東郷　ええ、リレー小説です。

井上　リレー小説が二つくらいありますね。

東郷　あります。もうひとつは「愛と美について」。

井上　そういう太宰の方法で、書きました。とても太宰みたいにはできませんけど。

東郷　それは太宰を読んでいる人にとってはとくに面白いはずなんですけどね。山田に「駈込み訴へ」のパロディをやらせたり。

井上　たいていのお客さんはそういうところが好きですね。太宰の話の作り方は、やはり天才です。太宰の物語の作り方を借りて作ってみた。お客さんは喜びますね。

東郷　太宰をよく読んでいる人たちはなおさらそうでしょうね。

井上　ただ、今言いましたように、太宰の年代記を期待されたお客さんからは、「なんでこれが太宰なの」なんていう声があがりました。

東郷　ははあ。

井上　くどいようですが、テーマはそこになかったんです（笑）。

東郷　そうでしょうね。修治、佐藤、山田以外では、あの津軽人の中北さんが私は非常に面白かった。あれはやっぱりすまけいさんという俳優さんも適役だったように思いますね。

井上　すまさんは、わが劇団でただ一人の俳優ですから、こんなことを言うと内輪ぼめになりますが、しかしその危険を冒してあえて言います。すまさんの演技は最高、あれはひとつの事件でした（笑）。

東郷　中北さんという人物はまさに津軽人の典型という感じですけど、あの人が歌う弘前地方の尻取り唄ですとか、かぞえ唄、でたらめ節は、やはり井上さんの独擅場で、あの作品の中で生き生きしてじつに面白かった。

井上　「津軽」を読むと、太宰は取材旅行で郷里に帰ってから、故郷と新しい関係を結びますね。そういうことも織り込んで、その故郷をすべてあの中北さんに仮託しました。そこで弘前地方のでたらめ唄も総動員しました。もうひとつ、太宰は敗戦後すぐに、「今こそ天皇陛下万歳と叫ぶときだ」と言いますね。あれは太宰のどういう心の動きから出てきたのか。それを大きなテーマとして考えていたんです。太宰は思い付きのひらめく人ですから、そのとき、それを言ったら人々がショックを受ける、びっくりするという計算があったのかもしれません。

東郷　あれは本当にみごとなタイミングです。いわゆる戦後民主主義とか天皇制批判に対する批判ですね。もう少し後になるとそういう批判はたくさん出てくるかもしれませんが、太宰の発言はあの時代としては、かなり早かったんじゃないでしょうか。しかも真正面からはっきりと言い切ってますからね。あれはもう少し見直されるべきですね。私などは太宰の仕事の中でやはりあの時期をもう一度見直していいと思います。

井上　そうですね。それから志賀直哉に対する批判、なかなかたいした人だと思います。

東郷　国家、家、父親、それから文壇、ジャーナリズム、そういうものに対してあの時代においては、捨て身でやっているような凄さがあります。

井上　だれもがそうだと考えるようなことを疑う。太宰のそういうところは学びたいと思います。例えば宮本顕治さんについて、彼は十二年間、獄中で非転向を貫いた。それはもうたしかに偉大な人物です。しかし太宰はあまり高く買っていないふしがある。ぼくなりに考えると、こういうことなのではないか。すなわち、宮本さんは、三十二年テーゼという一番なっていないテーゼを信じたまま捕まり、牢獄の中で冷凍にされて戦後戻ってきた。ところが、転向したり苦しんだり、地下に潜ったりした人たちは、十二年間辛酸をなめつくしてやっと戦後まで生き延びた。そのうちの一人が太宰である。宮本さんは偉大だ。しかし、日々の生活や妻子や仕事を背負いながら、苦しみ抜いて転向せざるを得なかった人間もやはり偉大なのではないか。コミンテルンの指命はくるくる変わる。それに引っぱりまわされ、官憲に追い回され、泣く泣く転向し、ボロボロになった連中もまた偉大である。そういうボロボロの連中はもう人を煽ることはしないだろうが、三十二年テーゼというなってないものを信じたまま十二年間もがんばった人間は、偉いには偉いがよほど頑固だぞ。そう太宰が考えていたような気がします。そういう思いが、天皇制批判の批判に結びついた……。

東郷　太宰の場合はどちかといえば論理よりは勘でしょうけれど、やっぱりいい勘をしていますね。

井上　ええ。

東郷　太宰のあの左翼体験は、いわゆる研究家の間では、それほど重視すべきではないという考え方のほうが強いんです。それはいろいろ中途半端なところもあるかもしれませんけども、私などはやはり太宰にとって、転向を含めた左翼体験は非常に大きいと思いますね。井上さんも、今度の芝居では、佐藤浩蔵という人物もからめて、津島修治の左翼体験をかなり重く扱っておられますが。

井上　ぼくもそう思います。学生時代、天皇制のアナロジーとしての家父長制を否定するところから人生をスタートした。天皇制を一度でも否定した人が、「天皇万歳」と言ったことに興味があったんです。

太宰の小説のうまさ

井上　それからやはり、小説のうまい人ですね。

東郷　ああ、専門家からみてもそうですか（笑）。

井上　省略の仕方がうまい。それから小説のさわりの部分になったときに何となく文体が変わって高揚していく、あの具合がとてもいいですね。

東郷　今度のお芝居の中では太宰という人はわりあい後に引いているような感じで、むしろ中北さんや佐藤、山田という人物のほうが生き生きと活躍していますね。その三人の人物のほうが目立つように思いました。

井上　つまり風間杜夫さんが太宰をやる。

すまけいさんが津島家の番頭の中北をやって、役者の山田という人物を文学座の原康義さんがやって、佐藤という地下潜行者を辻萬長さんがやる。みんないい役者です。ただしやっぱりお客にとって主役は風間杜夫さんなのですね。そこで風間さんがあんまり中軸を取りますと、帝国劇場の芝居になってくる（笑）。それで風間杜夫さんを、ということは太宰治を少し抑え気味に書いたということになると思います。

東郷　じゃ、中北という人物を作っていかれるときには、もうすまけいさんのキャラクターやすまさんの演技というのをイメージしながら書き進められるのですか。

井上　だいたいそうですね。上演してみますと、役者さんのほうが遥かにすごいことをやってくれますが、基本的なところは、すまさんだったらこうやるだろうというようなことは考えます。やってもらえないときもありますが(笑)。風間さんだったらこうやるだろうというのは、一応机の上では計算しつくされています。そしてそれが裏切られるのが芝居の面白いところじゃないかと思います。とにかく風間さんを真中へやるまいとして書き、気がつくとやはり、太宰が真中にいなかった(笑)。

東郷 それが太宰ファンからいえば、もの足りないと感じる人があった理由かもしれないですね。

井上 ええ。「なによ、これ」という感じでしたね(笑)。

東郷 今度の芝居は、意識して明るい太宰を出そうとしていらっしゃると感じました。ファンはもっと太宰に深刻でデカダンな顔つきをしていてほしいと思うのでしょうね。

井上 そうだろうと思います。心中の場面もほしい、「斜陽」の一場面を入れろ、ということでしょうね。ただぼくの芝居は一人一人がみんな主役になるというやり方ですから、これで満足しています。太宰の話の作り方を、三つ、四つ応用できた。セリフをパロディにするのは簡単ですが、小説技法をパロディにしたらこうなりましたよという芝居ができたからよろこんでいます。

東郷 中北さんという人物の作り方などからそういうことがうかがわれますよね。あれは中畑慶吉さんというモデルらしい人もいるわけですね。それから北芳四郎さんもありますね。

井上 二人を足したんです。

東郷 そうだろうなと思いました。中北さんの使うあの津軽弁がいいですね。方言のことは井上さんもいろいろお書きになっていますけど、方言が実に生きています。太宰の作品にも「雀こ」という作品をはじめ、やはり津軽弁を意識して使ったものがありますが、津軽弁は何か独特のリズムがありますね。私どもが聞いていましてもきれいですね。それにくらべると私の田舎の鹿児島弁なんていうのは私自身としてはとても愛着のある母国語なんですが、どうも客観的にみてあまり美的じゃないという感じがするんですが。

井上 いや、どこのことばもきれいですよ。鹿児島弁もきれいです。

東郷 そうですか。昨年放映されたテレビドラマの「翔ぶが如く」というのは字幕つきの鹿児島弁が出てくるので、視聴率が上がらなかったという話もあるのですが。

井上 東北の方言は御存じのように、大きく南奥方言と北奥方言の二つに分けまして、それからまた細かく分けていくのがふつうなんです。しかしこの北奥方言も、ぼくの母語である南奥方言の米沢近郊弁と同じ東北ですから、やはり何か繋がりがある。ところが弘前弁、津軽弁というのはまったく変わっている。独特のものですね。方言の中の方言です。鹿児島弁もそうだと思います。両方とも方言の中の方言です。

東郷 そうですか。うれしいですね（笑）。

井上 古い京都の言い回しが残っているんです。

東郷 鹿児島弁も、古い年寄りの話すことばはなかなかいいと思いますけれど、今の若者たちの標準語まがいの鹿児島弁はどうも好きになれません。津軽弁は、私には意味は分からなくても聞いていて非常に耳に心地よい。高木恭造さんという詩人が弘前にいまして、津軽弁の『まるめろ』という詩集があるくらいですから、本当に津軽弁には音楽性があります。高木さんはそれをうまく活かして詩を書いていらっしゃる。

井上 おっしゃるように、非常に音楽的ですね。文全体が日本語にはあるまじきメロディーを持っています。あるまじきというのは誉めて言っているのです（笑）。なにか日本語というと平板な、タタタタタタタという感じがしますが、そうではなくて歌うようなことばですね。それは鹿児島弁もそうです。本当の方言はみんなきっとそうだと思うんです。方言の中でもとくに津軽弁が好きです、意味はよく分からないけど。

東郷 やはり東北の方言の中でも違いますか。

井上 ぜんぜん違います。例えば山形と秋田と青森では、違うけれど何となく地続きという感じがある。でも弘前、津軽はことばのうえでは秘境アマゾンという感じです（笑）。決定的に違うんです。もちろん共通しているところもありますけど。方言の中の方言ですね。

東郷 今度の芝居をお書きになるときは、どなたか津軽弁の分かる方が近くにいらっしゃったのですか。

井上 いえ、ぼくが一年がかりで自分で字引を作りまして（笑）、書いたのです。

東郷 ああ、それでおやりになったんですか。

井上 中学生の使う国語辞典に、津軽弁を書き込んでいくわけです。もちろん全部付けるわけにはいきませんが、津軽弁の台詞を書くときはそれを引くのです。そうするとそこに自分の手で津軽弁が書いてある(笑)。出てこないときも多いんです。そのときはまた探したり調べたりする。

東郷　井上さんはいつだったか、三つか四つの東北の方言を集めて手作りの方言辞典をお作りになったことがあるそうですね。

井上　辞典が好きですから、方言辞典を作ってしまうんです。

東郷　今回の作品も、書かれるときに、誰か助手のような方にでも相談なさったのかと思っておりました。自分で辞典を作ってお書きになったとはおどろきました。

井上　津軽弁については、鳴海助一という高校の先生が書かれた「津軽のことば」という雑誌で勉強しました。合本になっていて、一冊の厚さが五センチ近くもあって、それが四巻。ほとんどこの「津軽のことば」が頼りでした。津軽弁は、鳴海先生の大仕事で象徴されているように、難しい方言ですね。

東郷　太宰を読んでいますと、あんまり恰好いいものですからつい忘れてしまいがちなんですけれど、やはりどこか津軽訛りが残っているのではないだろうか、これは津軽的な言い回しではないだろうかと思うことがあるのです。太宰治という人は生涯津軽訛りから抜けきれなかった人であるはずだ、ということを思い起こしつつ読まなきゃいけないんじゃないかと時々考えるのです。

井上　そうです。恰好よく決まったと思ったらずっこけるというあの太宰の文体は、共通語で立派なことを言う自分を、津軽弁を母語とするもう一人の自分がひやかしているところから生まれたのかもしれません。

東郷　照れてしまうんですね。今度の芝居でも人間の心の中の「小さな宝石」をさがし続ける心優しい太宰とともに、随分「照れる」太宰を出していらっしゃる。

井上　無我夢中で気取ってやっている最中にふと醒める、その醒めるときの照れがいい塩梅(あんばい)ですね。

東郷　そうですね。中学から高校にかけての習作を見てると、やはり津軽訛りが思わず出てしまっているんです。例えば「すっかり」というのはほとんど「しっかり」というふうに書いている（笑）。「ゆう」というのを津軽では「喋る」と言うでしょう。

井上　そうですね。

東郷　そういうのを見ると、とてもほほえましくなってしまいます。

井上　直喩のときに使う「〜のように」を太宰は「〜みたいに」と言う。あれは「〜みたく」という方言の残滓(ざんし)です。津軽弁が依然として残っているんですね。そういうところもちょっとほほえましい。

太宰をめぐる女性たち

東郷　太宰は作品もそうですし、生活でもたくさんの女性が出てきますね。今度の芝居では登場する女性は佐藤の相手になった青木ふみさんとそれから最後に出てくる山田の一座のチェリー。それからちょっと女中さんや共産党の活動家なんかが出てきますけれど、太宰の関係した女性たちは、ほとんど登場しませんね。

井上　意識して全部落としました（笑）。

東郷　やっぱり意識的に落とされたんですね。

井上　芝居に太宰の女性を出すと陰気になるんです。それで嫌ったのです。

東郷　そうですね。伊馬春部さんの「桜桃の記」という戯曲をお読みになったでしょうか。

井上　紀伊國屋ホールで演ったやつですね。脚本は読みました。

東郷　あれはもうそれこそほとんどの女性が出てきます。美知子夫人はもちろん、小山初代さんから太田静子さんや山崎富栄さんまで出てきますが、やはりちょっと暗い感じになってしまいますね。

井上　そうですね。何かの本で読んだのですが、太宰は初代さんのことを「ハチヨ」と呼び、初代さんは太宰を「父ちゃん」とか呼んでいたらしい。そういうのが芝居に出てくると、今の若い人はみんなギャグだとしか思わないんですね（笑）。だからなるべくそういうのを切ったんです。長篠さんというすごい研究家がいますね。

東郷　長篠康一郎さんですね（笑）。太宰をめぐる女性たちを追跡している研究者です。

井上　あの人の書かれた本は面白くて面白くて、実際の長篠さんはアパートの一部屋六畳くらいのところに住んでいて、真中にこたつがあって、そこが食卓になり、長篠さんのデスクになり、そして寝るときにはみんな放射状におやすみになるという。それが二十数年つづいているそうで、あの方自身とても面白い。

東郷　面白いですねえ、私は評価しています。

井上　お書きになったものも面白いんですよ。

東郷　やり方に異論のある人がいるかもしれませんけど、その執念はすごいです。

井上　ああいう研究家が本当に好きで、一時期は長篠さんを書こうかと考えました（笑）。そこから太宰を見てみようかと思った。

東郷　（笑）太宰の芝居に長篠さんを登場させて次々に話をひっくりかえしていくというのなどはまさに井上劇の世界ですね。

井上　そうですね。でもお元気でやってらっしゃる方ですから、失礼ということもないですけど、やめました。太宰と入水した山崎富栄さんも、心中かどうかという問題もたいへん面白いんですけど、意識して避けました。暗くなってしまうのと、泥沼化するというか、長期戦化するという気がします。

東郷　そうですね。太宰の女性関係というのは分かりにくいところがありますね。

井上　分かりにくいですね。

東郷　あれはちょっと私などは想像もつかない女性関係です。

井上　ただ、山崎富栄さんのことを調べた本もたくさんあって、それから彼女の日記もありますね。それで見ると皇后美智子さんの結婚式のときに「おすべらかし」というんですか、あれを結った美容師が山崎富栄さんのおばさんで、山崎富栄さんのお父さんは、日本で最初に美容学院を作った人で、お茶の水に四階建ての美容学校を持っていたらしい。山崎富栄さんは太宰と知り合う前に、二十万円くらいの貯金を持っていて、死ぬときに一文もなかったというのですから、その間いろいろたいへんだったのではないでしょうか。こういったことを活字で読むと面白いですが、舞台でやるとなるとジメつくんですね。喜劇にならないんです。

東郷　やはり実在の、今生きておられる方というのは書きづらいところがありましょうね。例えば伊馬春部さんの本なんか読んでみますと、井伏鱒二さんが重要な役割を持って登場しますでしょう。清水先生という名前で活躍するんですけど、井上さんの場合はあまり実在の人物は出さないようになさったわけですか。

井上　そうです。井伏鱒二さんとの関係もたいへん面白そうです。佐藤春夫がいて弟分の井伏さんがいる。さらに井伏さんには弟子の太宰がいる。太宰がいきなり佐藤春夫にくってかかったりするので、中に入った井伏さんが困る。こういう関係も面白いが、俳優は六人ときまっているから登場しないことになりました（笑）。

社会主義思想とキリスト教

井上　それからもう一つ気になったのは、太宰が信じていた社会主義思想の基本のところは何だろうかということです。結局「みんな平等に」というとても簡単なことばにまとまっていくような気がしたんです。ちょうどあれを書いているときに、ベルリンの壁がなくなって社会主義がボロボロになっていた。しかし社会主義がどうなろうと、たとえいかに評判が悪かろうと、やはり社会主義が強調した「みんな平等に」という考え方は捨て去るべきではない。それに「神の前での平等」「法の前での平等」……と、人間は常に平等を求めてきたわけですから、そう簡単に平等の理想をあきらめるわけにはいきません。

一方には能力に応じて分け前が与えられるという資本主義社会の考え方もあって、こっちも大事なんですね。この二つをもし融合させることのできる人が現れたとしたら、おそらくそれは二十二世紀までもつ大思想家になると思うんです。つまり「みんな平等に」と、しかし「それぞれの働きぶりによって分け前というものがあるんだ」という、この二つがうまく融合したときに、新しい大思想が生まれそうな気がするんです。太宰をずっと読んでますと、そういう考えが浮かんできたんですね。

つまりこの人は一時期は「みんな平等に」という社会主義思想を信じて、その後、それを捨てたのかどうか分かりませんけど、それとの距離はいつもあったはずです。まったく平等の理想をなくしてしまったということはないと思います。太宰は、ひょっとしたらこの二つをどうやったら重ね合せることができるかを考えていたのじゃないか。それで社会主義の評判の悪い真っ最中の時期に、あえて太宰の社会主義に対する思い入れとか、それとの距離の取り方とか、そういうことをやってみようと思った。理想と太宰の関係を簡単にはしかみたいなものだというふうに捉えてはいけないんじゃないかと考えたのです。

東郷 今おっしゃったことに、私はまったく同感です。戦後、太宰が自給自足のアナーキズム風の桃源という一種のユートピアの夢を語りますね。どのくらい本気で考えていたのか分かりませんが、みんなが自分の罪に敏感で、働きたいときだけ働いて、疲れたら休んで、新聞も放送もなくて、そしてみんながいたわりあって生きて行くというようなユートピアの夢想を語っています。「冬の花火」という戯曲の中でも語っていますし、若い友人たちにも、これからはアナーキズムを研究しろということを言っている。若いときの左翼体験がそういうかたちで生きているわけです。

しかしそれが太宰の場合は、天皇を倫理の儀表とするアナーキズム風の桃源ということになる。天皇が一番上にくるんです。天皇という倫理の儀表がなければ、社会は駄目になってしまうという考え方で、天皇制は必要なんだけど、これからはアナーキズムだと言うわけです。それが今、井上さんがおっしゃったような二つのものを融合した太宰なりの理想ということと繋がるかもしれない。同時にそれが戦後民主主義とか天皇制批判に対する反批判の原点になっているような感じがするんです。

井上 なるほど。

東郷 太宰とキリスト教というのもやはり重要ですね。井上さんもキリスト教には関心をお持ちだと思うんですけど、この「人間合格」の中に聖書の言葉がちょっと出てきますね。修治が「聖書は古今東西の小説家の共同牧草地なんだ」というところが出てきましたけど、太宰ほどうまく聖書を使っている作家も少ないと思います。「HUMAN LOST」という作品の中では「聖書一巻によりて、日本の文学史は、かつてなき程の鮮明さを以て、はつきりと二分されてゐる」ともいっています。

それから「正義と微笑」という作品は、演劇青年の話ですけれども、ほとんどキリスト教が中核になっています。また戦後の「如是我聞」では反キリスト的なものに対する戦いということも言うんですけど、井上さんのお読みになった範囲で、太宰のキリスト教、聖書理解についてはどんな感じを抱いておられますか。

井上 これでもいちおうカトリック信者なんですが、そのへんは非力でよく分からなかったですね（笑）。ただ聖書をよく読んでいる人だということはたしかです。

東郷 そうですね、あの「駈込み訴へ」のユダ側から見たキリストというパロディ風の小説などを読みましても、聖書をよく読んでいますね。

井上 ええ。

東郷 そういう素材としては非常にたくさん使っています。

井上 太宰はキリストというよりは、ヨハネという感じですね。明るくて、素直で、そのくせ、すぐにいじけてしまう弟子（笑）。

太宰の戯曲の欠点

東郷 いろいろお伺いしますけど、ちょっと小説のことを離れますと、太宰もいくつか戯曲を書いています。「新ハムレット」

をはじめとして「冬の花火」「春の枯葉」などがあります。戯曲の専門家としてお読みになるとどうでしょうか。

井上 戯曲は、わたくしごときが僭越ですが、まったく駄目ですね（笑）。

東郷 駄目ですか（笑）。若いときの習作で、中学のときに小さな芝居を二つくらい書いています。

井上 見えなかった目が見える話でしたか、あれはいいですね。ちょっと菊池寛風ではありますが。

東郷 そうですか。「虚勢」という戯曲ですね。

井上 太宰は一幕ものの題材を多幕構成にしているんですね。一幕にしたらよかったのにと思いますよ。太宰の戯曲は……。

東郷 「冬の花火」ですか。

井上 ええ。一幕劇にしたら、いい作品になっていたと思います。才能があるとかないとかじゃなくて、構造が演劇的ではないということです。

東郷 いわゆる劇的な対立というものがあまりないのでしょうね。モノローグ的な語りが中心になりますから。

井上 演劇というのはあくまでも現在ですから、その現在の中に過去が突然入ってきて、「実は私はこうだったのよ」とお母さんが語る。あれは「冬の花火」ですか、ああいう形はとても弱いんです。

東郷 ああ、そうですか。

井上 ただ若干、テキストトレジーをして、当時の風俗を忠実に再現し、俳優を津軽弁が少し残っているような標準語で語るというように丁寧にやったら、また別な面白さはあるかもしれませんね。でも、あれほどの人でも芝居はちょっといけませんね。
東郷 私は多分井上さんからそういうお話が出るだろうと思っていました。
井上 生意気ですが、それが正直な感想です。読み返してみて、本当に好きなものは、中期のものでした。とくに好きなのは仙台医専時代の魯迅を取り上げた「惜別」です。太宰にしては不器用な作品で、魯迅の「吶喊」の序文がそのまま使ってあって、借りものだらけなんですけど、おしまいのところが何ともなしに太宰の生地が出ていて、ほんわりとしていい感じだった。「惜別」を読み返して、改めて感動し、それで魯迅を主人公にした戯曲（「シャンハイムーン」）を書いたほどです。それから東郷さんがおっしゃった「正義と微笑」、そしてもちろん「お伽草紙」、「津軽」、みんなすごいですね。
東郷 太宰治の笑いは、よく井伏さんのユーモアと比較して言われることが多いんですけど、あのパロディは、むしろ井上さんなんかと近いですね。
井上 井伏さんは雰囲気ですね。
東郷 あれはユーモアですね。いわゆるユーモアとパロディは違いますね。太宰は「文化の果ての大笑い」ということを言っていますが、本当に喜劇的精神というのが分かっていた人だと思います。
井上 ええ。太宰は方法が鋭い。それに本歌のレトリックを自由自在にもてあそぶ。ですから、質が違うと思います。
東郷 「お伽草紙」なんか本当にすごいですね。

井上　正に大天才の仕事です。「お伽草紙」のほうがずっと演劇的です。すべてあのまま上演できますね。

東郷　「カチカチ山」なんかはすぐにでも上演できそうですね。

井上　ええ。あちこちでやってます。日本文学の最良の部分じゃないでしょうか。

小説言語の獲得

東郷　「人間失格」は、今度の「人間合格」の中でプロローグのところなどにも取り入れていらっしゃいますが、井上さんはどんなふうにお読みになりますか。

井上　新潮社に聞いたんです。新潮文庫で一番売れているのは何ですか、と。『人間失格』と答えが返ってきました（笑）。

東郷　それで合格にしなくちゃいけないと考えられた（笑）。

井上　ええ。賢治も太宰も漱石も現役のばりばりなんですね。人々に長く愛される作品は、語りものとしてよくできているのが基本だろうとどなたもおっしゃっていますけど、太宰のは、その語りが、文章のことばで書かれているんじゃなくて、話しことばを独得の方法で小説言語にしています。

賢治は説教と経文。漱石は落語。普通人の日常にあることばを書きことばに、小説言語にできるか、そしてそれができた作品が時代を越えて読み継がれていくことになる。太宰を読み直して、そんなことを感じました。

東郷　太宰はわりあい口述筆記を意識的に使ったということが言われています。「駈込み訴へ」なんかはそうです。それと、女性の独白体の作品があります。女語りのジャンルですね。これは才能だっていう気がしますね。

井上　女性を語りにすると、今の女性は違いますけど、政治も経済も、つまり大説は全部放ったらかしにしていいわけです。小説に大説はいらないと考えたんですね。

東郷　すべて生理とか感覚のほうに還元できるということがありますね。

井上　ですから肉声がいつまでも消えない。その人物の声が常に聞こえている。漱石の「坊っちゃん」なんかもそうですし、賢治もそうですけど、そのへんに長く読み継がれる小説の秘密がありそうです。もっとも俗語をそのまま書いたのでは駄目で、そこに文学精神、散文精神が働いて、その時代の一番すばらしい俗語ができたときに、それが漱石の「坊っちゃん」であったり、賢治の童話だったり、太宰のだったりするのではないでしょうか。

東郷　換骨奪胎の名手だったわけですが、あまり身近に本を持たない主義だったみたいですね。読めば徹底して読み抜くのでしょうけど。

井上　亀井勝一郎さんの話では「ぼくの家から随分本を借り出して読んでいた」ということです。ですから陰では読んでいたという説もあります（笑）。

東郷　ものによっては繰り返し深く読んでいた感じはします。

井上　あまり多くは読んでいないみたいですね。女性を分かるために、できるだけ多くの女性とつきあうタイプの人と、女房一人だけで女性を理解していくという人と、いろいろいますので（笑）、たくさん読んだからといって、いい小説が書けるとは限りません。じゃ、読まないでいればいい小説が書けるかというと、まったくそんなこともない。作家によって違いますね。とにかく太宰は、読み返すたびにすごいと思います。

東郷　たしかにそうですね。

井上　あんまりすごいので、途中嫌になってやめる。そのうちまた懐かしくなって読むということを繰り返す。いつまでも人気があり、現役として売れている理由が、今度改めて通して読んでみて何となく分かったような気がしました。

東郷　評伝ものの芝居をお書きになるときには当然のことながら、やはり御自分でお読みになっていて、作家として、文学者として関心をひかれる対象をとりあげていらっしゃるわけですね。これからやってみたいという作家がありますか。

井上　今度魯迅をやってみました。太宰にはだいぶ魯迅が入っていると思います。丸谷才一さんの説ですと、佐藤春夫が魯迅を日本へ紹介した。だから佐藤春夫に近い太宰が魯迅を読み、心酔しても何のふしぎもないと。なるほどと思いました。たしかにだいぶ魯迅は読んでますね。

東郷　「人間合格」の第二幕に「惜別」を入れられたのはやはりそういう考えからですね。

井上　そうです。それで、この次は「太宰の密かに心酔していた魯迅をやろう」となったのです。

東郷　なるほど魯迅の芝居は、太宰が一つのきっかけになったんですね。

井上　ええ。魯迅も難しくて手を焼いて、初日も何も間にあわなくなった（笑）。しかし、とにかく書き上げました。難しかった……。

東郷　そうですか。楽しみです。

井上　お客さんの持ってる知識を期待できないんです。

東郷　それはそうですね。魯迅は、今までのケースとちょっと違ってきますね。

井上　なにもかもお客さんに説明しなければならないので、難儀でした。でも太宰は魯迅がとても好きだったということが直感として分かりました。

東郷　その「惜別」という作品も、今回のこの特集の項目にもとりあげられるようですが、もう少し問題にされてもいい作品ですね。

井上　ええ。欠点はありますが、つくづく好きです。

東郷　作品としての出来はどうか分からないですけれど、もう少し論じられていい作品です。

井上　そうです。

東郷　あれは昭和二十年ですから、本当に戦争末期ギリギリのときにああいうものを書いているというのは、大したものですね。

井上　敗戦の気配が濃厚なときに、反日、抗日、排日の大親玉である魯迅を書くのですから、大した度胸です。それから太宰はオノマトペの達人ですね。その点で、森鷗外、志賀直哉によって代表される日本の小説に対しても、いちいち方法論的に反抗してますね。「ひらりと一さじスウプを」

（笑）。志賀直哉とぶつかるのはもう運命的だった。

東郷　文学方法の上でも必然的に対立しますね。

井上　教科書みたいな小説なんか作れるか、そういう心意気だった。文学青年時代に、太宰は危険だ、あれを読むと作家になれないと言われたのが、なんとなく分かったような気がします。天才のやることを真似してはいけないし、真似もできない。

東郷　そう思います。

井上　太宰の軽さ、粋さ、深さ、キレの鋭さ、面白さは、今までの、小説とはこう書くんだと言われてたものとまったく違っている。まともにそれをからかっている。

東郷　ええ。

井上　太宰は小説の教科書破りというか、教科書的小説をまったくパロディにしてみせたというところがあって、そういう点でもじつに感動的です。

東郷　中途半端に真似しちゃうと、これは一見してすぐ太宰の真似だってわかってしまいます。

井上　ところが、どうしても真似したくなるんですね。

（平成三年一月十九日）

●（とうごう・かつみ）早稲田大学教授。著書に『太宰治という物語』（筑摩書房）、『異界の方へ――鏡花の水脈』（有精堂）など。編集に『井伏鱒二全集』（筑摩書房）

Ⅳ

人間合格

――こまつ座公演――

■作者の言葉

彼自身の物語作りの方法で

井上ひさし

本日はお忙しいなかをわざわざ劇場までお運びくださいましてありがとうございます。お客様こそわたしどものまことのパトロン、皆様の入場料がこの国の演劇をしっかりとお支えくださっております。皆様の演劇を支援してやろうという熱い想いがわたしどもの心と頭とを温かく充たし、そこで自然に手が胸に行き、ひとりでに頭が下がってしまいます。……最敬礼。ありがとうございました。

さて、これから御覧いただくのは太宰治の評伝劇であります。評伝劇という形式はこまつ座の一手専売のようになっておりますが、それでもこの『人間合格』は、いままでのこまつ座の流儀とだいぶ違うようです。これまでは年譜的事実を徹底的に調べ尽くし、その作業を通して、学者の先生方や専門の研究家の方々にもまだ調べのついていないところを捜し出すという方法をとっていました。そしてそのまだ調べのついていないところを空想力と想像力でがばと押しひろげて芝居にする。それがこまつ座十八番の御家芸でした。

今回のこの太宰治の評伝劇では、右の方法論にもう一つ別の趣向を重ね合わせました。太宰治の小説技法、もっと正確に言えば彼の物語の作り方を応用して書いてみたのです。たとえば、彼は三人を組み合わせるのが好きで、三人の友情物語をたくさん書いています。「道化の華」も「ロマネスク」もこの骨法で書かれています。それから、登場人物がみんなで即興的に嘘をつきながら一つの物語を作って行くという方法、いわばリレー小説も得意にしていました。「ろまん燈籠」や「愛と美について」などでこの骨法が使われています。

紙幅の制限がありますので、例を挙げるのはこれぐらいにしておきますが、太宰治はそれまでにあった様ざまな物語作法をもういちど磨き上げて自分の技法にしてしまった努力の人でもありました。その努力に敬意を表しながら、そしてその物語作りの巧みさにあやかるつもりも多少はあって、今回は彼の伝記的事実を踏まえながら、彼の生涯を彼自身の物語作りの方法で書いたのでした。

もう一つ、若い頃の彼がなぜ社会主義運動にのめり込んで行ったか、そして敗戦直後、人びとが天皇を「天ちゃん」などと言い始めたまさにそのときに、なぜ「いまこそ天皇陛下バンザイ！」を叫ぶべきだと息まいたのか、この劇はその謎を解くためのものでもありました。

もしも天から声がして、「お前に『傑作』という札を三枚くれてやろう。自分の作品のなかから気に入ったものを三作選び出し、それらにこの札を貼るがよかろう」と許しが出れば、わたしはためらうことなくこの作品に三枚のうちの一枚を貼るとおもいますが、しかし、じつはそれをお決めになれるのは身銭を切って劇場に駆けつけてくださったパトロンのお客様方だけです。十分に芝居をお楽しみくださった上で、厳しく御審判くださいますようお願い申し上げます。

最後になりましたが、初演時に、作者の遅筆という恐ろしい災禍に巻き込まれながらいささかも動ぜず、すばらしい演劇的時空間を創ってくださった演出の鵜山仁さんはじめスタッフキャストの皆さんに深く感謝いたします。もちろん今回もそのときの精鋭がそのままついてくださっております。これらの精鋭にも最敬礼、いつもありがとうございます。

■公演録

人間合格

こまつ座第二十六回公演・紀伊國屋書店提携　井上ひさし作・鵜山　仁演出

◉登場人物

津島修治……………………風間杜夫
佐藤浩蔵……………………辻　萬長
山田定一……………………原　康義
中北芳吉……………………すまけい
青木ふみ……………………中村たつ
チェリー旗…………………岡本　麗

◉場割

プロローグ

一　フロシキ劇場
　　学生下宿・常盤館
　　昭和五年（一九三〇）四月下旬

二　クロネコ行動隊
　　高田馬場「クロネコ」
　　昭和五年（一九三〇）十一月上旬

三　タワシ
　　本所区向島の貧民街長屋
　　昭和七年（一九三二）三月上旬

四　午後の散歩
　　板橋区・東京武蔵野病院第二病棟
　　昭和十一年（一九三六）十一月上旬

五　かぞえうた
　　三鷹市下連雀・津島家
　　昭和十七年（一九四二）正月

六　惜別
　　仙台・青木屋旅館調理場
　　昭和十九年（一九四四）十二月下旬

七　金木の楽屋
　津軽金木・金木劇場楽屋
　昭和二十一年（一九四六）四月上旬

エピローグ

◉スタッフ

作……………………井上ひさし
演出…………………鵜山　仁
音楽………………宇野誠一郎
美術…………………石井強司
照明…………………服部　基
音響…………………深川定次
衣裳…………………中村洋一
演出助手……………北　則昭
舞台監督……………小笠原修一
制作…………………井上　都
　　　　　　　　　　中島　豊
　　　　　　　　　　瀬川芳一
照明操作……………青柳信男
音響操作……………小原　誠
演出部………武井隆二　萬宝浩男　加藤　高
　星野正弘　鈴木政憲　佐藤浩幸　矢野森一
　菅野郁也　福山健弥　清水貴美　波紫　衛
　国井秀夫　白石英輔
振付…………………染谷恵美
プロンプター………滝花幸代
三味線指導…………有働智章
方言指導………土井美加　桜庭春美
大道具………俳優座劇場舞台美術部
小道具………高津映画装飾美術
照明協力…ライティング・カンパニー・あかり組
音響協力………東京演劇音響研究所
衣裳…………………東京衣裳
かつら………………太陽かつら
はきもの……………神田屋靴店
運送…………………城北商運
舞台写真……………谷古宇正彦
俳優写真……………落合高仁

■演出家の言葉

井上芝居で長生きへの挑戦

鵜山　仁

僕、今（平成四年）、三十九歳。太宰さんがなくなったのと同じ歳なんです。太宰さんの作品、その評伝もいくつか読みました。作品の語り口の深さ、そして、その人生。凄まじい生涯ですね。

同じ顔ぶれでの再演ですね。とはいっても、やってみると初演のときとはまた芝居や戯曲に対する気持ちも微妙に違ってくるはずです。稽古場に立ってみて自然にできてくるところがあるんです。

再演を意識して、あらかじめ「こうしよう、ここに焦点をあてよう」と考えて始めるとろくなことがない。むしろ、僕はそういう気持ちになるのをおさえたいんです。

自分の意図に固執してしまうと、見えなくなる部分がでてくる。稽古場でおのずからかたむいていくところがあるんですね。右にかたむいたら左に重心を移す。そういうふうに自然にしておいたほうがいいんじゃないか、と思っているんです。これは僕の方法論ですけど。

初演の舞台があります。これを、際立たせる、メリハリをつける。これは、きわめて常識的なことですね。しかし、何か一つ際立たせようとすると、ほかのものを犠牲にしてしまうことがある。

逆に、ある登場人物の人間像がまったく予期していないところからあらわれてくることがあるんですね。

「こういう見方があるんだよ」

という発見。そういう瞬間にいくつ出会えるか。それが再演の面白さでもあるんですね。

キャストが同じということは、いきおい醱酵するスピードがはやまります。でも、よりすぐった混じりっ気のない大吟醸みたいな芝居になっても面白くない。定点に立って「このへんからみてればいいんだな」というつくり方も退屈で面白くない。その点、むずかしいところもあるんですよ。

その反対に、雑と思われるものを相変わらず取り込んでつくっていきたい。雑草をとりのぞく薬をぱっとまいてしまうようなことはしたくない。どちらかというと、演出者はそういう立場ですが、医療過誤にならないようにしたいですね。

乱暴でもいいから、芝居をもう一回攪拌して、その混沌のなかから見えてくるものを信じたい。登場人物が立ち上がっていれば、生きた人間のひろがりがでます。それを、芝居のなかでどう表現できるのか。再演するたびに、一筋縄ではいかなくなる。

もっともっと踏みこんで別なつくり方をする。そういう再演にしたいですね。

井上戯曲というのは、僕にとって底なし沼です。下手すると、足を取られて身動きできなくなってしまいかねない。泥のなかにはいろいろな養分が詰まっている。ある意味でいいものも悪いものもいっしょにぎっしりとね。だからこそ、いい味がするし立派な花も咲く。足を取られたら、その味がでないばかりか、花も咲きません。

台詞も、いろいろな遊び方ができます。新しい料理だとか、新しい飲み物だとかが次々にでてくる。それは人生のさまざまなたのしみと同じことです。

僕、「シェイクスピアはどうしてあんなに長い台詞を書いたんだろう」と考えたことがあります。それは、きっと「長生きしたかったからだろう」と思っているんです。一つのことを、Aであるという表し方もいいんだけど、「Aであり、Bであり、Cであり、Eでもある……」という。

これを書いている間、作者は長生きできる。役者は、この台詞を言っている間は長生きできる。これは言葉に書くとこんなに言えるんだけど、「芝居にしたらどれくらいやれるかね」という作家の側からの挑戦でもあるようです。井上戯曲にも共通していますね。

初演のとき、井上さんが、「あ
りがとう」と「すみません」で「ありません」って挨拶してました。今度は再演です。僕も洒落っ気のある挨拶を考えていかないといけないかな、と思ってはいるんですけど。初演と全く同じ顔あわせですので、さて何をいえばいいのか……。

■『人間合格』ストーリィ／上演台本より

津島修治が２人の友人と一緒に撮った写真を紹介する、修治役（風間杜夫）

第一幕

プロローグ

音楽の中で明るくなると、写真を貼り付けた大きな板が、六枚立っている。板のうしろから出演俳優が一人ずつ登場。第一葉は、母夕子と叔母きゑとにはさまれて写っている幼年時代の津島修治。

一　私は、その男の写真を六葉、見たことがある。第一葉は、その男の幼年時代の写真であって、その子は母と叔母との間に、心底、心細げに立っている。……私はこれまで、こんなに心細そうにしている子どもの顔を見たことがない。

第二葉は、佐藤浩蔵と山田定一とにはさまれて微笑する津島修治。

二　第二葉は、その男の大学一年のときの写真である。……美しい。空おそろしくなるほどの美貌。そして明るい。……私はこれまで、こんなにまで美しい顔を見たことがない。

第三葉は、白の病衣姿の幽鬼のような津島修治。

三　第三葉の写真は、奇怪である。……じつをいうと、第二葉の写真との間に、不完全心中事件や自殺未遂事件が……

三の序詞は四の闖入によって中断される。

晩年の津島修治の写真の序詞を受け持つ、中北芳吉役（すまけい）

四　男はまた変った。

第四葉は、中北芳吉と並んで写っている津島修治。正月のスナップ。

四　生真面目な顔に希望の光が差している。……私はこれまで、これほどひたむきな顔を見たことがない。

第五葉は、劇場の楽屋での津島修治。左右に女優。

五　ゲスな言い方をすれば、両手に花。だが、男の顔は怒りで爆発しそうである。……私はこれまで、これほど怒った男の顔を見たことがない。

第六葉は玉川上水。玉川上水の土手に腰をおろしている津島修治。

六　早春の玉川上水。男が春のひざしに背を向けて、下流の、そのまた向うを、腑抜けたように眺めている。自分は人間を失格した、生れてこなかったほうがよかったかもしれませんといっているような、見る者の気持をも腑抜けにしてしまう写真である。私はこれまで、こんな不思議な男の顔を見たことが、やはり、いちども無かった。

六人、自分が序詞を受け持った写真をじっと見つめる。そこへ昭和初年あたりに流行った歌が三、四曲、一緒くたになって近づいてくる。急速に暗くなる。

佐藤（中央・辻萬長）と山田（左・原康義）が修治（右・風間杜夫）の部屋を覗き込む

一　フロシキ劇場

昭和五年（一九三〇）四月下旬の土曜日の正午。高田馬場に近い学生下宿「常盤館（ときわかん）」二階の八畳間。隣の部屋から、シュプレッヒ・コールの稽古をしている声が聞えている。声の主は佐藤浩蔵（22）と山田定一（21）。そこへ学生服の津島修治（22）が入ってくる。初老の女中に整えられた膳の前に坐って昼飯を食べようとした修治だが、隣の声が気になって箸が止まる。女中の話では、二人は先月から今日まで、鐚一文（びたいちもん）も下宿代を入れていないため食事は差し止め。町工場（こうば）や百姓家の庭先に風呂敷を下げて、その前で剣呑（けんのん）なことを叫び、お給金がわりのおにぎりにありつく「フロシキ劇場」を結成しているという。継（つ）ぎ布の当たった学生服姿の佐藤と山田が修治の部屋を覗き込み、さっきから飯をたべかねていた修治は、とうとう二人に自分の昼飯をカンパすることに。佐藤と山田、ガツガツたべはじめる。二人の話に全身を耳にしていた修治、自分も「革命家たらんとして、日夜、心を砕いている」と名乗りをあげる。

修治はこの日、かけがえのない２人の親友を得た

修治　津島修治。（二人に右手を差し出し）東京帝国大学文学部一年。弘前高校。

佐藤　（握手）佐藤浩蔵。東京帝国大学経済学部一年。山形高校。

山田　（その上に手をのせて）山田定一。早稲田大学文学部一年。麻布中学。

　三人、手を重ねたまま祈るように、

修治　人びとに食物と仕事と自由を。

佐藤　陸海軍兵士に労働組合を。

山田　……貧しき人びとよ、団結を。

　三人、互いに見つめ合う。溢れ出る微笑み。佐藤は山形の水呑百姓の三男坊。地元の奨学資金を全額、前衛党にカンパしている。津軽の大地主の息子で月に八十円もの仕送りを受けている修治は、せっかく得た友人からブルジョアだと軽蔑されるのを怖れ、身の上を偽り、地主批判小説を書いたと胸を張る。

山田　よーし。津島を加えてここに第二次フロシキ劇場を結成する。

佐藤　異議なし。

2人に自分の心底をわかってもらうため、修治は着物の帯で首をしめ、死のうとする

修治　……ぼくでいいのか。
二人　君だからいいのだ。
友人を得たことへの感謝で修治の目が輝く。そして二人が驚くほど具体的な地主批判を始める。が、女中が運んできた荷物でブルジョアであることが二人にわかってしまい、嘘つきだと詰(なじ)られる修治。
修治　さっきは本気だった。真剣に家の批判をやったつもりだ。誓って真実……
佐藤　とまた他人(ひと)に話を合わせる。そうなんだろ？
修治　ようし、ぼくの心底、みせてやる。
修治、いきなり着物の帯をひとまき首に巻いて、両端を掴み、「プロレタリア万才！」ト首をしめる。佐藤と山田、修治がどうやら本気らしいと気付き、
佐藤　ばかなことはよせ。
修治　……信じてくれるか。
山田　信じる。
修治　あ、その顔は信じていない……
佐藤　信じているって。
ト揉み合ううちに暗くなる。

立花すみれ（岡本麗）は３人に、党の機関紙「赤旗」印刷資金の獲得を指令する

二　クロネコ行動隊

昭和五年（一九三〇）十一月上旬の午後、高田馬場「クロネコ」。奥から現われた女給の立花すみれは、実は東京女子高等師範学校家政科二年生。資金獲得闘争の実績で党員に昇格。高田馬場細胞の細胞長に任命され、三人の指導にあたるという。約束の時間に来ない修治を非難するすみれ。

佐藤　しかしキャップ、あいつは別の作戦を展開中でして、成功すれば相当な金額のカンパ資金が入ってくるはずです。

修治の生家は青森県の大地主。ところがその息子は小山初代という芸者を上京させ、本所にかくまっている。当然、「芸者と切れろ」と津島家の当主、修治の兄が云ってくるにちがいない。そこで別れることを条件に、その芸者が小店を開けるぐらいな元手や当座の生活費を兄に出させ、生活費は二人で折半。修治はその金を党へカンパする計画だと説明する山田。すみれもようやく納得する。そこへマダムがインバネスに中折れ帽の壮年の男を案内してくる。男は中北芳吉（35）。ボックス席に深く沈んで眠ってしまうが、後から店に入

津島家代理人の中北は、津島家からの分家除籍を修治に宣告。打ちのめされる修治

ってきた修治が「いかなる場合も……」とすみれの言葉を復唱したとたん、弘前地方の尻取り唄を唱える。抗しようもなく合わせてしまう修治に三人は唖然。修治は中北を津島家の番頭で兄の片腕だと紹介する。三人は中北に非常な悪意を感じ、睨みつける。修治、中に入って必死の取持ち。津島家の代理人として初代の話を持ち出す中北に、打ち合せどおり、資金獲得のための作戦を展開する。事態は思わぬほうへ転がり、初代と世帯を持つ代わりに、津島家からの分家除籍を宣告される。

中北　修ちゃさ大学卒業まで毎月百二十円、仕(シ)送りする。文治さまァそう云っておられだ。

修治　わかったよ、中北さ。そんで母様(オガサ)ァなんて云ってたべ(エ)ね？

中北　なんも。ただ泣いで泣いでうんと泣いで、今は笑っています(ダタ)。

絶望し、「ぼく、死にます」トこんどは自分の手で自分の首をしめる修治。それを佐藤と山田、制止するうちに暗くなる。

インターナショナルを都都逸節でうたう三味線女の登場に、３人、ただ呆然

三　タワシ

昭和七年（一九三二）三月上旬の午後七時すぎ。向島の貧民長屋、佐藤浩蔵の部屋。佐藤が、汚れたエプロンのおばさんにタワシを売っている。三人は日本共産青年同盟直属のタワシ行商隊としてタワシを売り歩きながら党の活動資金を稼ぎ、プロレタリア婦人に思想を説くという任務についているのだが、なにか屈託がありそうに坐っていた修治と山田のその理由が次第に明らかになってくる。山田はコーラスボーイとして昨日から舞台に出ていたのだ。「戦線を離脱してはいかん」と佐藤は山田を説き伏せようとする。修治はタワシを七十個売ったことで佐藤に評価されるが、突然現われた中北によってそれが嘘であることを暴かれ、激しく批判される。中北と佐藤の二人から責められていたとき、鉦をもったおばさんとチンドン屋の扮装の女がインターナショナルを三味線のジャジャ弾きでうたいながら部屋をひと巡りし、にぎやかに、しかし風のように去って行く。

佐藤　津島ッ、よかったな。この長屋からもついにインターの

思想的に敵と見做していた相手なのに「瓜二つ」と修治に指摘され、狼狽する２人

　　歌声が高らかに上がったぜ。
修治　おばさんは世の中が変ることをまっすぐに信じていた。
　美しいね、なにかをまっすぐに信じている人の表情は。俗世
　間の天使。あの表情、小説にできたらねえ。
中北　まだ小説と（ッ）いうやつ、書いているんですか（エンデシバ）？
佐藤　いつも途中で尻切れトンボのようです。
中北　文学青年失格。
佐藤　煙草、夜ふかし、紙屑の山。心配です。
中北　正常人失格。そんなことでは母親（オガチャ）ァ悲しむ。
佐藤　息子失格。
中北　そして（ヘデガラ）郷里の物笑い。
佐藤　津軽人失格。
　　二人、顔を見合わせて、
佐藤　……合いますね。
中北　ほんとに（マデー）合いますね（シネー）。私（オラ）、怖く（オツカナク）なってきた（キタジヤ）。
修治　意見が合うはずだよ。どちらも似ているもの。……かく
　あるべし主義、そこが瓜二つ。……中北さんのほうは、帝国
　国民はかくあるべし。佐藤のほうは、人民はかくあるべし。
　……どちらも強者なんだ。そこが似ている。話が合うのは当

今の生活から抜け出させるため、中北は修治を警察に引き渡そうとする

然だよ。

　承服できない二人はそれぞれ修治に言い返すが、論争になりかけた佐藤と修治を中北が諭す。

中北　（割って入って）修ちゃ、あれも失格、これも失格、失格だらけで、この先、どうするんですか。（トゆっくり訛り少く）今に人間そのものを失格してしまいますよ。赤かぶれは、二人とも、たいがいにしてやめなさい！　……日本人失格。

　三人、睨みあい見つめあう。三味線と鉦と歌声。中北、心付けを渡そうと声のほうに近寄るが、歌声など突然止んで、物音。おばさんが駆け込んでくる。

おばさん　ちょっと！　お巡りだよ。わたしたち、そのへんひと回りしたのがいけなかったみたい……

　佐藤は窓へ。一緒に逃げようと窓に走り寄ろうとする修治を中北が羽交締め。

中北　修ちゃ、捕まってください！　裏から手コ回して、すぐに出られるようにする。早く、ハシカ治してください！　……巡査どの、赤かぶれは、ここだ、ここだ！

　照明が断ち切られるように落ちる。

向島の長屋で別れて以来、４年半ぶりに再会した修治と佐藤

四　午後の散歩

昭和十一年（一九三六）十一月上旬の午後三時すぎ。板橋区茂呂町にある東京武蔵野病院の、病棟から事務棟へつながる広い廊下。二人用のソファが二つ。ソファの間にスタンド式の灰皿。窓から、ひげもじゃの男（佐藤浩蔵）が侵入。風呂敷包みと白い病衣を持っている。人がくる気配に、男はソファの蔭へ。そこへ若い看護婦に付き添われ、白い病衣にわら草履の修治が、幽鬼のように朦朧とあらわれる。が、灰皿に吸殻を見つけ、駆け寄って拾い上げ、看護婦に取り上げられる。不吉な呼子笛。サイレンも鳴り、看護婦は灰皿の中身をハンカチにあけ、修治を残してその場を離れる。諦めきれない修治が灰皿を覗き込んでいると、ひげの男が声をかける。ひげを外した顔は四年半ぶりに会う佐藤だった。作業員風体から患者の恰好へかわった佐藤の話では、向島の長屋で別れて以来ずっと地下に潜り、今は赤羽の土建屋の人夫としてこの病院のテニスコート工事に入っていたのだが、またもやアカだと疑われて特高に追われることに。そこで物干し場から病衣を

お守り代わりに修治の本を持ち歩いているという佐藤の言葉に修治の心は癒される

盗み、患者に成り済まして脱出の機会を待つという。
佐藤は作業衣や地下足袋を風呂敷にしっかり包み込むと、ソファのうしろへかくす。それまで風呂敷に包んであった本一冊と雑誌二冊は膝の上。

修治　……それ、ぼくの小説集だね？

佐藤　（うなずいて）君の最初の本、『晩年』。……『虚構の春』が載っている「文學界」。この「新潮」には最新作の『創世記』が掲載されている。

修治、『晩年』を手にとってしげしげ眺めて、

修治　今年の六月に出た本なのに、出てから五か月もたっていないのに、もうボロボロなんだねえ。

佐藤　おれのお守りみたいなものなんだ。そいつを持っていると君や山田と一緒にいるような気がするんだ。

修治　（返しながら）ありがとう……。

久しぶりに会った佐藤に、初代や中北への恨みをいきなりぶちまける修治。

佐藤　おちつけ、津島。

修治　……ニコチンが切れるといつもこうなんだ。おどろかせてすまない。

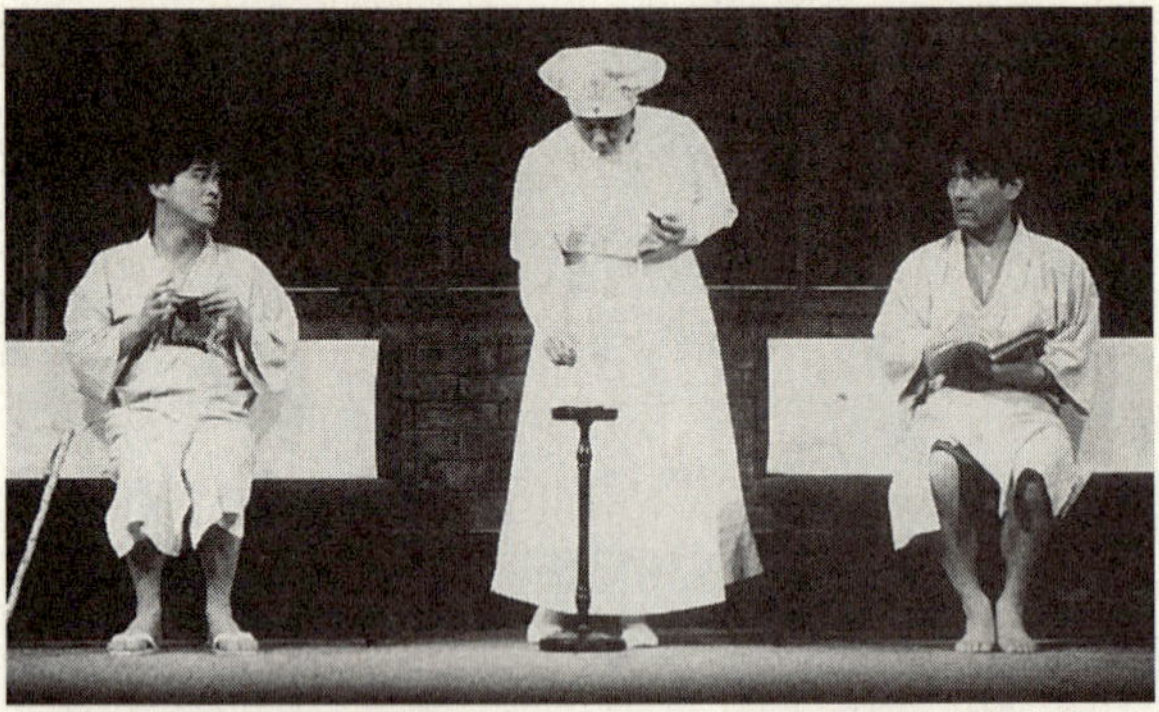

主任看護婦（中村たつ）の言葉につられて、あやうく友を裏切りかける修治

下手に人の気配。

佐藤　知り合いの患者、ということにしてくれ。たのむ。

修治　密告なんてするわけがないじゃないか。……ぼくを信じていい。

佐藤　信じるとも。信じないわけがないじゃないか。

修治　信じられているっていい気分のものだな。

修治は、煙草をおいしそうに一服する主任看護婦の言葉にのせられて、あやうく友を裏切ろうとしてしまう。そんな自分に気付いて激しく自分を責める修治。佐藤、たまりかねて、修治にだけ通じる言葉で修治をはげます。主任と看護婦が去ったあと、

修治　しばらく霊安室にひそんでいるといい。十一月だ。すぐ夜がくる。

佐藤　（本と雑誌を抱え風呂敷包みを取り出して）……死ぬなよ。

修治　大丈夫。さっきのお灸、じつによく効いた。ありがとう。

佐藤　礼をいうのはこっちだよ。

佐藤、修治に手をさし出す。修治、手をおろし、

修治　殴ってくれ。……ぼくはさっき一度だけ悪い夢を見た。

友を裏切りかけた修治。その友を疑った佐藤。たがいに拳を振り上げる２人

殴ってくれなければ、ぼくには君と握手をする資格がない。さあ……！

佐藤　……いや、君こそ殴れ。おれはさっき、君が煙草ほしさにおれを売るんじゃないかと疑った。おれにも資格がないのだ。さあ、思い切り殴れ。

　正対し、たがいに拳を振り上げる二人。

修治　……殴り合ったことにしよう。その暇に、走れ！

佐藤　山田に会うことがあったらよろしくな。

　佐藤の動きを祈るように見守っている修治。佐藤は無事に霊安室へ入った。修治、ほっとしてソファに坐り込む。戻ってきた若い看護婦は修治を促して、

看護婦　行きましょう、津島さん。長いお散歩になってしまいましたね。疲れたでしょう。

修治　いや、いい散歩でした。

　修治も看護婦につづいて上手に入る寸前、ツと立ち止まって霊安室の方を見やる。修治は、この場の冒頭とはまるで別人、生気に溢れて輝いている。

修治の家へ年始の挨拶にやってきた中北は、聞いたことのないかぞえうたをうたう

第二幕

五　かぞえうた

前場から五年経過した昭和十七年（一九四二）正月の正午すぎ。初春の陽光の中の津島修治の家（三鷹市下連雀）。小さな文机に左膝を立てて坐り、原稿を書いている修治。国民服に国民帽の中北が、かぞえうたをうたいながら入ってくる。この中北のかぞえうたの合間に、修治に数えでふたつになる娘のいること、いまだに地下に潜りながら、年賀状と暑中見舞いをかならずよこすという佐藤の消息、軍事劇の主役で大当たりした山田の成功が語られる。

中北　修ちゃも、日本人が奮い立つによい小説コ書いてください。……そうすれば、修ちゃは津軽の誇り、文治兄様アどれほどよろこびなさるか……

修治　ぼくには毎日の暮しをボソボソと書くのが性に合っている。自分のだめさ加減をポツリポツリと書くのがいいんだ。

中北　修ちゃの小説コ好きな人は、僅かだが、たしかにいる。けれども、修ちゃの小説コ好きな人は、不満そうな顔つきの、暗い若者ばかりです。それではだめだ。大和魂のガソリ

国への忠義心を育てるというかぞえうたをうたい終り、平伏して挨拶する中北

ンになるような小説コ書いてくださいよ。
修治　……ま、いつか、ね。
　　修治、なにかを見つめている。
修治　樋口一葉、肺結核、二十五。
中北　二十五とさァの……、はてな？
修治　正岡子規、肺結核、三十六。
中北　（小声ながらまだやっている）三十六とさァの……
修治　長塚節、喉頭結核、三十七。
中北　何ですか？
修治　太宰治、……今年三十四。中北さ、ぼくも急いでがんばるよ。
中北　ゆっくりとですよ、修ちゃ。走れば転ぶべねは。
修治　……ん。
中北　十とさァの　東條英機はえらい人　国に忠義の大首相。
　　中北、めでたく十番までうたい終って、がばと平伏。
中北　修ちゃ、お正月おめでとうございます。ハワイマレー沖海戦の大勝利もからめて、おめでとうございます。
　　修治、苦笑しながら坐り直して、挨拶を返す。

奇蹟のようなめぐり逢いをした夜、仙台・青木屋旅館の調理場で酒を酌み交わす３人

六　惜別

昭和十九年（一九四四）十二月下旬のある夜、午後八時ごろ。仙台の青木屋旅館の調理場。配膳台では青木ふみが客用の御膳を拭き、調理台では、板前姿の針生＝佐藤が明日の朝食の仕込みをしている。そこへ帰ってきた奥様（アネサマ）の青木正子は、近くの今野屋旅館が一年間の営業停止になったことを二人に話す。番頭がアカだったのだ。発覚したのは、昔の友達が偶然泊まり、一緒に酒を飲んで時局を語ったことからだったという。このとき玄関で鈴が鳴る。なんと役者の山田定一がこの宿に。しかも中北と修治も一緒だ。パニックの極にあった佐藤は、ふみのマスクを借りて顔を隠す。三人は仙台駅前の国民酒場でひょっこり会うという、奇蹟のようなめぐり逢いをしたのだった。酒を酌み交わしながら佐藤を懐かしむ三人。佐藤は三人の話に胸を衝かれながらも、三人に顔を見られないよう、赤貝、赤カブ、赤身のお刺身、筋子と、赤づくしの肴をおそるおそる三人に供する。修治は魯迅のいたころの仙台を知るために、明日から河北新報社へ調べものに通うと

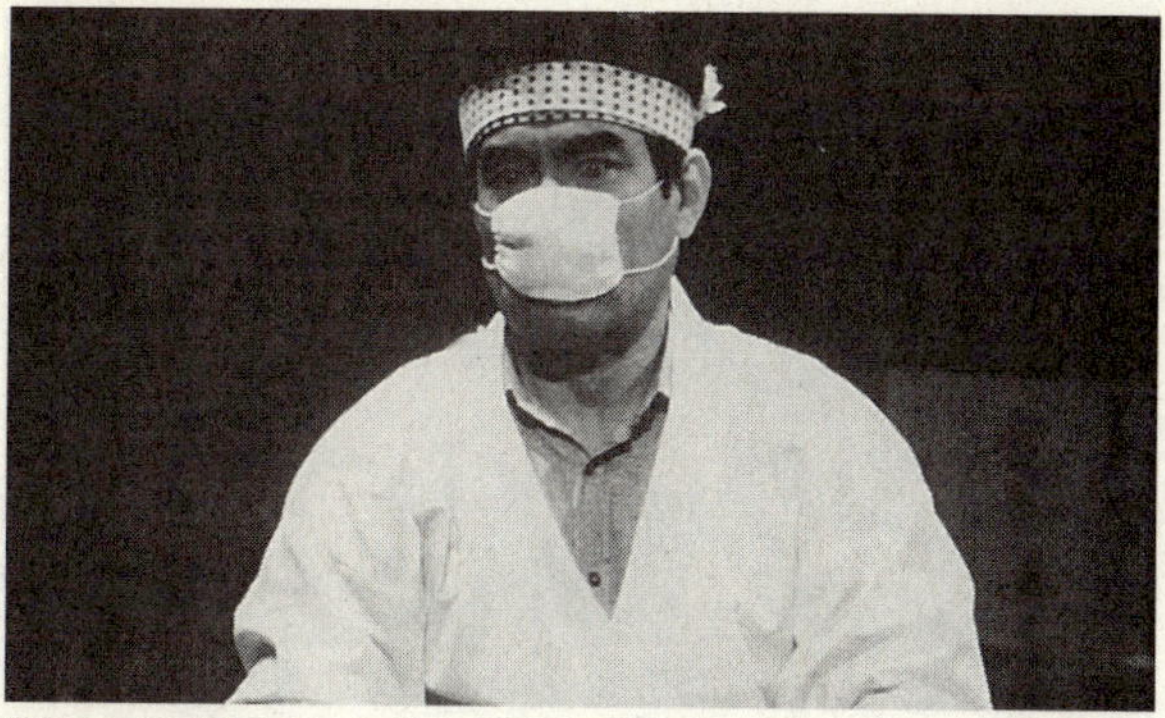

顔はマスクで隠したが、赤づくしの肴を出したため、修治と山田に気づかれる佐藤

語る。

修治　……彼は清国からの留学生として、仙台の医学校で勉強していたことがあるんだ。ところが魯迅は、この仙台で医学を捨て、改めて文学を志した。そこんところに興味がある。……仙台で魯迅に解剖学を教えた先生に、藤野厳九郎という人がいる。この藤野先生が、ある日、魯迅に講義ノートの提出を求める。で、返ってきたノートを見ると、びっしりと赤インクで添削してあった。魯迅の書き落した個所がきちんと補ってある。文法の誤りも一々訂正してある。しかもこの添削は学年の終りまでつづけられた。

山田　いい話だね。

修治　……藤野先生の親切を魯迅以外に知る人はいない。つまりこの世の中には、だれも見てはいないけれど、宝石よりもっとずっと貴い出来事がたくさんおこっていると、魯迅は思ったのじゃないか。文学者となって、そういう出来事を見つけ、それを文章にしようと思った。……文学の仕事とはそういう小さな宝石さがしだと、魯迅はこの仙台で考えた。たぶん、そういうことなんじゃないかな。

　肴に箸をつけようとした修治と山田、赤づくしの肴で

3人で会うのは8年ぶりだった。懐かしさに思わず手を取り合って話しこむ3人

あることに気づき、佐藤をうかがう。佐藤、二人の視線につかまる。でたらめ唄をうたっていた中北が酔っぱらって寝てしまったのを見届けて、修治と山田は佐藤のところへ飛んで行く。

修治　人生にはこんな一刻（いっとき）もあるんだな。（てれて）なんだか、あたまがばかになりそうだ。

佐藤　津島、こないだ出た『津軽』、あれはよかったぞ。いい小説家になったな。

修治　ありがとう。

佐藤　山田もがんばっているね。人気がある。

山田　人気なんてビールの泡のようなものでね、その泡の上を歩くんだから、あぶなっかしくて仕方がないよ。

突然起き上がって唄をうたいだしたりする中北。修治と山田は、窮地に立たされている佐藤を救おうと対策を練る。近くの旅館に潜っていたらしい仲間が今日捕まったこと、青木ふみとの縁談が持ち上がってきていることで、ここにはもういられないと考えている佐藤の理想は、青木屋旅館の二人に迷惑をかけずに捕まること。自首はしたくない。交番に密告する役を争う修

青木ふみ（中村たつ）を傷つけないよう、ここを出て行くための理由を創作する佐藤

治と山田。そこへすっかり酔いの醒めた中北が起き上がって話をまとめる。青森で、自分が「国民の義務としてアカを告発する」と。明日の朝、この旅館を出て行くための理由を、針生に好意を寄せているふみのために創作する山田と修治、そして中北。なんとなく六人のリレーによってひとつ物語ができあがる。それを聞いて涙ぐむふみ。

正子　泣きべそ（ナギビチョ）かいてはだめだ（ワガンナイ）……。

ふみ　やるせない（ネー）。

正子　わかる（ワガル）。わかる（ワガル）。

ふみ　だって（ンダタテ）、あんまり突拍子（トッピョーズ）もない話で、わたし（ワダス）、なにがなんだか……。

正子　さ、さ、みんなと一緒に（ドカダッテ）酒コ飲むべ。

ふみ　……ん。

修治　（この様子をじっとみていて）小さな宝石に、乾杯。

配膳台では、修治と山田と中北の三人が、より裏口に近いところで佐藤が、正子とふみに向ってコップを掲げている。どこかで空襲警報のサイレンが鳴りはじめている。

習字の先生に書かせたというポスターを掲げ、チェリー旗（岡本麗）に説明する中北

七　金木の楽屋

昭和二十一年（一九四六）四月上旬の午後二時すぎ。金木町の、小さな劇場の楽屋。山田定一劇団の公演を知らせるポスターの文字に対して、修治が中北を窘(たしな)めている。中北は総選挙に立候補した修治の兄、津島文治の選挙対策の一環として、山田定一劇団を金木に招いたのだ。そこへ佐藤が入ってきて、一年三か月ぶりの出会いをなつかしがる中北に厳しく忠告する。中北は、山田の公演の入場者に、アンコのかわりに百円札を入れた饅頭をお土産で持たせる算段をしていたのだった。中北、衣裳二、三着（GI用を含む）を楯に、修治の視線を避けながら舞台へ退散。そのとき劇団の歌手水原あやめが入ってきて、その場にへたり込んでしまう。チェリー旗にあやめが渡した封書には、退団を告げる劇団員の思いが書きつらねてあった。山田、手紙に飛びつく。

山田　……「八月十五日まで、軍事劇を得意然とやっていた人が、八月十五日以後はGIをたたえる芝居を売りものにする。そういう人間の主宰する一座にこれ以上、とどまりたくない

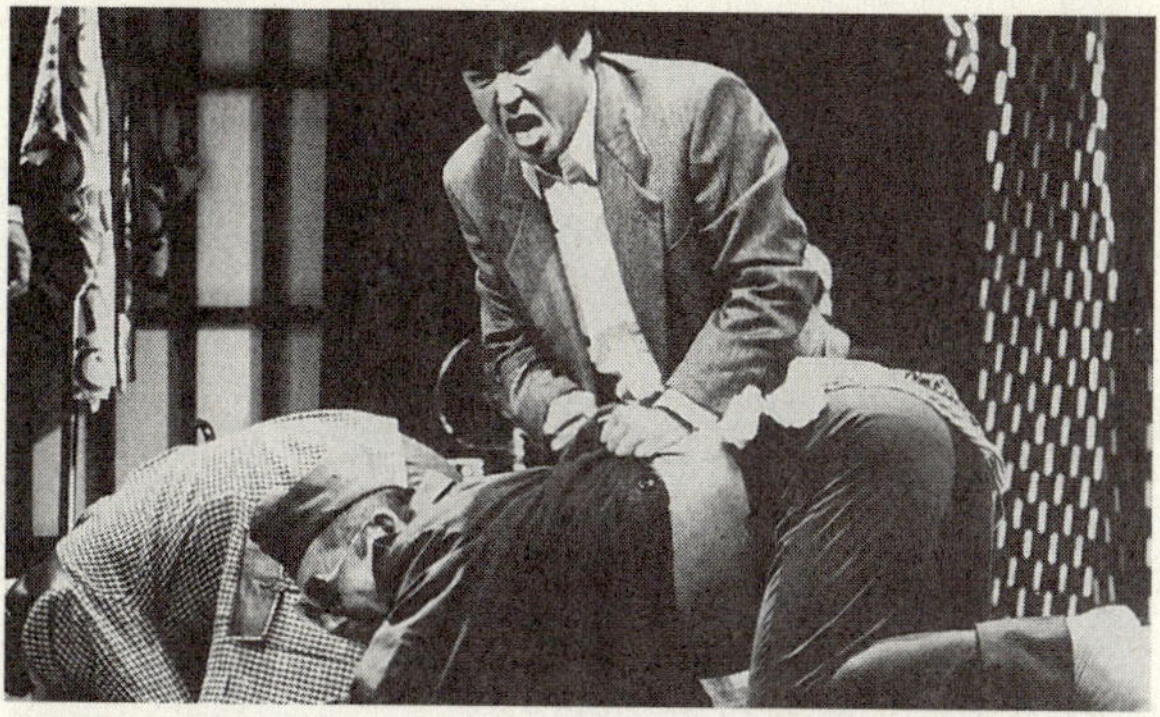

時代に合わせて簡単に主義を変えていく中北に対して、修治の怒りが爆発する

……」。

声が出なくなり、目だけで、ものすごい速度で文面を追う山田。「ツケが回ってきたんだ」と呆然自失となる。GIの衣裳を着て見せびらかしに戻ってきていた中北は、次第に事情を把握し激怒する。

中北　（怒りと困惑半々で）役者がたったの三人しかいない劇団を招んだとあっては、文治さまが赤恥かくだろう。

修治　（低い声で）恥をかきゃいいじゃねえか。……騒ぐんじゃねえ、古狸。……まんまと化けやがって。それじゃあんまり天皇陛下が哀れじゃないか。……あれほど信じていたのなら、世の中が変ろうが変るまいが、あの御方を大切にしつづけろ。今こそ天皇陛下萬歳を三唱しろ。

簡単に主義を変えて恥じることのない中北や兄へ、修治の怒りが爆発する。

修治　……考え方が変ったというなら、変ってもいい。そのかわり、佐藤と同じぐらい苦しみ抜いて、その末に変りやがれ。それをたったの一日で、

中北　いや、一日ということはない！

修治　佐藤は十五年だ。たった十日やそこらで、佐藤をかるが

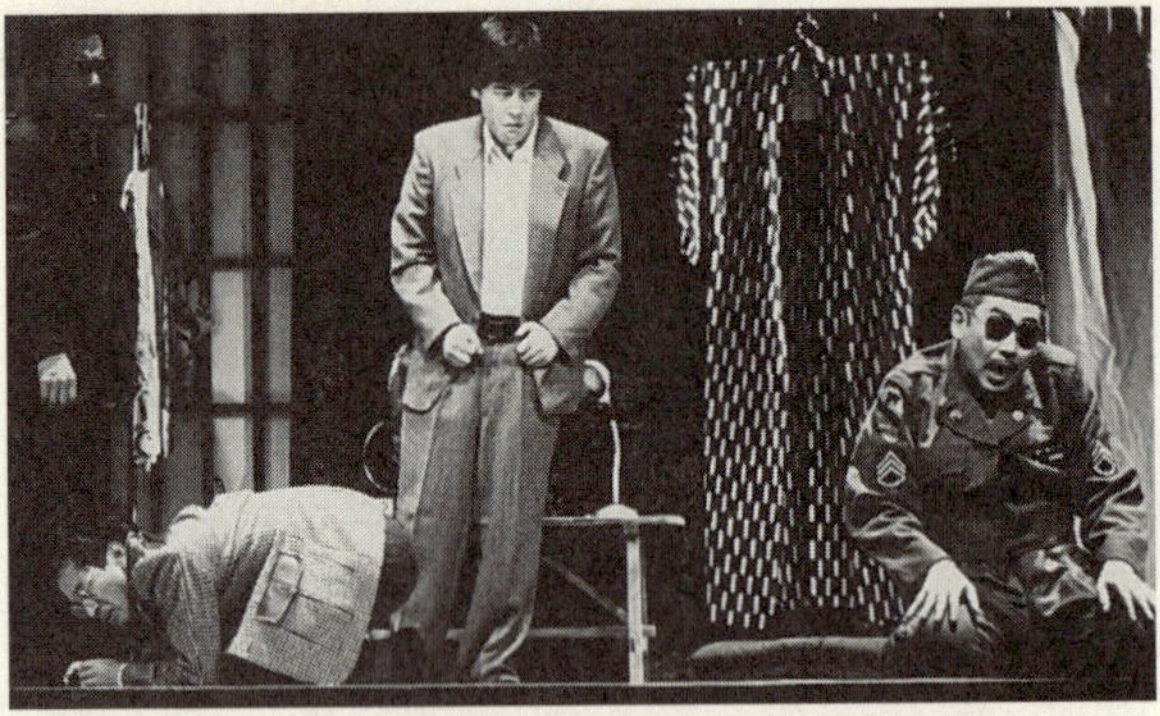

修治に自分の生き方を否定された中北。今回のでたらめ唄には彼の全存在がかかる

ると飛び越しやがって、そればかりか今度は、佐藤にまけじと、民主主義の押し売りにかかる。……山田は、山田は、あんたたちと似ている。しかしそのツケがいま回ってきた。そうして苦しんでいる。あんたたちはいつツケを払う気だ？

中北　（例のでたらめ節。しかし今回は彼の全存在がかかっている）ハァ～～～……しかし、だれもかれも、その苦しみを、家庭というものに支えられて、しのいでいるのです。「家庭円満、女房や子どもと一緒に、お汁粉萬歳」。これですね。これがわたしたちの、根本的なイデオロギーです。

　歌でごまかし、飛び出して行く中北の背中へ、

修治　わが身が可愛いだけじゃねえか。（ほとんど泣いている）それじゃ、食べることだけ考えていればいいってことじゃないかよう。あんまりみじめじゃないか……。

　山田、這って近づいて行き、

山田　泣くな。泣かれるとつらい。あたまがおかしくなる……。

　その二人を、佐藤が両腕で庇うようにして、

佐藤　三人で、よく、反対語遊びというのをやったじゃないか。あれだよ。

山田　右、左……

傷ついた２人を両腕で庇うようにして支え、静かに、深く、はげます佐藤

佐藤　（うなずいて）わが身大切と万人平等、この対立なんだよ、人間の歴史は。
山田　天、地。
修治　対立したままで終るのか、人間は。
佐藤　（すでに首を横に振っていて）いや、この対立に、いつか津島のいっていた小さな宝石が割り込めば……。
山田　自分、他人。
修治　人と生きてこそ宝石か。
山田　水、油。
佐藤　たぶん、な。
修治　友情の宝石がひとつでも持てたら、生れてきた甲斐がある。
佐藤　きっと、な。
山田　夢、現。
修治　ちくしょう、長生きがしてえ。
　チェリーとあやめは、いつの間にか手をとり、抱き合って、この光景に目をみはっている。

修治が酔いつぶれている理由を工員たちに語る屋台のおやじ（すまけい）

エピローグ

「港が見える丘」が聞こえてくるなか、明るくなると三鷹駅近くの屋台。和服の修治がカウンターに突っ伏して、死んだように眠っている。屋台のおやじは屋台の外、すぐ横の修治を見守っている。時は、前場から二年経った昭和二十三年（一九四八）四月上旬、午後八時すぎ。おやじ、心を決めて立ち上がり、ラジオを止める。そして屋台の一方をそっと閉める。そこへ、工員一、二、三、四がくる。工場で組合を結成し、仲間になった記念に乾杯したいという四人に、おやじは一杯だけという約束で酒をおごる。よろこぶ四人。おやじも修治を見ながらちびちび飲む。眠っている修治を不思議に思って尋ねる工員一におやじ、その理由を語る。「この人にとっては、今日が、人の一生に一度か二度ある悪い知らせの重なる日だったんだ。友だちがいっぺんに二人とも遠いところへ行っちまってね。戦前、戦中と無理をし、戦後も全国をかけまわっていた友だちは働きすぎでぽっくり。もう一人の友だち、山田定一は狂ったんだ」と。

友だちをいっぺんに２人もなくした修治の心中を思い、修治を優しく見守るおやじ

おやじ　……この人の荒れ方をみているうちに、なんだかこっちまで辛くなってきちゃってねえ。悲しい顔をして酒は売れないだろ。
四　友だち、またつくればいいのに。
一　性格にもよる。なかなか友だちのできないたちの人もいれば、だれとでも一回で仲よくなれるたちの人もいる。
三　この人は友だちのできない方の組なんだ。
おやじ　（うなずいて）だからこたえたんだろうねえ。ヤケをおこさなきゃいいけど……。
一　ぼくらはもう友だちだよ。仲間だよ。いいね。
　　三人、うなずき交し、「インターナショナル」をうたいながら去る。おやじ、見送ってから閉めにかかる。が、修治を見て、中止。そっと寄って、
おやじ　先生。……太宰先生。

　　修治、身動きもしない。おやじ、しばらく見てから、最初のように、修治のそばへ腰を下ろす。

おやじ　もうしばらく待ちましょか。

　　おやじ、やさしく修治を見守りながら、小声で「港が見える丘」を口遊(くちずさ)みはじめる。

こまつ座 第26回公演・紀伊國屋書店提携
大間違い
井上ひさし 作
鵜山仁 演出
風間杜夫
すまけい
辻萬長
原康義
中村たつ
岡本麗
紀伊國屋ホール
'92年9月18日(金)〜10月7日(水)
開演
夜の部 6時30分
昼の部 1時30分
入場料 4,120円
前売開始 7月11日(土)
音楽 宇野誠一郎
美術 石井強司
照明 服部基
音響 深川定次
衣裳 中村洋一
演出助手 北則昭
舞台監督 小笠原修一
制作 井上都
中島豊
瀬川芳一

■作曲家の言葉

心中、病死……自己決定死！

宇野誠一郎

太宰さんの死は、僕の若い時にかさなっています。当時の若者には、自殺したかったようなところがあったんですよ。

「三十までは生きていない。もし、生きていたら、そのときには自殺しよう」そういうことを真剣に考えていた人が、僕のまわりにもいました。だから、それほど違和感はなかった。死ぬことで人との違いを見せつける。「やる人はやるな」という印象を持ちましたね。

それから大分後の話になりますが、太宰の親友の檀一雄さんが、僕の近所に住んでいたことがありました。檀さんは、とても死にそうにない人でした。非常に人間的というか、生に執着してどうしようもないような、そういう人間像でした。夕方になると、でかい声で遠くで遊んでいる長男を呼びもどす。そのヒステリックなどろどろしている声がいまも耳に焼きついています。

太宰さんには、「そういう生き方があるのか」とかたむきかけているんだけど、僕の檀さんをみていると「それはそれで、生と葛藤しつづける生き方だなあ」と、僕の気持ちが揺れ動いたことがありましたね。

死には、いろいろな形があります。僕は今、こんなことを考えているんですよ。たとえば、自分が八十になったら死ぬと決めてしまう。自分の死期を自分の意志で決定するとしますね。僕は、あと十五年の生命です。そうすると、自分の生き方、働き方、お金の配分だとかが逆算できます。そこから、十五年の生命を管理できるんじゃないかと思うんです。

生まれるとき、人間は、自分の意志で生まれてこない。でも、死は自分で管理するほうが暮らしやすいんじゃないでしょうか。

葬式も自分で準備できます。せっかくだから、お祝いにしたいですね。

「これから、死にます」と挨拶して「ありがとうございました」とにこにこ死んでいく。こういう告別のお祝いはできないでしょうかね。ホテルを告別式場にして友達を呼び、ドンチャン騒ぎをして何もかも使いはたしてすっぽんぽんになってね。

「お先に失礼」なんていうのも洒落ていていいかもしれませんね。やってみたい気は以前からあるわけです。これは、「自己決定死」とでも名付けましょうか。

太宰治年譜

●明治42年（一九〇九）

＊6月19日、青森県北津軽郡金木村大字金木朝日山414番地（現在は金木町）に父・津島源右衛門（38歳）、母たね（36歳）の第十子六男として生まれる。戸籍名、津島修治。長男総一郎と次男勤三郎は夭折しているので、三兄文治が事実上の長兄となった。たま、とし、あい、きやうの4人の姉と、文治の下には英治、圭治の2人の兄がいた。

＊北津軽地方は冷害、凶作に襲われることが多い土地である。こうした零細農民などを相手に、津島家は明治維新後、金貸し業などによって急激に発展した。明治30年には、金木銀行を経営するほどの新興商人大地主となっていた。

＊生母たねが病弱であったため、生まれてすぐ乳母がついた。乳母が去った後には、同居中の叔母きゑに育てられる。2歳から6歳まで叔母の専任女中近村タケがつく。

＊ちなみに、この前年に國木田独歩が（36歳・肺結核）、5年前に斎藤緑雨（37歳・肺結核）、6年前に尾崎紅葉（36歳・胃癌）、7年前に正岡子規（36歳・肺結核・腰椎カリエス）が亡くなっている。

●明治45年 大正元年（一九一二）3歳

＊1月、長姉たまが24歳で死去。

＊5月、父源右衛門が立憲政友会から立候補して衆議院議員に当選。この頃から屋号の「津惣」を「山源（やまげん）・〈源」に改める。鶴丸の定紋を用いる。地元の人は、源右衛門を「金木の殿様」と呼んだ。

＊7月、弟礼治誕生。

＊1年後石川啄木（28歳・肺結核）、歌人伊藤左千夫（49歳・脳溢血）、2年後、長塚節（35歳・喉頭結核）で死去。

●大正5年（一九一六）7歳

＊1月、叔母きゑの一家が五所川原に分家、小学校入学直前までこの家で過ごした。タケはこの翌年、きゑの家の女中として去る。大正7年5月に、小泊村の越野家に嫁いだ。

＊4月、金木第一尋常小学校に入学。

＊この年、夏目漱石（49歳・胃潰瘍）、上田敏（41歳・萎縮腎に尿毒症併発）死去。

●大正9年（一九二〇）11歳

＊2月、金木村に町制施行。
＊12月、曾祖母サヨ死去（80歳）。
●大正11年（一九二二）13歳
＊3月、小学校卒業。6年間、全甲首席を通した。
＊4月、父の意向で学力補充のため明治高等小学校に1年間通学する。「修身」「操行」を乙と評定される。
＊12月、多額納税議員の補欠選挙で父が貴族院議員に当選する。
＊この年、森鷗外（60歳・萎縮腎）死去。
●大正12年（一九二三）14歳
＊3月、神田小川町佐野病院に入院中の父死去。52歳。正四位勲四等に叙せられ旭日章を贈られる。
＊4月、県立青森中学校（現・青森高等学校）入学。青森市の親戚豊田太左衛門方に下宿して通学する。二学期から卒業まで級長を通す。
＊夏休みに、三兄圭治が東京から持ち帰った同人誌「世紀」の中に井伏鱒二の「幽閉」を発見。一読、「坐ってをられないくらいに興奮した」。
＊この年、有島武郎、人妻波多野秋子と軽井沢の別荘で情死（45歳）。
●大正14年（一九二五）16歳
＊3月、青森中学の校友会誌に津島修治名で創作「最後の太閤」を発表。芥川龍之介や菊池寛などの著作に親しむ。
＊4月、弟礼治が青森中学入学。豊田家に同居する。
＊8月、級友と同人誌「星座」を創刊。戯曲「虚勢」を発表したが一号限りで廃刊。
＊10月、長兄文治が金木町長になる。辻魔首氏の筆名で校友会誌に「角力」を発表。
＊11月、級友と同人誌「蜃気楼」を創刊、「温泉」「犠牲」「地図」などを発表。編集・発行人となる。「蜃気楼」は通巻12号まで続く。
●大正15年
昭和元年（一九二六）17歳
＊「蜃気楼」に「負けぎらひト敗北ト」「侏儒楽」「針医の圭樹」「瘤」「偏僂」「将軍」「哄笑に至る」「モナコ小景」「怪談」などの創作を次々と発表する。
＊9月、帰省中の三兄圭治の発案で同人誌「青んぼ」を創刊、「口紅」を発表。4月ころから辻島衆二の筆名を多く用いる。
●昭和2年（一九二七）18歳
＊3月、青森中学を第4学年162名中第4席で終了。
＊4月、官立弘前高等学校（現・弘前大学）文科甲類（英語）入学（一ノ組38名中第6席）。市内通学者以外の新入生は入寮する規則になっていたが、病弱のためといって弘前市の親戚藤田豊三郎宅に下宿。文科乙類（独語）の同期生に上田重彦（後

の作家石上玄一郎）がいた。
＊5月21日、青森市で芥川龍之介が講演、「夏目漱石」と題したこの講演を聴く。
＊7月24日、芥川龍之介、睡眠薬自殺（35歳）。衝撃をうける。この直後から、芸者だった義太夫の師匠竹本咲栄の元に通い始める。秋頃から、青森市の花柳界に出入りするようになる。青森市の芸者置屋の半玉紅子（小山初代）と馴染みになる。
＊9月、長兄文治が金木町長を辞し、政友会から県会議員に当選した。
＊この年、後の武装共産党の中央委員長になる田中清玄が弘前高校文科乙類を卒業。校内では、田中が組織した社会科学研究会のメンバーが活動していた。

●昭和3年（一九二八）19歳
＊5月、個人編集の同人誌「細胞文藝」を創刊。9月、4号まで続いたこの雑誌には「無間奈落」「股をくぐる」を発表。また、井伏鱒二などの寄稿も得る。
＊10月、青森の同人誌「猟騎兵」に参加。
＊12月、上田重彦を委員長とする新聞雑誌部委員になる。この新聞雑誌部は校内の左翼細胞の拠点になっていた。
＊この年、葛西善蔵（41歳・肺結核）、若山牧水（43歳、急性胃腸炎・肝硬変）、小山内薫（47歳・動脈硬化）死去。

●昭和4年（一九二九）20歳
＊1月、青森中学校在学中の弟礼治が急病死。17歳。
＊2月、弘前高校校長の公金無断流用が発覚。新聞雑誌部員が主導して同盟休校を行い、校長を排斥する。
＊12月10日、第2学期試験が始まる前夜。下宿先で多量のカルモチンを嚥下して昏睡状態に陥る。11日昼頃、近所の医師が駆けつけて手当てをする。午後には次第に意識を取り戻した。その後、母に伴われて大鰐温泉にて静養する。
＊この年、「弘高新聞」「猟騎兵」「校友会雑誌」に小菅銀吉、大藤熊太の筆名で「鈴打」「哀蚊」「虎徹宵話」「花火」などを発表。

●昭和5年（一九三〇）21歳
＊1月、弘前警察署により校内左翼分子が検挙される。上田重彦ら3名は卒業直前に放校処分を受ける。新聞雑誌部の解散と「校友会雑誌」の無期限休刊を申し渡された。
＊3月、文科生71名中、第46席の成績で弘前高校を卒業。
＊4月、東京帝国大学仏文科に入学。府下戸塚町諏訪（現在の高田馬場付近）の学生下宿常盤館に止宿。
＊5月、工藤永蔵の訪問を受けて共産党のシンパ活動に加わる。また、井伏鱒二を訪ねて師事する。
＊6月、三兄圭治病没。27歳。

＊10月、小山初代（芸妓紅子）が頼って青森から出奔。本所区東駒形に住まわせる。長兄文治が上京、分家除籍（義絶）を条件に初代との結婚を承諾、落籍のため一旦初代を青森に連れ帰る。
＊11月19日、分家届出、除籍される。24日、小山家と結納をかわす。28日夜半頃銀座のバー・ホリウッドの女給田部シメ子（通称田辺あつみ）と鎌倉七里ヶ浜小動崎畳岩にてカルモチン心中をはかる。29日朝、苦悶中に発見される。女は死亡。七里ヶ浜恵風園療養所に収容される。自殺幇助罪に問われ起訴猶予となる。
＊この年、青森県の文芸総合誌「座標」に1月から「地主一代」を3回まで連載。7月から「学生群」を連載するが4回までで中断。長兄の圧力があったという。筆名、大藤熊太。
＊この年、詩人生田春月、瀬戸内海航行中の船から入水自殺（38歳）。

●昭和6年（一九三一）22歳
＊2月、小山初代が上京。品川区五反田の借家に新所帯を持つ。
＊共産党への資金カンパ、会合場所の提供などシンパ活動を続ける。
＊6月、アジト保安の理由から神田同朋町へ移転。秋には神田和泉町に移転する。
＊東京帝大にはほとんど登校せず、創作や読書、俳諧の運座などに興ずる。

●昭和7年（一九三二）23歳
＊たびたび転居する。
＊8月、初代と静岡県静浦村の知人宅に約1カ月滞在。「思ひ出」の執筆に取りかかる。
＊9月、芝区白金三光町の借家に移転。同郷の先輩飛島定城の家族が同居した。
＊この年、梶井基次郎（31歳・肺結核）死去。

●昭和8年（一九三三）24歳
＊2月、同人雑誌「海豹」に参加。東奥日報付録「サンデー東奥」に、太宰治の筆名で「列車」を発表。乙種懸賞創作入選となり5円を得る。
＊3月、「海豹」創刊号に「魚服記」を発表。4月から同誌に「思ひ出」を連載する。同誌は11月号までで廃刊になる。
＊7月頃、檀一雄と知り合う。
＊12月、大学卒業の見込みがないことが長兄に知られてはげしく叱責された。
＊この年、2月20日、小林多喜二虐殺（30歳・特高課員による拷問）。9月、宮澤賢治（37歳・結核性肋膜炎）、11月、嘉村礒多（36歳・結核性腹膜炎）死去。

●昭和9年（一九三四）25歳
＊4月、古谷綱武・檀一雄編集の「鷭（ばん）」に、「葉」を発表。7月には「猿面冠者」を発表。

＊夏、静岡県三島市の知人宅で「ロマネスク」を執筆する。
＊9月、同人雑誌「青い花」の発刊を企画。
＊12月、伊馬鵜平、檀一雄、中原中也、久保隆一郎、木山捷平、小山祐士、今官一、山岸外史らと「青い花」創刊。「ロマネスク」を発表した。この雑誌は創刊号のみで終わった。
＊この年、直木三十五（43歳・結核性脳膜炎）死去。

●昭和10年（一九三五）26歳
＊3月、大学落第、都新聞社の入社試験にも失敗。鎌倉の山で縊死をはかるが未遂に終わったといわれる。
＊4月、急性盲腸炎のため阿佐ヶ谷の篠原病院に入院。手術を受けたが腹膜炎を併発して重体に陥る。痛み止めのためパビナール（麻薬性鎮静剤）の注射を打ち、習慣化する。
＊5月、世田谷の経堂病院に移る。

檀一雄、山岸外史ら「青い花」の仲間とともに「日本浪曼派」に加わる。同誌に「道化の華」を発表。
＊7月、静養もかねて千葉県東葛飾郡船橋町（現・船橋市）に転居。〈文芸〉掲載の「逆行」が芥川賞候補にあがる。
＊8月、芥川賞次席になる。受賞は石川達三の「蒼氓」であった。佐藤春夫を訪問、師事する。
＊9月、授業料未納のため東京帝大を除籍される。
＊10月、「文藝春秋」に「ダス・ゲマイネ」を発表。また、同誌9月号の川端康成の「芥川賞」選評を読んで激怒。反論を「文芸通信」に発表した。
＊この年、坪内逍遥、狭心症にて死去（76歳）。その死は自殺とも伝えられている。

●昭和11年（一九三六）27歳
＊2月、パビナール中毒治療のため佐藤春夫の紹介で済生会芝病院に入院。10日ほどで退院。
＊6月、砂子屋書房から第一創作集『晩年』を刊行。
＊7月11日、上野、精養軒で『晩年』の出版記念会を行う。
＊8月、第3回芥川賞にも落選。
＊10月、「創世紀」を「新潮」に、「狂言の神」を「東陽」に発表。井伏鱒二らの勧めにより東京武蔵野病院に「慢性パビナール中毒症」の病名で入院。ここが精神病院でもあることに衝撃をうける。入院中に妻初代の姦通事件があったといわれる。
＊11月、退院。その前に、長兄文治と面会、月々の送金を90円として3回に分けて3年間井伏鱒二宛送付するとの約束があったという。杉並区天沼の碧雲荘に転じる。
＊この年、牧野信一自殺（40歳、縊死）。

●昭和12年（一九三七）28歳

＊1月、「二十世紀旗手」を「改造」に発表。
＊3月、初代と谷川温泉に行き、2人でカルモチンを飲んだといわれる。その後、初代は井伏家に滞在。2人は別居する。
＊4月、「HUMAN LOST」を「新潮」に発表。
＊5月、長兄文治が衆議院選に政友会候補として立候補。当選したが選挙違反を問われて辞退。公職から身をひいた。
＊6月、『虚構の彷徨　ダス・ゲマイネ』（新潮社）を刊行。初代と離別。天沼の下宿、鎌滝方に移る。
＊7月、『二十世紀旗手』（版画荘文庫）を刊行。
＊10月、甥の津島逸朗が服毒自殺。24歳。
＊この年、中原中也（30歳・急性脳膜炎）死去。

● 昭和13年（一九三八）29歳

＊9月、「文筆」に「満願」を発表。鎌滝家の下宿を引き払い、井伏鱒二が滞在していた山梨県南都留郡河口村（現・河口湖町）御坂峠の天下茶屋に赴く。井伏の付き添いで甲府市の石原美知子（26歳）と見合いをする。天下茶屋では「火の鳥」を執筆。
＊10月「新潮」に「姥捨」を発表。
＊11月、天下茶屋を下りて甲府市内に下宿する。

● 昭和14年（一九三九）30歳

＊1月8日、杉並区清水町の井伏宅で結婚式をあげる。仲人は井伏夫妻。同夜、甲府市御崎町の新居に移る。その後、執筆に専念した。
＊2月、「文体」に「富嶽百景」を発表。
＊3月、「國民新聞」に「黄金風景」を発表。この作品は、同新聞主催の短編小説コンクール参加作品であり当選して翌月50円を得た。
＊4月、「文學界」に「女生徒」を発表。
＊5月、美知子と信州を旅行。
＊6月、「若草」に「葉桜と魔笛」を発表。
＊7月、短編集『女生徒』（砂子屋書房）を刊行。
＊9月、東京府北多摩郡三鷹村（現・東京都三鷹市）下連雀113番地の借家に移転。近くの吉祥寺に亀井勝一郎の住まいがあり、親交を持った。
＊10月、「文学者」に「畜犬談」を発表。
＊11月、「文學界」に「皮膚と心」を発表。
＊12月、この頃から、阿佐ケ谷将棋会に出席。将棋は早指しで強くなかったといわれる。
＊この年、立原道造（24歳・肺結核）、泉鏡花（65歳・肺腫瘍）死去。

● 昭和15年（一九四〇）31歳

＊1月、「月刊文章」に「女の決闘」

を連載開始（6月完結）。「新潮」に「俗天使」、「婦人画報」に「美しい兄たち」（後に「兄たち」と改題）、「知性」に「鴎」、「文芸日本」に「春の盗賊」などを発表。
＊2月、「中央公論」に「駈込み訴へ」を発表。
＊3月、田中英光が訪問。以後、太宰に師事する。
＊4月、短編集『皮膚と心』（竹村書房）刊行。日比谷・松本楼にて山岸外史著『芥川龍之介』の出版記念会があり幹事を務める。井伏鱒二、伊馬鵜平らと群馬県四万温泉に遊ぶ。
＊5月、「新潮」に「走れメロス」発表。
＊6月、『思ひ出』（人文書院）、『女の決闘』（河出書房）を刊行。
＊7月、伊豆湯ケ野の福田屋旅館に入り「東京八景」の執筆を始める。滞在費を持って迎えに来た美知子とともに帰京途中、鮎釣りで谷津温泉に滞在中の井伏鱒二、亀井勝一郎を訪ねて河津川氾濫による水害にあう。
＊11月、「新潮」に「きりぎりす」を発表。小山清が三鷹の家を訪ねて師事した。新潟高校の招きで講演。佐渡に寄って帰る。作品を読んだ若者が訪ねて通うようになるのはこの頃からである。
＊12月、前年刊行の『女生徒』により北村透谷賞の次席になる。第一席は萩原朔太郎の『帰郷者』であった。

●昭和16年（一九四一）32歳
＊1月、「文學界」に「東京八景」、「知性」に「みみづく通信」、「公論」に「佐渡」、「新潮」に「清貧譚」を発表。美知子と伊東温泉に一泊旅行をする。
＊5月、『東京八景』（実業之日本社）を刊行。
＊6月7日、長女園子誕生。
＊7月、近くの歯科医院へ歯の治療に通う。『新ハムレット』（文藝春秋）を刊行。
＊8月、母が衰弱。見舞いに帰郷したが、除籍の身もあって五所川原の叔母の家や親戚宅に宿泊した。『千代女』（筑摩書房）を刊行。
＊9月、三鷹の家に太田静子らが訪問。
＊11月、文士徴用令書を受ける。検査の結果「肺浸潤」で徴用免除となる。井伏鱒二は陸軍徴用員として入隊。シンガポールに行くことになる。
＊12月、弟子、堤重久からその弟の日記4冊を借りた。後の「正義と微笑」はこの日記を基にしている。

●昭和17年（一九四二）33歳
＊1月、300部限定の私家版『駈込み訴へ』を刊行。検閲が強化される。
＊3月、「正義と微笑」を脱稿する。
＊5月、「改造」に「水仙」を発表。短編集『老ハイデルベルヒ』（竹村書房）刊行。
＊6月、『正義と微笑』（錦城出版

社）を刊行。この月から点呼召集を受け、突撃訓練や軍人勅諭暗誦も行わされる。
＊10月、「文芸」に「花火」を発表したが、時局不適合という理由で全文削除を命じられる。下旬、母重体のため妻子とともに帰郷。
＊11月、井伏鱒二が徴用解除で帰国。12月、井伏と熱海に遊ぶ。母危篤の報に単身帰郷。10日、母死去。69歳。生家に滞在して帰京する。
＊この年、萩原朔太郎（55歳・肺炎）、与謝野晶子（63歳・脳溢血）、北原白秋（56歳・糖尿病・腎臓病）死去。

●昭和18年（一九四三）34歳

＊1月、「現代文学」に「禁酒の心」、「新潮」に「故郷」、「文學界」に「黄村先生言行録」を発表。短編集『富嶽百景』（新潮社）を刊行。中旬には亡母法要のため妻子とともに帰郷。
＊3月、「右大臣実朝」脱稿。
＊4月、友人塩月赳の結婚式では仲人役も務める。
＊9月、『右大臣実朝』（錦城出版社）を刊行。
＊この年は、執筆、取材の小旅行に出かけることが続いた。
＊この年、島崎藤村（71歳・脳溢血）死去。

●昭和19年（一九四四）35歳

＊1月、「改造」に「佳日」、「新潮」に「新釈諸国噺」を発表。文学報国会小説部会の協議会に出席、以前からの構想にあった魯迅伝を書くことを決意。魯迅の研究をする。東宝から「佳日」の映画化依頼を承諾。熱海で脚本家とともに脚色にあたる。その帰途、神奈川県下曾我村の太田静子を訪ねる。
＊小山書店「新風土記叢書」の「津軽」執筆のため、5月12日から6月5日にかけて、津軽地方を取材旅行。
＊7月末、『津軽』完成（11月刊行）。小山初代が中国の青島で病没。32歳。
＊8月10日、長男、正樹誕生。
＊10月から翌年3月まで防火群長に就任（順番制）した。
＊9月、「佳日」が映画「四つの結婚」と題して封切られる。
＊12月、江東劇場で水谷八重子一座が「四つの結婚」を上演した。魯迅の仙台医学専門学校在学中のことを調べるために仙台に滞在する。
＊この年、中里介山（59歳・腸チフス）死去。

●昭和20年（一九四五）36歳

＊東京空襲が激しくなる。3月下旬には、妻子を甲府に疎開させる。
＊4月、三鷹の家が空襲に遭う。妻子のいる甲府・石原家に疎開する。
＊6月、「お伽草紙」を完成させる。
＊7月、空襲で石原家も焼かれる。妻子とともに生家のある金木に疎開した。

＊8月15日、敗戦。「ばかばかしい」を連発した。生家の手伝いなどをしながら読書や執筆に専念する。
＊9月、『惜別』（朝日新聞社）刊行。
＊10月、仙台の「河北新報」に「パンドラの匣」を連載開始。『お伽草紙』（筑摩書房）を刊行。
＊12月、連合軍総司令部（ＧＨＱ）が農地改革を指令。
＊この年、島木健作（41歳・肺結核）死去。

●昭和21年（一九四六）37歳

＊地元の文学青年や東京の知友の訪問が多くなる。長兄文治が立候補予定の衆議院議員選挙を前にして各地で座談会に出席した。
＊4月、長兄、6位当選。
＊6月、「展望」に戯曲「冬の花火」、「新文芸」に「苦悩の年鑑」を発表。『パンドラの匣』（河北新報社）を刊行。
＊7月、祖母イシ死去。89歳。
＊9月、「人間」に戯曲「春の枯葉」を発表。
＊11月、約1年半ぶりに三鷹の家に戻る。「新潮」への「斜陽」連載、新潮社刊行を約束。上京後の第1作「メリイクリスマス」を脱稿。坂口安吾、織田作之助との座談会に出席。同じ顔合わせで実業之日本社と改造社主催の2つの座談会を行った。上京早々、多くの来客があり、自宅の他に仕事場を設けた。
＊12月、「改造」に「男女同権」、「新潮」に「親友交歓」を発表。東劇にて上演予定の「冬の花火」はＧＨＱの意向で中止になった。

●昭和22年（一九四七）38歳

＊1月、「群像」に「トカトントン」、「中央公論」に「メリイクリスマス」を発表。織田作之助が急死（肺結核）、34歳。通夜に出席、骨を拾った。「東京新聞」に「織田君の死」を発表。『猿面冠者』（鎌倉文庫）刊行。
＊2月、下曾我に太田静子を訪ねる。雄山荘に5日間滞在。静子の日記を借りて三津浜安田屋に止宿。「斜陽」を書き始めた。
＊3月、「展望」に「ヴィヨンの妻」を発表。三鷹駅前で山崎富栄（28歳）と知り合う。30日、次女の里子（作家、津島佑子）誕生。
＊4月、「人間」に「父」を発表。長兄文治が青森県知事に当選（以後3期連続9年間知事を務める）。
＊5月、「春の枯葉」が、伊馬春部の脚色演出でＮＨＫ第2放送からラジオ放送された。
＊6月、「斜陽」を完成。これまでに仕事部屋を2回かえている。
＊7月、「新潮」に「斜陽」を連載開始（10月完結）。この頃には仕事部屋を小料理屋「千草」の2階に移す。『冬の花火』（中央公論社）刊行。「パンドラの匣」が大映により「看護婦日記」として映画化された。

＊8月、『ヴィヨンの妻』（筑摩書房）刊行。
＊9月、熱海への一泊旅行に山崎富栄を同伴した。仕事部屋を「千草」の筋向かいにあった山崎富栄の部屋に移す。
＊10月、「改造」に「おさん」を発表。「魚服記」以来、自ら記録し続けてきた「創作年表」はこの作品で断たれている。
＊11月12日、太田静子に女児誕生。その後、山崎富栄の部屋で「治子」と命名して認知証を書いた。
＊12月、『斜陽』（新潮社）刊行。ベストセラーになる。
＊この年、幸田露伴（80歳）、横光利一（49歳・胃潰瘍に急性腹膜炎併発）死去。

●昭和23年（一九四八）39歳
＊1月上旬、喀血。「中央公論」に「犯人」、「光」に「饗応夫人」、「地上」に「酒の追憶」を発表。
＊2月、俳優座創作劇の第1回公演として「春の枯葉」が千田是也演出で上演される。
＊3月、「新潮」に連載随想「如是我聞」を発表。筑摩書房の古田晁のはからいで、熱海市咲見町林ケ久保の起雲閣別館にこもり「人間失格」を執筆。ここには山崎富栄を同伴した。『太宰治随想集』（若草書房）を刊行。
＊4月、八雲書店から『太宰治全集』の第1回配本（第2巻）。この全集には、生家の津島家の定紋「鶴丸」が金箔押しされた。しばしば喀血する。
＊5月、「新潮」に「桜桃」を発表。「人間失格」を脱稿。「朝日新聞」の連載小説「グッド・バイ」の執筆を始める。
＊6月、「展望」に「人間失格」の連載を開始。13日深更、山崎富栄と玉川上水に入水。14日、妻、「千草」の鶴巻幸之助、出版雑誌社、友人宛などの遺書がみつかった。3人の子供たちへの玩具、友人たちへの遺品、「グッド・バイ」の校正刷りなども残されていた。19日早朝、遺体発見。引き揚げ。昼ごろ「千草」の土間にて検死。堀之内火葬場で遺体を焼く。その日、骨が自宅に届けられる。21日、葬儀。葬儀委員長豊島與志雄、副委員長井伏鱒二、その他作家、出版関係者、友人らが多数参列した。
＊7月18日、三鷹市下連雀の黄檗（おうばく）宗禅林寺に葬られる。墓碑には「太宰治」と刻まれる。法名、文綵院大猷治通居士。この月「展望」に「人間失格」の第2回が、「朝日新聞」に「グッド・バイ」が発表され、『人間失格』（筑摩書房）、『桜桃』（実業之日本社）が刊行された。
＊8月、「展望」に「人間失格」第3回、「中央公論」に「家庭の幸福」が発表された。
＊11月、『如是我聞』（新潮社）が刊行された。遺体のあがった6月19日

に〝桜桃忌〟と名づけられた太宰治を偲ぶ会が翌年から催されるようになった。
＊この年、菊地寛（59歳・狭心症）死去。

●昭和24年（一九四九）
＊10月、『太宰治全集（全３巻）』（新潮社）刊行（25年1月完了）。
＊八雲書店版『太宰治全集』（全16巻）は、その後全18巻に変更されたが、発行元の都合から12月刊第14回配本で中絶。
＊この年、田中英光、太宰治墓前にて服毒自殺（36歳）。

●昭和26年（一九五一）
＊3月、創元社版『太宰治全集（全6巻）』刊行（6月完了）。

●昭和30年（一九五五）
＊10月、筑摩書房版『太宰治全集（全12巻・別巻1巻）』刊行（31年9月完了）。以後、筑摩書房から昭和50年まで第7次にわたって全集が刊行された。

●昭和39年（一九六四）
＊10月、筑摩書房が太宰治賞を設定（昭和53年に第14回で中断）。

●昭和53年（一九七八）
＊6月、筑摩書房が新訂版『太宰治全集（全12巻）』を刊行。

●昭和63年（一九八八）
＊8月、筑摩書房が文庫版『太宰治全集』を刊行（平成元年6月完結）。

●平成元年（一九八九）
＊6月、筑摩書房から第8次『太宰治全集（全12巻・別巻1巻）』を刊行。また、その作品は英、仏、独、伊、スペイン、ポルトガル、ユーゴスラビア、フィンランド語などに翻訳され出版されている。

●平成9年（一九九七）
＊2月、太宰治の美知子夫人没。85歳。

●平成10年（一九九八）
＊2月、中断していた「太宰治賞」が、三鷹市と筑摩書房の共催で復活することが決まる。
＊6月、筑摩書房から第10次『太宰治全集（全12巻）』を刊行。「新潮」に「人間失格」「如是我聞」の草稿、美知子夫人宛の遺書の一部「津島修治／美知様／お前を誰よりも愛してゐました」が発表された。

●平成11年（一九九九）
＊6月、太宰治没後50年「太宰治の20世紀」展が開催され（日本近代文学館、朝日新聞社主催）、遺族から新資料が公開された。昭和5年、太宰治の鎌倉心中事件当時の遺書は、当時婚約中の小山初代あてで東京・

神田にあった「萬世ホテル」の便箋3枚に書かれており、このホテルに泊まったものと推察される。従来、このときの宿泊は「帝国ホテル」といわれてきた。昭和11年、武蔵野病院入院前の薬局の通い帳と、退院時に井伏鱒二を「立会人」にした太宰の長兄との覚書も公開された。

＊ちなみに、筑摩書房からの全集総発行部数は400万部をこえる。新潮文庫、『人間失格』は660万部、『斜陽』は420万部、ほか『晩年』から『ろまん燈籠』まで17冊の総発行部数は1850万部をこえるロングセラーを続けている。

（渡辺昭夫編）

年譜作成にあたっては、主に相馬正一氏、長篠康一郎氏各著作、並びに山内祥史氏の「年譜」（『人物書誌大系　太宰治』日外アソシエーツ）他を参照した。

主要参考文献

「太宰治全集」（昭23・4〜昭24・12　八雲書店）
「太宰治の作品とそのモデル」（昭23・8　岸金剛　城南社）
「愛は死と共に——太宰治に捧げる山崎富栄の日記」（昭23・9　山崎富栄　石狩書房）
「太宰治」自叙伝全集（昭23・10　田中英光編　文潮社）
「斜陽日記」（昭23・10　太田静子　石狩書房）
「太宰治と芥川」（昭23・10　福田恆存　新潮社）
「小説太宰治」（昭23・11　太田静子　ハマ書房）
「太宰治研究」現代作家研究叢書（昭23・11　福田恆存編　津人書房）
「太宰治集」（全3巻）」（昭24・10〜25・1　新潮社）
「あはれわが歌」（昭25・11　太田静子　ジープ社）
「斜陽——太宰治の人と作品」ダイジェスト・シリーズ49（昭25・11　ダイジェスト・シリーズ刊行会編　ジープ社）
「太宰治の手紙」（昭27・5　小山清編　木馬社）
「太宰治の肖像」（昭28・11　辻義一編　楡書房）
「太宰治」（昭30・5　益子道江　私家版）
「太宰治」日本文学アルバム15（昭30・10　小山清編　筑摩書房）
「太宰治論」（昭31・2　奥野健男

近代生活社)
「太宰治研究」太宰治全集別巻(昭31・6 小山清編 筑摩書房)
「太宰治研究」作家研究叢書(昭31・10 亀井勝一郎編 新潮社)
「太宰治」現代作家全集10(昭33・1 奥野健男 五月書房)
「太宰治におけるデカダンスの倫理」(昭33・5 佐古純一郎 現代文芸社)
「太宰治とその生涯」(昭33・9 三枝康高 現代社)
「太宰治読本 その生涯と作品」近代日本文学読本(昭34・4 臼井吉見編 学習研究社)
「太宰治」近代文学鑑賞講座第19巻(昭34・5 亀井勝一郎編 角川書店)
「太宰治論」角川文庫(昭35・6 奥野健男 角川書店)
「太宰治」人生論読本第4巻(昭35・10 奥野健男編 角川書店)
「太宰治と罪の問題」(昭36・10 菊田義孝 修道社)
「太宰治――ナルシズムと愛」文化新書(昭37・7 三枝康高 有信堂)
「日本文学アルバム15 太宰治」(昭37・8 小山清編 筑摩書房)
「人間太宰治」(昭37・10 山岸外史 筑摩書房)
「太宰治研究」定本太宰治全集別巻(昭38・3 奥野健男編 筑摩書房)
「太宰治おぼえがき」(昭38・10 山岸外史 審美社)
「太宰治追悼」(昭38・11 山内祥史編 私家版)
「太宰治をどう読むか その魅力と秘密」(昭38・12 小野正文 弘文堂)
「太宰治論」(昭38・12 佐古純一郎 審美社)
「太宰治」近代作家研究アルバム(昭39・6 小山清編 筑摩書房)
「郷愁の太宰治――太宰治の言葉――」(昭39・6 別所直樹 審美社)
「無頼派の祈り――太宰治」(昭39・8 亀井勝一郎 審美社)
「太宰治研究文献ノート」(昭39・9 別所直樹 図書新聞社)
「小説太宰治」(昭39・9 檀一雄 審美社)
「太宰治の人と文学」(昭39・7 臼井吉見編 学習研究社)
「人間太宰治」角川文庫(昭39・12 山岸外史 角川書店)
「太宰治その人と」文芸文庫(昭40・6 長尾良 林書店)
「太宰治と佐渡」(昭40・6 矢田賢作、長篠康一郎 私家版)
「二人の友」(昭40・7 小山清編 審美社)
「現代日本文学大事典」(昭40・11 明治書院)
「太宰治」現代のエスプリ(昭41・1 佐伯彰一編 至文堂)
「太宰治論決定版」(昭41・4 奥野健男編 春秋社)

「入門太宰治」（昭41・10　小野正文　津軽書房）
「太宰治の魅力」（昭41・11　檀一雄編　大光社）
「恍惚と不安――太宰治昭和十一年」（昭41・12　奥野健男編　養神書院）
「手記」（昭42・3　太田治子　新潮社）
「新劇　その舞台と歴史1906↓」（昭42・5　菅井幸雄　求龍堂）
「苦悩の旗手太宰治」（昭42・6　杉森久英　文藝春秋）
「太宰治とともに」（昭42・7　長尾良　宮川書店）
「山崎富栄の生涯――太宰治・その死と真実」（昭42・9　長篠康一郎　大光社）
「桜桃の記」（昭42・10　伊馬春部　筑摩書房）
「私の太宰治」（昭42・11　菊田義孝　大光社）
「太宰治の『思い出』の書誌」（昭42・12　山内祥史編）
「太宰治の研究」（昭43・2　森安理文編　新生社）
「若き日の太宰治」（昭43・3　相馬正一　筑摩書房）
「愛は死と共に――太宰治との愛の遺稿集」（昭43・3　山崎富栄著、長篠康一郎編　虎見書房）
「太宰治と無頼派の作家たち」（昭43・4　三枝康高　南北社）
「太宰治　上」青春の伝記（昭43・4　今官一　鶴書房）
「太宰治研究」太宰治全集別巻（昭43・4　奥野健男編　筑摩書房）
「太宰治　ナルシズムと愛」（昭43・5　三枝康高　虎見書房）
「人間太宰治の研究Ⅰ」（昭43・6　長篠康一郎　虎見書房）
「没後二十年　太宰治展」（昭43・6　毎日新聞社）
「太宰治文学批判集」（昭43・6　青森文学会、弘前文学会編　審美社）
「太宰治と安吾」（昭43・7　檀一雄　虎見書房）
「写真集太宰治の生涯」（昭43・9　毎日新聞社編　毎日新聞社）
「太宰治文がたみ――道化と死」（昭43・12　八尋舜右　宝文館出版）
「太宰治との七年間」（昭44・3　堤重久　筑摩書房）
「人間太宰治の研究Ⅱ」（昭44・3　長篠康一郎　虎見書房）
「太宰治人と作品」（昭44・7　別所直樹　清風書房）
「人間太宰治の研究Ⅲ」（昭45・5　長篠康一郎　虎見書房）
「太宰治」近代文学資料4（昭45・6　山内祥史　桜楓社）
「名作の旅3　太宰治」カラーブックス215（昭46・2　大竹新助　保育社）
「断章・太宰治」（昭46・6　別所直樹編著　世界書院）
「太宰治をどう読むか　その文学と人間と風土」（昭46・6　小野正文

サイマル出版社）

「新説太宰治論」（昭46・11　越川正三　桜楓社）

「太宰治と井伏鱒二」（昭47・2　相馬正一　津軽書房）

「終末の予見者太宰治」（昭47・3　菊田義孝　審美社）

「批評と研究太宰治」（昭47・4　稲垣達郎、伊藤整監修、文学批評の会編　芳賀書店）

「太宰治辞典」（昭47・6　実方清編　清水弘文堂）

「青い波がくずれる」（昭47・12　戸石泰一　東邦出版社）

「太宰治」（昭48・3　奥野健男　文藝春秋）

「惜別」（昭48・3　太宰治　新潮社）

「太宰治の文学」シリーズ文学②（昭48・3　解釈学会編　教育出版センター）

「天井と鉤と影――太宰治論」（昭48・3　清水氾　小峯書店）

「太宰治」現代日本文学アルバム14（昭48・6　桜田満編　学習研究社）

「恋と革命――評伝・太宰治」講談社現代新書329（昭48・8　堤重久　講談社）

「現代作家辞典」（昭48・8　東京堂出版）

「太宰治と津軽路」歴史と文学の旅12（昭48・10　桂英澄　平凡社）

「青森県立青森高等学校史」（昭49・2　青森高等学校同窓会）

「太宰治失意の遺書」（昭49・6　別所直樹　世紀社出版）

「作品論太宰治」（昭49・6　東郷克美、渡部芳紀編　双文社出版）

「太宰治読本」（昭49・6　松山悦三　読売新聞社）

「太宰治の精神分析」（昭49・12　北垣隆一　北沢図書出版）

「太宰治の人と芸術　創刊号～第7号」（昭49・12～昭52・8　長篠康一郎編　太宰文学研究会）

「太宰治とその周辺」（昭50・2　三枝康高　有信堂）

「太宰治論」（昭50・6　登川正雄　札幌北書房）

「太宰治全集（全12巻）」（昭50・6～昭52・11　筑摩書房）

「一つの季節」（昭50・11　臼井吉見　筑摩書房）

「Dazai Osamu」TWAYNE'S WORLD AUTHORS SERIES 348（昭50　James A. O'Brien Boston：Twayne）

「太宰治の弱さの気品」（昭51・4　菊田義孝　旺国社）

「太宰治と私」（昭51・7　木村久邇典　小峯書房）

「太宰治」作家・作品シリーズ2（昭51・4　「現代国語」編集委員会　東京書籍）

「太宰治論」（昭51・12　饗庭孝男　講談社）

「文学史の中の井伏鱒二と太宰治」（昭52・4　文学教育研究者集団編　文学教育研究者集団）

「コローキアム太宰治論」(昭52・4　相馬正一編　津軽書房)
「太宰治の世界」異装叢書3(昭52・5　関井光雄編　冬樹社)
「雨の玉川心中　太宰治との愛と死のノート」(昭52・9　山崎富栄　青い鳥双書)
「芥川龍之介と太宰治」レグルス文庫82(昭52・9　福田恆存　第三文明社)
「太宰治1　羞らえる狂言師」(昭52・12　荻久保泰幸、無頼文学研究会編　教育出版センター)
「回想の太宰治」(昭53・5　津島美知子　人文書院)
「太宰治研究I　その文学」(昭53・6　奥野健男編　筑摩書房)
「アルバム　太宰治」(昭53・6　日本近代文学館)
「太宰治研究II　その回想」(昭53・6　桂英澄編　筑摩書房)
「太宰治2　仮面の辻音楽師」(昭53・7　島田昭男、無頼文学研究会編　教育出版センター)
「太宰治論序説」(昭54・4　斎藤末弘　桜楓社)
「太宰治3　怒れる道化師」(昭54・4　久保田芳太郎、無頼文学研究会編　教育出版センター)
「太宰治論」(昭54・6　清水昶　思潮社)
「太宰治」(昭54・6　相馬正一　津軽書房)
「人間脱出　太宰治論」(昭54・6　菊田義孝　弥生書房)
「太宰治の生涯」(昭54・6　荒川法勝　泰流社)
「幻の画家　阿部合成と太宰治」(昭54・12　黒田猛　幻想社)
「回想太宰治」(昭55・5　野原一夫　新潮社)
「三島由紀夫と檀一雄」(昭55・5　小島千加子　構想社)
「夾竹桃　創刊号〜第6号」(昭55・5〜昭60・6　船橋太宰文学研究会)
「太宰治への視点」(昭55・6　大森郁之助　桜楓社)
「太宰治——主治医の記録」(昭55・7　中野嘉一　宝文館出版)
「太宰治の文学碑」(昭55・11　早稲田大学文学碑と拓本の会編　瑠璃書房)
「太宰治」鑑賞日本現代文学㉑(昭56・2　饗庭孝男編　角川書店)
「太宰治必携」(昭56・3　三好行雄編　学燈社)
「太宰治七里ヶ浜心中」(昭56・4　長篠康一郎　広論社)
「津島家の人びと」(昭56・6　朝日新聞青森支局　朝日ソノラマ)
「太宰治文学アルバム」(昭56・9　長篠康一郎　広論社)
「北津軽」(昭56・10　津軽書房)
「不信の病理——太宰治と分裂病」(昭56・11　富樫行慶　永田文昌堂)
「太宰治の『カルテ』」(昭56・11　浅田高明　文理閣)
「太宰治　人と文学　上・下」(昭

56・12　野原一夫　リブロポート）
「太宰治の場所」（昭56・12　小浜逸郎　弓立社）
「太宰治――芸術と病理」（昭57・2　中野嘉一編　宝文館出版）
「太宰治の思い出――弘前・東大時代」（昭57・3　大高勝次郎　たいまつ社）
「太宰治情死考　富栄のためのれくいえむ」（昭57・3　片山英一朗　たいまつ社）
「太宰治武蔵野心中」（昭57・3　長篠康一郎　広論社）
「太宰治文学アルバム――女性篇」（昭57・3　長篠康一郎　広論社）
「評伝太宰治　第一部」（昭57・5　相馬正一　筑摩書房）
「太宰治とコスモス」（昭57・6　尾沢多江　近代文芸社）
「太宰治と水上心中」（昭57・6　長篠康一郎　広論社）
「太宰治とその時代」（昭57・6　松本健一　第三文明社）
「評釈太宰治」（昭57・8　塚越和夫　葦真文社）
「証言の日本史6　占領下の日本　焼跡に流れるリンゴの唄」（昭57・8　学習研究社）
「太宰治論――作品からのアプローチ」（昭57・9　鳥居邦朗　雁書館）
「神話世界の太宰治」（昭57・10　長部日出雄　平凡社）
「一冊の講座太宰治」日本の近代文学5（昭58・3　「一冊の講座」編集部編　有精堂）
「太宰治」人物書誌大系7（昭58・7　山内祥史編　日外アソシエーツ）
「太宰治の青春像　人と文学」（昭58・5　久保喬　六興出版）
「評伝太宰治　第二部」（昭58・7　相馬正一　筑摩書房）
「新潮日本文学アルバム19　太宰治」（昭58・9　新潮社）
「井伏鱒二聞き書き」（昭60・4　萩原得司　潮出版社）
「評伝太宰治　第三部」（昭60・7　相馬正一　筑摩書房）
「新潮日本文学アルバム別巻　昭和文学アルバム（Ⅰ）」（昭61・12　新潮社）
「新潮日本文学アルバム別巻　昭和文学アルバム（Ⅱ）」（昭62・12　新潮社）
「私論太宰治　上方文化へのさすらいびと」（昭63・5　浅田高明　文理閣）
「太宰治　結婚と恋愛」（平元・1　野原一夫　新潮社）
「太宰治全集」（平元　筑摩書房）
「俳優・丸山定夫の世界」（平元・8　菅井幸雄編　未来社）
「郷土史の風景」（平2・7　綿貫啓一　船橋よみうり新聞社）
「太宰治全集（全12巻）」（平4・4　筑摩書房）
「エノケンを支えた昭和のモダニズム　菊谷栄」（平4・10　北の街社）
「別冊國文学　太宰治事典」（平

6・5　東郷克美編　學燈社）
「辻音楽師の唄　もう一つの太宰治伝」（平9・4　長部日出雄　文藝春秋）
「NHK人間大学　太宰治への旅」（平10・1　長部日出雄　日本放送出版協会）
「生誕百年記念特別展　井伏鱒二と『荻窪風土記』の世界」（平10・2　杉並区立郷土博物館）
「新編　太宰治と青森のまち」（平10・4　北の会　北の街社）
「文芸読本　太宰治」（昭58・9　河出書房新社）
「夾竹桃　10周年特集号」（昭63・6　船橋太宰文学研究会）
「夾竹桃　11周年特集号」（平元・6　船橋太宰文学研究会）
「太宰治」（平元・11　井伏鱒二　筑摩書房）
「人間合格」（平2・3　井上ひさし　集英社）
「新文芸読本　太宰治」（平2・6　河出書房新社）
「夾竹桃　12周年特集号」（平2・6　船橋太宰文学研究会）
「夾竹桃　13周年特集号」（平3・6　船橋太宰文学研究会）
「太宰治論集　同時代編　別巻」（平5・6　山内祥史編　ゆまに書房）
「太宰治論集　作家論編　第1巻」（平6・3　山内祥史編　ゆまに書房）
「新潮　第94巻第12号」（平9・12　新潮社）
「新潮　第95巻第7号」（平10・7　新潮社）
「資料集　第一輯　有明淑の日記」（平12・2　青森県立図書館　青森県近代文学館協会）
「図説太宰治」（平12・5　日本近代文学館編　ちくま学芸文庫）
「資料集　第二輯　太宰治・晩年の執筆メモ」（平13・8　青森県立図書館　青森県近代文学館協会）
「桜桃とキリスト　もう一つの太宰治伝」（平14・3　長部日出雄　文藝春秋）
「ピカレスク　太宰治伝」（平14・4　猪瀬直樹　小学館）

■掲載一覧

太宰が仕掛けた罠「季刊ｔｈｅ座」第15号１９８９年12月（「前口上」改題）
太宰治に聞く「季刊ｔｈｅ座」第38号１９９８年6月
「なあんちゃって」おじさんの工夫「新潮」１９９８年7月
太宰治はこう生きた
　「季刊ｔｈｅ座」第15号１９８９年12月
　「季刊ｔｈｅ座」第21号１９９２年9月（「太宰治の世界」改題）
太宰治という人「季刊ｔｈｅ座」第15号１９８９年12月
太宰治と私「別冊文藝春秋」第１９０号１９８９年11月
白百合忌の人びと「季刊ｔｈｅ座」第15号１９８９年12月
「人間失格」と「人間合格」のあいだ「國文学」１９９１年4月
作者の言葉「季刊ｔｈｅ座」第21号１９９２年9月
演出家の言葉「季刊ｔｈｅ座」第21号１９９２年9月
作曲家の言葉「季刊ｔｈｅ座」第21号１９９２年9月

■協力・資料提供（敬称略）

津島美知子
津島園子
井伏節代
青山光二
海部公子
伊狩　章
石山貴美子
大屋ゆきみ
落合高仁
長部日出雄
川崎むつを
工藤昌治
越野由美子
坂口綱男
菅井幸雄
相馬正一
高木　保
玉川建治
田村和子
外川八重子
中野嘉一
野原久子

野平健一
原田真理子
藤田とし
星野司郎
松山真砂
谷古宇正彦
長篠康一郎

大宅壮一文庫
国立国会図書館
都立中央図書館
新潟大学
船橋市中央図書館
三鷹市立三鷹図書館
安野光雅美術館
遅筆堂文庫

岩波書店
学習研究社
學燈社
角川書店
北の街社

求龍堂
藤田三男編集事務所
集英社
新潮社
筑摩書房
津軽書房
文藝春秋
朝日新聞社
東奥日報
弘前新聞
船橋よみうり新聞社
毎日新聞社
読売新聞社
日本放送協会

青森文学会
太宰文学研究会
船橋太宰文学研究会
三鷹太宰治研究会
雲祥寺
金木小学校
県立青森高校

県立弘前高校
五拾壹番館ギャラリー
斜陽館
天下茶屋
雪の会
ジェイ・クリップ
オフィスカザマ
カズモ
青年座
テイクワン・オフィス
俳優座
文学座
金木町立歴史民族資料館
財団法人稽古館
小説「津軽」の像記念館
杉並区立郷土資料館
東京大学百年史資料館
日本近代文学館
一橋大学百年記念資料室

＊一部に、著作権者が不明の写真がありました。お心あたりの方はご連絡下さいますようお願いいたします。

単行本　平成十年七月文春ネスコ刊

文春文庫

太宰治に聞く

定価はカバーに
表示してあります

2002年7月10日　第1刷

編著者　井上ひさし　こまつ座
発行者　白川浩司
発行所　株式会社 文藝春秋
東京都千代田区紀尾井町 3-23　〒102-8008
TEL 03・3265・1211
文藝春秋ホームページ　http://www.bunshun.co.jp
文春ウェブ文庫　http://www.bunshunplaza.com

印刷・凸版印刷　製本・加藤製本
Printed in Japan
ISBN4-16-711123-3